KB076629

백신 그 이후

@mRNA

백신 그 이후
@mRNA

발 행 | 2022년 06월 30일
저 자 | 김병진
펴낸이 | 한건희
펴낸곳 | 주식회사 부크크
출판사등록 | 2014.07.15(제2014-16호)
주 소 | 서울특별시 금천구 가산디지털1로 119 SK트윈타워 A동 305호
전 화 | 1670-8316
이메일 | info@bookk.co.kr

ISBN | 979-11-372-8662-7

www.bookk.co.kr
ⓒ 백신 그 이후 @mRNA 2022
본 책은 저작자의 지적 재산으로서 무단 전재와 복제를 금합니다.

백신 그 이후
@mRNA

김병진 지음

Contents

프롤로그

나는 신종플루 바이러스 감염자다. 수많은 사람들 중 '나는 아니겠지' 생각했지만 이렇게 감염되고 보니 아찔하다. 그냥 단순한 감기에 걸린 것이기를 바랠 뿐이다. 신종플루 확진에 따라 그 동안 겪은 일들을 감염일지를 통해 남기고자 한다. 세상은 넓고 할 일은 많지만, 세상엔 온통 바이러스를 가득 차 있다. 사실 어딘가 떠나고 싶지만 격리되어야 했던 나날들 그리고 젊은 날에 경험했던 실제 내 소중한 경험들을 프롤로그에 남긴다. 신종플루 바이러스 감염부터 확진 그리고 치료까지 그 순간이 다시 기억으로 다가온다. 금융 위기가 발발했던 '08년말이 지난간지 불가 몇 개월 되지 않아 세상엔 바이러스 소식이 들려왔다. 직장 생활에 한창 바빴던 그 해 '09년 그 때도 추운 겨울이었던 것 같다. 평택으로 출장간 곳에서 적외선 열 감지기가 작동되어 고열이 나는 사람은 출근을 하지 못하게 막았던 기억이 선명하다.

그때의 기억이 선명한 까닭은 결혼한지 1년도 안되어 금융위기로 인해 모든 자산시장이 붕괴되어 너무나 힘든 나날들을 보내고 있었기 때문이었는지도 모른다. 특히 주식시장의 급격한 하락은 신종플루보다 더 큰 충격이었을 수도 있다. 인간의 어리석음에 변명할 여지가 없다. 경제적 충격보다 분명 하나뿐인 생명이 더 가치가 있을 것이다. 아무리 많은 부와 권력을 가진 사람일지라도 그 가치를 생명과 바꿀 수 있을 것인가? 그 어리석음으로 많은 사람들이 스스로 목숨을 끊고, 현세가 아닌 저 세상에서 경제적 구원을 얻으려고 했다. 사실 인간은 생명이라는 고유의 가치를 스스로 망각하고 있다. 인간의 생명이라는 가치를 한번 더 생각해 볼 수 있는 시간이 되었으면 한다.

- 증상 1.2일차 -

몸에 미열이 조금 있다. 그렇다고 다른 곳이 아프거나, 기침을 하는 것도 아니기에 병원을 가지 않았다. 왜냐하면, 요즘 병원에는 신종플루 환자들로 넘쳐나기 때문이다. 많은 사람들이 감염되어 병원치료를 대기하고 있다. 조금 있으면 신종플루 치료제가 공급될 예정이라는 정부의 보도가 사실인지는 두고 볼 사안이다. 넘쳐나는 감염자들이 무섭다. 혹시나 미열이 조금 있는데, 감염된 건 아닌지 걱정스럽다. 그래도 내일은 평택으로 출장 예정인데, 병원에 가볼까 망설여진다. 내년이면 결혼 3주년차인데, 올해도 이제 몇일 남지 않아 더욱이 신종플루 바이러스가 마음에 걸린다.

설마 내가 걸렸을까? 어떻게 하다… 말이 안된다. 그래도 내 주위에 있는 사람들을 위해 신종플루 감염여부에 대한 검사는 하는 게 좋을 것 같다. 만약 확진 판정을 받더라도 스스로 흥분하거나 당황하지 말자. 스스로 아니라고 위안해 보지만 쉽게 그 생각이 머리속을 떠나지 않는다.

오늘은 이사 준비를 하는 날! 몇일 후면 평택에서 서울로 이사를 갈 예정이다. 멀리 가야 하기 때문에 준비해야 할 일이 많다. 포장 이사부터 시작해 매매거래, 잔금 지급 등 너무 바쁜 나날의 연속이었다. 그리고 딸이 태어난 12개월 정도 지나 첫 돌이 다 되어 간다. 어렵게 일어나 큰 걸음으로 아장아장 걸어보지만 어려운가 보다. 잘 걷지는 못해도 바둥바둥 걸어보려고 하는 모습이 대견스럽다.

아직까지 몸에 이상할 만큼 반응은 없다. 미열이 조금 있을 뿐 대체로 몸 상태는 양호하다. 평택출장 중 퇴근할 시간이 될 무렵, 열이 조금 더 나는 듯하다. 오늘은 병원을 꼭 갈 것이라고 다짐하고 오산에 있는 종합병원을 방문했다. 역시나 검사를 받기 위해 많은 사람들이 긴 줄을 서서 대기하고 있었다. 다들, 얼굴에 열이 있는지 모르겠지만 벌겋게 달아오른 얼굴이 고통으로 가득하다. 멀리서 보면 좀비들이 먹이감을 찾기 위해, 어슬렁 다니는 것 같기도 하고 서로를 견제하는 사람들이 조금은 무서워 보였다. 나도 검사 대기열에 명단을 등록하고, 30.1시간 정도 기다린 것 같다.

의사 진료 후, 신종플루 증상이 있어 아직 확진은 아니지만 검사결과는 저녁에 알려준다고 한다. 하지만 별도 타미플루를 처방해 주진 않았다. 왜냐하면, 타미플루가 확진 된 환자에게만 배급되고, 현재는 공급부족으로 아무에게나 다 지급될 수 없다고 한다. 그럼 오늘 저녁 혹은 내일 오전까지 기다려 보자. 퇴근을 위해 준비하던 그 때, 열이 38도 이상임을 순간적으로 인지한다. 왜냐하면 머리부터 전신으로 열이 나기 시작했고, 이로 인해 온 몸이 빨갛게 변했기 때문이다. 이런 상황을 팀장에게 보고하고, 신속히 회사에서 나왔다.

"김진성씨, 만약 신종플루 확진 받으면 공가 내고 집에서 쉬어"
"네, 팀장님! 저도 이런 건 처음이라 좀 당황스럽네요"
"확진이 아닐 수도 있으니, 너무 걱정하지 말고. 암튼 확진이면 연락해줘. 우리 팀원들도 다 검사해야 되니까!"
"네. 알겠습니다. 저 때문에 괜히 미안하네요!"
"아니야. 이 바이러스는 감염 전파력이 강해서 많은 사람들이 걸릴 수밖에 없지. 그러니 진성씨가 아니더라도 분명 다른 루트로 감염될 수도 있거든. 너무 자책하지 말고. 우선 검사부터!"
"네. 팀장님 그럼 검사 후 연락 드릴께요"

팀장은 검사 후 신종플루에 감염되면 일주일정도 공가를 내라고 했다. 그리고 집에 도착할 때쯤, 병원에서 연락이 왔다. 신종플루 확진

이 되었다는 연락을 받고 만감이 교차한다. 빠르게 회사 팀장에게 연락하여 확진 통보를 알렸다. 그리고⋯이제 난 어쩌지? 이렇게 기운이 빠지고, 황당한 상황이 왜 나에게만 일어나야 함을 세상이 원망스러웠다. 하지만 진짜로 확인인데, 이제 어떻게 하지? 우선 시스템으로 공가를 신청하고, 집에 도착하여 격리할 수 있는 방을 찾았다. 이사한 지 몇 일 되지 않아 아직 정리도 하나 안된 집에 옷 가지가 바닥에 흩어져 있는 방을 격리 장소로 정했다. 그리고 긴 시간 동안의 격리가 이 방에서 시작되었다.

- 확진 1일차 -

아침에 일어났는데 갑작스러운 목 따가움이 느껴진다. 목에 침이 넘어갈 때마다 목이 아프다. 그리고 기침이 날 때마다 가슴에서 통증이 있다. 일반적인 감기로 생각하고 타이레놀 복용하였다. 하지만 듣지 않는다. 새벽부터 갑자기 온몸이 오열이 시작되었다. 춥고, 더움이 반복되다 이제는 온몸을 누가 때린 것처럼 아프기 시작한다. 뼈마디마디가 쑤시며 잠을 잘 수 없다. 잠을 잘 수 없어 일어나 물을 마신다.

하지만 물을 마시기 위해 움직이는 것 조차도 힘들다. 격리된 상태라서 누구에게 말할 사람도 없다. 그리고 가족이 감염되면 안되기에 조심스럽게 혼자서 끙끙되면서 이 짧지만 긴 시간을 보낸다. 하지만 시간이 가지 않는다. 일분 일초가 슬로우 비디오를 찍는 것처럼 느리게 가며 아픈 몸을 때리는 듯 통증이 지속되었다. 타미플루는 구할 수 없고, 이렇게 방안에서 격리되어 버티는 수밖에 없을까? 지금까지 살아오면서 행복했던 때, 슬픈 일 등 내 삶에서 느낀 것들에 대한 생각이 뇌리에 스쳐갔다. 지금 죽어도 후회하지 않을까?

좀 더 오랫동안 살고 싶은데⋯ 책을 봐도 글이 눈에 들어오지가 않는다. 목이 마를 때마다 아내에게 전화해 따뜻한 물을 마시고 잠을 청해 본다. 하지만 쉽게 잠을 이룰 수 없다. 과거를 회상하며 나를 두고 떠나야 하는 것들에 대한 미안함 그리고 후회에 대한 것들이 머리

속에 맴돌다 지쳐 잠이 들었다.

- 확진 2일차 -

확진 2일차 아침이다. 어제 저녁에 겪었던 경험은 정말 최악이었다. 이사한지 몇일도 되지 않은 환경 탓인지 집이 너무 추웠다. 방 밖에서 짐 정리에 분주하게 움직이는 소리가 크게 들려온다. 작은 소리에 더 민감해지는 나 자신이 싫다. 그리고 열이 떨어지지 않아 정신이 어질어질하다. 이렇게 죽는 건 아니겠지?

병원에 가야 하는지, 연락해봐도 딱히 치료제인 타미플루만 있을 뿐 병원 입원은 할 수 없는 상황이다. 하지만 치료제 공급부족으로 인해, 현재 30대인 내가 치료제를 받을 수 있을지 모르겠다. 막연하게 이렇게 기다리다 죽을 수도 있을 것 같다. 태어나서 이렇게 아픈 적은 처음이라 치료제를 타기 위해 계속 전화기만 붙들고 있다. 나와 같은 증상으로 고통받은 사람들이 많은가 보다. 병원마다 엄청난 대기자가 서 있고, 입원을 위해 접수를 기다리고 있다. 얼마나 기다려야 할지, 그리고 치료제를 받을 수 없을 것 같아 전화대기를 포기하고 체념한다.

결국 병원과 통화연결이 되었다. 의사와 대화 중 '태어나서 이렇게 아픈 적은 처음이다' 말하니 일단 체온을 측정하라고 했다. 체온계를 보니 39도가 넘었다. 수액을 맞아야 하는 건 아닐까? 문의해보지만 가능하면 맞는 게 좋다고 한다. 하지만 집에 수액은 있을까? 아내에게 전화해서 물어본다. 다행이 간호사인 아내가 수액이 있다고 한다. 임의로 수액을 맞고 잠깐이나마 열을 낮출 수 있었다.

빠른 치료를 위해서는 병원에서 타미플루를 처방전을 받아 약국에서 약을 받는 수밖에 없다. 대략 5일간 약을 복용하면 열이 떨어지고, 빠르게 이상반응을 줄여준다고 한다. 감기 혹은 독감과 유사하지만 그것보다 좀 더 세다는 느낌이다. 열 때문에 아무것도 못하고, 고열이 끝나면 기침과 오한과 오열로 인해 온 몸이 만신창이가 된다. 나는 타미플루를 처방을 빨리 받고 싶다. 그리고 복용하여 이 아픔이 없어

지길 간절히 기도해 본다.

- 확진 3일차 -

3일차 이른 아침, 아이의 울음소리에 잠에서 깨어났다. 이렇게 가까운 곳에서 크게 들리는 걸로 봐서는 방문 밖에 있다. 전염병에 걸리지 않으려면 좀 더 거리감을 유지해야 한다. 다만 그 당시에는 실내에서 마스크를 착용하지 않았다. 물론 확진 된 나도 그렇지만 대부분의 사람들은 일상생활에서 마스크 없이 생활했다. 어쩌면 그래서더 많이 감염자가 발생했을 수도 있다. 동일한 공간에서 격리해 있기때문에 가족 전파의 위험도 존재했다.

큰 애가 이제 12개월 정도 되었기 때문에 집안 여러 곳을 기어 다니다 '감염되면 어쩌나' 하는 걱정도 든다. 그나저나 오늘은 타미플루를 받을 수 있을까? 간절히 학수고대해 보지만 아직 병원에서 연락이없다. 아내도 격리되어 있는 나에게 식사를 넣어주는 것도 지칠 것같다. 왜냐하면 아이를 보기에도 힘든데 이사까지 해서 이사짐을 정리하면서 격리자인 나를 위해 식사까지 준배해야 한다. 언제나 그렇듯 미안하고, 고마울 따름이다. 결국은 치료가 되길 간절히 기도하며확진 3일차 오전이 지나갔다. 늦은 오후쯤 병원에서 연락이 왔다. 확진 판정을 받고 타미플루 처방전이 나왔으니, 가까운 약국에서 찾아가라는 것이다.

'드디어 나에게 이런 기회도 오는구나!' 환호성과 함께 아내에게 전화해서 약국에서 타미플루를 가지고 와 달라고 부탁했다. 드디어 타미플루를 보게 되는구나, 이제 나도 이 곳에서 탈출할 수 있을 것이라는 확신에 기분이 좋아진다. 아내가 밖에서 오는 소리가 들린다. 타미플루를 물과 함께 격리된 방으로 넣어준다. 이순간만을 얼마나 기다려 왔을까? 아마도 경험해 보지 않은 사람은 모른다. 이 짜릿함과황홀감은 생사의 갈림길에서 느껴보는 진한 감동이었다. 타미플루 먹고 잠이 든 것 같다. 시간이 얼마나 흘러갔는지는 모르겠지만 열은내렸고, 두통과 목 아픔, 가래가 아직까지는 심한 상태이다. 그리고 근육통은 계속 유지되고 있고, 일어나려고 하는데 관절 마디마디가 아파서 눈물이 날 지경이다. 다시 저녁이 깊어 잠자리에 든다. 제발 내일 새벽에는 깨지 않기를 기도하며 다시 잠을 청해본다.

- 확진 4일차 -

이른 아침에 잠에서 깨어보니 근육통이 사라져 있다. 목 아픔과 가래만 남고 전체적으로 상당히 호전되어 있는 상태를 느낄 수 있었다. 그러나 갑작스럽게 턱관절이 아프기 시작했다 예전에 이식한 임플란트가 흔들리는 것 같다. 이를 어쩌지? 큰 일이 아니길 바라며, 크게 기지게를 켜 본다. 병원에 전화통화해 보니 충분히 턱관절이 아플 수 있다고 한다. 회사에서 동료들이 걱정되었는지 한 둘이 연락이 오기 시작했다. 오후 늦게 팀장에게 전화가 왔다. 이제 타미플루 처방을 받아 약을 먹기 시작했음을 알렸다. 그리고 약 복용 후 상태가 많이 좋아졌으며 별일 없으면 몇 일 후 곧 복귀할 것처럼 말했다.

"이제 감염된 지 4일 되었지? 몸은 좀 괜찮아?"
"네. 많이 나아졌어요. 열나는 횟수도 줄어들고, 두통이나 몸살 같은 증상도 줄어들고 있어요. 이제 살 것 같네요!"
"그래! 좀 더 푹 쉬고, 몸 조리 잘하고."
"네, 팀장님 조만간 출근하겠습니다.

어떻게 될지 모르지만 일주일은 격리해야 한다고 의사가 말했다. 증상이 없어 이제 나가고 싶다. 하지만 아직 바이러스가 남아있기에 좀 더 상황을 봐야 한다. 이제 몇일 남지 않았으니 조금만 참자. 이런 저런 생각에 하루가 벌써 저물러 갔다. 오늘은 열도 근육통로 많이 좋아져서 평소에 하지 못했던 영화를 하루 종일 봤다. "이제는 살았구나" 한도의 한숨이 나온다.

- 확진 5일차 -

이른 새벽부터 더 이상 두통과 열은 나지 않는다. 드디어 오늘은 5일차, 멀쩡하게 잠에서 깨어났다. 그 외 별도 기침도 없고, 몸살기운도 이제 거의 사라진 것 같다. 약간의 가래가 있긴 하지만 이 것 빼고는 90% 정도 상태가 나아진 것 같다. 이제 격리된 방에서 벗어나도 될 것 같다. 아내에게 나가도 되는지 살짝 물어봤다. 대답은 'No' 아직 애들도 있으니 참으라고만 한다. 오늘 오전 10시쯤 회사의 또 다른 동료에게 연락이 왔다. 언제쯤 출근 가능한지 물어보며 업무에 대한 불평을 늘어놓는다. 하긴 갑작스럽게 발생한 격리로 인해 일주일 동안 고생한 동료의 마음은 이해가 간다. 하지만 국가에서 지정한 규정을 어기고 출근할 수는 없었다.

동료에게 아직은 바이러스 보균자이기 때문에 재택근무를 하겠다고 했다. 공가를 사용하긴 했지만 내 일을 옆 동료에게 시키고 싶지 않았다. 그래서 5일차 오후부터 업무를 시작했다. 하지만 재택근무 후 주말에도 이상 없으면 다음주부터는 출근을 해야 한다. 그 동안 감염에 의한 증상이 있는지, 더 이상 몸에 이상이 없는지 확인해야 했다. 별도 검사를 받아야 하는지, 아니면 그냥 있다가 괜찮으면 출근하면 되는지 모르겠다. 하지만 보통 때와 다름없이 조금의 기침과 가래만 있을 뿐이다. 기 타미플루를 처방했던 병원에 전화해서 물어보고 차후 어떻게 해야 할지 결정해야 할 것 같다. 이렇게 5일차 해가 저물어 갔다.

- 확진 6일차 -

병원에 문의해 본 결과, 6일차인 오늘까지 격리하면 된다고 한다. 격리된 지 일주일만에 드디어 자유롭게 돌아다닐 수 있다. 기쁜 순간도 잠시, 재택근무는 일부 하긴 했지만 출근 후 해야 할 일이 산더미처럼 쌓아져 있을 걸 생각하니 암담하다. 그리고 이사 후 정리하지 못했던 것들을 내일부터 정리해야 한다. 그래도 나름 격리 수칙에 있어 잘 견디고, 지냈던 것 같다. 만약 이에 같은 동일한 바이러스가 나에게 또 온다면 이제는 거뜬히 이겨낼 수 있을 것 같다. 신종플루처럼 알 수 없는 바이러스이지만 치료제가 개발되어 있기 때문이다. 하지만 감염되더라도 빠른 시간안에 배포되었으면 하는 간절한 마음이…

'세상 최후의 날'이라는 영화가 있다. 우리 세상 모두가 없어진다 하더라도 희망의 끝을 놓지 않고, 살수 있다는 긍정적인 생각과 마인드를 가져야 한다. 세상 최후의 날이 올 지라도 묵묵히 그 자리를 지키고 모습이 불안해 어쩔 수 모르는 사람보다 편안해 보이기 때문이다. 불안하든, 편안하게 마음을 가지든 결과는 같다. 죽음과 삶은 양면의 칼날과 같아 서로 보이는 곳에 따라 죽음이 될 수도 있고 새로운 생명으로 거듭날 수 있다. 다가오는 새해에는 좀 더 행복하고, 건강한 한 해 가 되기를 간절이 기도하며 신종플루 확진 그리고 몇일 동안의 격리 생활에 대해 마무리하고자 한다.

- 격리 해제 -

격리 해제 후 생활은 보통의 일상과 다름없었다. 처음으로 겪어 본 '팬데믹' 바이러스이기 때문에 치료제에 대한 부작용은 없을지, 후유증은 없을지 좀 더 지켜봐야 할 것 같다. 세상에는 많은 질병이 존재하지만 이와 같이 많은 사람들을 감염시킬 수 있는 바이러스는 앞으로도 계속 존재할 것 같다. 이에 대한 준비와 대응이 철저히 이루어지지 않는다면 많은 사람들이 생명을 잃을 수 있음을 직접 몸으로 경험했다.

신종플루 감염자로 격리된 일주일, 위급한 상황이 되어 자신을 되돌아볼 수 있는 시간을 가질 수 있어 좋았다. 삶과 죽음에 대해 한 번 더 생각할 수 있으니까… 내 삶을 살아가는 데 있어 없어서는 안될 가족, 동료 그리고 친척 외 모든 주변인들에게 고맙고, 감사하다는 말을 전하고 싶다. 돌이킬 수 없는 과거이지만 미래는 스스로 노력하는 자에게 항상 열려 있음을…더 좋은 미래를 위해!

걷는 것은 넘어지지 않으려는 노력에 의해서, 우리 몸의 생명은 죽지 않으려는 노력에 의해서 유지된다. 삶은 연기된 죽음에 불과하다.

– 아르투르 쇼펜하우어 –

01

생명 그리고 진화

2079년 겨울

　세상은 기후변화로 인해 해수면이 상승함에 따라 기존의 대륙의 형태는 사라졌다. 일부 국가는 지도에서 사라진지 오래되었으며, 대륙은 건기와 우기에 의해 사막화가 계속 진행되었다. 지구의 온도는 이제 6도가 되어 더 이상 사람이 살 수 없는 환경이 되었다. 사람들은 생존하기 위해 땅 밑으로 도시를 건설하거나 우주 항공모함을 통해 지상에서 떨어진 대기권에 새로운 공간을 만들어 생활하기 시작했다. 하지만 지속되는 기후변화에 따라 더 이상은 견디기 어려워 대부분은 다른 행성으로 이주하기를 원했다.
　하지만 전 세계의 90%이상 재산을 가진 상위 3%와 그 외 97% 일반인들은 서로 다른 환경에서 생활해야 했다. 일반인들은 사막화가 진행되고 있는 지상에서 생존해야 했으며, 권력과 부를 가진 사람들은 땅 밑 벙커나 지하도시, 그리고 우주 항공모함을 구매하거나 직접 건설하여 그 곳에서 생활을 영위할 수 있었다. 돈, 화폐라는 개념이 사라진지 오래되어 이제는 더 이상 기축통화가 통용되지 않는 그런 세상이 되었다. 다만, 기후변화에 따라 실물 자산을 통한 교환가치로써 가상화폐만이 전세계적으로 통용되고 있었다. 따라서 실물 자산을 통해 가상세계에 투자한 사업가만이 어느 세상이든 남들과 차별화된 세상을 살아 갈 수 있었다. 많은 부를 축척한 사람들은 사막화 되는 지구에서 오아시스나 해변을 경험하기 위해서 가상세계를 통해 즐길 수 있었다. 또한 바이러스 또한 물리적인 접촉을 통해 감염되어, 비대면은 일상적 생활이 되었다. 하지만 비대면으로 생활한다고 하더라도 바이러스는 진화되어 가상세계에서도 인간을 공격할 수 있는 강력한 도구로 발전했다. 주변은 온통 사막화가 진행되어 산과 나무는 찾아 볼 수가 없었다.

  저 멀리 사막 한 가운데 서 있는 누군가가 있었다. 주변은 황폐화되어 사람이 살수 없을 것 같지만 어떻게 생존했는지, 흰 백발에 길게 수놓은 두루마기를 입은 한 노인은 멀리 하늘만 보고 있었다. 얼마나 많은 고난이 있었는지, 나이가 어느 정도인지 가늠할 수 없었다. 그는 아무 말없이 저 멀리 검은 구름을 보며 하염없이 한숨만 쉬며 중얼중얼 그렸다.

"너무 오래 살고 있나! 이제 놔줄 때가 된 것 같아. 세상아........"
"그래! 이제 편히 보내줄 때가 된 것 같아"
"다음 세상에는 바이러스가 없는 곳이 되기를.... 이 지구는 이제 마지막이건지?"
"우리 스스로가 선택한 길이라! 더 이상 후회 없기를 바랄 뿐이지"
"한 평생 고생했어! 자손들에게 좋은 환경을 남겨줘야 했는데......"
"이제 몇 일 안 남은 것 같네, 그만하고 인사해"
"우리 애들, 손자들은 몇일 후 화성으로 이주하는 것 맞지, 생존하길...."

  노인을 부축하던 백발의 부인은 옆에서 흐느꼈다. 모든 것이 한순간의 꿈처럼 사라졌기 때문이다. 무엇인지는 모르지만 세상에 대한 미련과 원망 그리고 복수심이 가득 차 있는 듯했다. 지금으로부터 60년 전에 일어난 일들이 눈 앞에 다시 펼쳐졌다. 그 때 내 나이 39살, 중년이 막 시작되고 있었다. 불혹은 나이가 낼 모레이지만 매일 규칙적인 운동과 식단 조절도 아직까지는 건강과 체격이 누구보다 강할 자신이 있었다. 직장 생활도, 가사도 이제 베테랑이 되어 있어 어느 누구도 그 영역만큼은 침범할 수 없이 바쁜 나날을 보내고 있었다. 세상은 바다, 산들의 푸르름과 기름진 토양에서 온갖 식물과 나무들이 초록빛으로 물들어 있었으며, 하늘을 보면 너무 맑아서 그것만 보고 있어도 시간은 저절로 흘러갔다. 하지만 자연은 그렇게 인간을 또 시험했던 것 같다. 퇴근 후 집에서 아내와 함께 2019년말 우한에서 호흡기 바이러스가 전파되고 있다는 뉴스를 접했다.

"여보! 이것도 별거 아니겠지? 지난번 신종플루도, 메르스도 아무 일 없이 스쳐 지나갔으니까… 별거 없지"
"그러게, 그냥 잠시 왔다가 또 없어지겠지!"
"이런 걸 언론이 자꾸 보도하는 걸 보면 사회이슈로 보도할 뉴스가 없나 봐! 요즘 언론은 꼭 누군가가 시켜서 국민에도 무엇인가를 알리는 것 같아"
"그래, 정치를 이용해 언론탄압이 예전에 있었다고 하던데?"
"음, 그래. 암튼 바이러스는 걸리는 사람도 없는데.... 걱정할 거 없어"
"그나저나, 좀 있으면 결혼 기념일인데… 날씨가 많이 안 춥겠지?"
"꽃샘 추위가 있을 수도 있어! 그리고 요즘 감기 걸리면 바이러스에 걸렸다고 의심받을 수도 있으니, 따뜻하게 입어! 얘들도…"
"알았어. 근데 기념일날 우리 뭐할까?"
"오랜만에 멀리 여행이나 갈까? 제주도 어때? 아니면 해외로 나갈까?"
"그 때 휴가를 낼 수 있을지 모르겠다! 암튼, 가까운 곳이라도 가자!"
"오케이! 그럼 예약한다!"
"애들은 그 때까지 방학이라 괜찮겠지! 아마도… 몰라. 그냥 가!"

이렇게 2019년 1월말 중국 우한에서 발생한 코로나19 바이러스는 우리의 마음속에서 잊혀지고 있었다. 하지만 2월말이 되자 점차 확산세는 강해졌다. 3월초에 결혼기념일이 있어 여행을 마음먹고 있었지만 마음은 편치 않았다. 그리고 무엇보다 환절기 때 항상 감기 때문에 고생한 나는 새로운 바이러스에 의심받거나 통제 받는 것이 싫었다. 그래서 더더욱 멀리 떠나고 싶었는지도 모른다. 하지만 상황은 녹녹치 않았다. 왜냐하면 국가에서 이 바이러스에 대한 통제 방침과 확진 환자에 대한 추적을 강화하고 있었기 때문이다.

이처럼 인간은 태어날 때부터 외부의 바이러스에 약한 존재였다. 오래전부터 인류는 진화되었지만 바이러스를 이길 수 없었다. 반면 인류는 더 나은 유전자를 통해 환경에 적응하여서 생명을 지킬 수 있었다. 하지만 인간에게 유리한 환경으로의 진화는 일어나지 않았다. 즉, 바이러스에게 생존할 수 있는 DNA 유전자는 인간에게 없었다. 그게 만약 인간에게 있었다면 우성 DNA로 분류되어 전 인류에 주입되어 진화해야 했다. 하지만 이와 반대로 열등 DNA는 대부분의 인류에게 나타났다.

바이러스에 우성, 열성인지는 모르겠지만 나는 바이러스에 취약한 대한민국 40대 평범한 직장인이다. 최근에 인간이 어떤 존재인지 밝히기 위해 노력했지만 그 실체에 대해서는 알 수 없었다. 나는 기분이 좋으면 노래를 흥얼거렸고, 슬프면 울고, 기쁘면 웃는 그런 사람이었다. 생체학적인 활동들은 뇌의 자극에서 발생하고 이는 온 몸의 신경계를 자극했다. 이처럼 일상의 조그마한 사건 하나, 감정 하나가 인류에게 어떤 영향을 미칠지 매우 소소할 것 같지만 이 모든 것들은 큰 영향으로 다가올 수도 있었다. 이를 보통 나비효과라고 부르는데, 인류는 소소한 구성요소 하나 하나가 모여 진화를 시작할 수 있는 배경이 된 것일지도 모른다.

사계절동안 나무가 변화는 모습을 관찰하면 계절에 따라 잎새 모양, 색깔이 변하듯 인간도 자연과 함께 인지하지 못한 시공간에서 변하고 있음을 알려주었다. 내 몸이 피곤하거나 활기차면 행복한 것으로 미세 신경세포는 반응하고, 물리적 접촉은 없지만 알지 못한 입자의 파동으로 전달되어 의미와 형체를 읽을 수 있다. 생체 에너지는 인간에게 없어서는 안될 물질이며, 유기적인 상호보완 관계에 있는 이것은 진화에도 큰 영향을 끼쳐왔다. 하지만 이 생체 에너지를 바탕으로 생존에 대한 열망을 통해 우성인자로의 진화를 시도했으나,

아직까지 긍정적인 결과물로 실현되지는 못했다.

"선배, 일은 잘 되고 있어요?"
"음… 오랜만… 난 여기서 일하게 너무 힘드네. 적성에도 안 맞는 것 같기도 하고… 이렇게 공동으로 무엇인가를 진행하는 건 아닌 것 같아. 좀 더 공부를 더 해야 하는 생각도 들고!"
"왜요? 무슨 일 있었어요?"
"특별한 건 아닌데… 여기 민간 기업체이기 때문에 스스로 하고 싶은 것도 못하고, 눈치도 봐야 하고. 그렇네!"
"그래도, 좀 더 시간을 가지고 고민하는 게 어때요?"
"근데, 사실 난 공부를 더 하고 싶어! 여기 들어오기 전에 학교에서 하던 연구하던 걸 계속하고 싶어. 난 이쪽 체질이 아닌 것 같아!"
"그래도 바이오 산업은 성장 가능성이 높아서 향후 전망이 좋던데요! 그리고 선배가 하는 일은 신약개발 쪽이라 성공하면 엄청난 부를 이룰 수도 있고… 좀 만 참아봐요! 좋은 일을 있을 거예요!"
"그래… 우선 나도 돈이 없어 학비를 충당할 때 까지만 버텨야 할 듯… 나는 사실 인류의 생명, 바이러스 그리고 진화에 따른 DNA 유전자 코드 관련된 연구를 계속하고 싶거든! 사실 회사에서는 이런 연구는 하기 힘들어. 지금은 돈이 안되기 때문에…"
"맞아요! 암튼 선배는 아직 열정이 대단하네요! 저도 요즘 회사에서 원하는 게 많아서 너무 바쁘네요! 다시 공부하긴 싫고…"
"그래! 난 이만 회사에서 전화가 왔네. 나중에 술이나 한 잔 해!"
"그럼 연락주세요! 수고하세요."

바이러스가 있기 이전에는 모든 것이 아름답게 보였다. 이 세상을 구성하는 모든 것들이 신성하고 이에 순응하며 살아야 하는 그런 대상이었다. 하지만 바이러스가 전 세계적으로 창궐한 지금 나는 이 세상을 구성하는 그 어떤 것도 믿지 못했다. 심지어 인간이 살아가기 위해 꼭 필요한 산소와 이산화탄소 또한 물의 구성요소가 되기 때문에 조심스러운 접근이 필요했다, 이 요소가 인간에게 치명적일 수 있기 때문에 내 주변에 직장 동료 그리고 가족들마저 서로 거리를 두고 안부를 물을 수밖에 없는 상황이었다. 이 상황이 언제까지 지속될지 모르지만 지금 이 세상은 접촉을 금지하는 그런 세상이었다.

그리고 고립된 사회에서 서로에게 눈치를 보며 해야 될 일인지 아닌지를 스스로 결정하고 책임을 져야 하는 그런 구조로 점차 변화하고 있었다. 직장이라는 개념은 출근하고 일하는 그런 공간적 의미를 지닌 곳이 아닌 시공간의 제약을 넘어 일에 대한 성과물을 만들어 내는 그런 가상공간으로 변하고 있었다. 그래서 나는 오늘도 재택으로 가상공간에 접근해 직장 동료 그리고 가족들의 안부를 묻는다. 직장 동료들과 오전에 미팅을 가지고, 서로 오늘까지 해야 할 일들에 대해 논의했다.

코로나19 바이러스는 인류에게 많은 변화를 주었다. 대면에서 비대면으로 생활 패턴이 바뀐 지 벌써 1년이 넘었다. 사실 전 세계적으로 많은 희생자를 발생하였으며, 마스크는 착용은 이제 권고 사항이 아니라 필수 조건으로 언제, 어디서나 이를 지켜야만 했다. 전 세계 인류 대부분은 점점 더 제한된 이동, 통제 그리고 막연한 두려움으로 인해 심리적 불안감이 가중되고 있었다. 나도 재택근무를 시작한지가 벌써 몇 개월 이상 진행된 것 같다. '21년말 종무식이 이제 몇일 남지 않은 상황에서 재택근무를 하며 온라인으로 서로의 안부를 확인했다. 그리고 아침에 자신의 업무를 공유하고, 화상으로 미팅을 진행하는 등 모든 업무는 온라인으로 진행되었다.

"오늘 회의는 여기까지 합시다"
"혹시 집에서 열이나 기침, 인두통이 있는 사람이 있나요? 없으면 오늘 아침 회의는 끝내고 내년에 다시 봅시다"
"팀장님, 어제 저녁부터 열이 조금 나는 것 같은데, 오늘 PCR 검사하고 결과 알려드릴게요. 좋은 주말 되세요"
"연말인데 건장 주의하고. OK"

팀장의 말이 끝난 이후 조금의 미열과 함께 인두통이 있음에 대해 이야기했다. 그 때부터 실제로 걱정이 시작되었다. 혹시나 양성 판정이 진짜 나올까? 그렇지 않을 것이라는 믿음으로 PCR 검사를 받기 위해 보건소로 향했다. 사실 이 때만 해도 이렇게 심각해질 줄은 몰랐다. 이른 아침이었지만 보건소에 도착하니 많은 사람들이 검사를 위해 대기하고 있었다. 검사를 위해 대기하는 동안 선배에게 전화가 왔다.

이 선배는 결국 다니고 있던 제약회사를 퇴직했다. 그리고 다시 학교로 돌아와 바이오 랩실에서 공부하고 있다는 소식을 통화로 알게 되었다. 박사학위를 받기 위해 회사에서 하지 못했던 생명과 바이러스에 대한 새로운 연구를 진행하고 있었다. 미생물에 대한 연구를 진행중에 있으며, 바이러스를 막는 백신에 대해서 연구하고 있었다. 잠시 선배 목소리가 떨리고 있음을 간헐적으로 느껴졌다. 왜 그렇게 느낀 걸까? 암튼 내가 검사할 차례가 되어 나중에 통화하기로 하고 전화를 끊고 의료진의 안내를 받으며 검사소로 들어갔다.

검사는 3분도 걸리지 않았지만 그 검사를 받기 위해 기다린 시간은 2시간을 넘기고 있었다. 검사결과는 내일 오전에 통보될 예정이라고 한다. 혹시나 하는 마음에 오늘은 사람들과 접촉을 최소화하고 홀로 지내야만 했다. 집으로 가는 발걸음이 무겁기만 하다. 아이들 그리고 아내에게 피해주고 싶지 않다. 하지만 함께 생활하는 공간은 어쩔 수 없이 서로 접촉할 수밖에 없다. 아직 확진일지 아닌지 모르기 때문에 서로 같이 생활하며 결과를 기다렸다. 다음날 이른 아침 보건소에서 문자가 왔다.

"확진 통보, 가족들과 떨어져 지금 바로 격리하세요."

확진 판정 문자를 받고는 상황이 심각함을 깨닫기 시작했다. 이 사실을 팀장과 회사에 알리자 직장 동료들은 검사를 진행했다. 직장 동료들이 감염되지 않기를⋯ 나는 사실 백신 미접종자다. 1차 백신을 접종하기 위해 '21년 9월쯤 신청하고 접종했다. 하지만 부작용으로 심장이 압박하듯 아프고, 갑자가 호흡곤란으로 응급실에 간 이후로는 더 이상 백신을 접종할 수 없었다. 그런 사실 때문에 바이러스에 더 취약했을지도 모른다. 하지만 백신 접종이라는 것은 검증이 안된 상태에서 어쩔 수 없는 인류의 결정이기 때문에 미접종자도 점차 증가하고 있었다. 사실 이것 때문에 아내와 올해 10월쯤 잦은 말다툼이 있었는데, 그 기억이 잠깐 떠올랐다.

"2차 접종 언제 할 거야?"
"부작용 때문에 못할 것 같은데… 어쩌지?"
"엥? 그래도 주변 사람들을 위해서 해야 되는 것 아냐?"
"저번에 나 응급실 간 것 알고… 그러는 거야?"
"음… 그래도 대부분 응급실 가더라도 괜찮을 것 같은데?"
"그 때 그 고통은 느껴본 사람만이 알 수 있어. 만약 0.0001%라도 부작용 대문에 죽음을 맞이한다면 너무 억울할 것 같아"
"그럼 안 걸리게 조심해! 걸리면 치사율도 좀 높은 것 같아서…"

하지만 백신이 바이러스와의 대결에서 충분한 효력이 있음을 접종자들에게 있어 유의미한 현상을 보며 모두가 권고하는 분위기로 바뀌고 있었다. 아무 이상반응이 생기지 않는다면 나도 백신을 접종하고 싶었다. 하지만 내 몸이 내 뜻대로 말을 듣지 않는다. 백신 접종자는 바이러스에 걸려도 자연적으로 항체가 생겨 이겨내거나 가벼운 증상으로 끝나는 경우가 많았다. 하지만 나에게 바이러스는 스스로 이겨내야만 하는 그런 것이었다. 치료를 할 수 있는 전용 병실은 물론 치료제도 없기 때문에 집에서 홀로 자가 치료해야만 했다. 이 증상이 경증에서 중증으로 어떻게 변할지 모르지만 가장 위급한 상황까지 준비해야 했다. 그 때 어제 전화로 안부를 묻는 선배에게 전화를 했다.

"선배, 어제는 바이러스 검사 때문에 전화를 못했네요. 무슨 일로 전화했어요?"
"아! 나도 바이러스에 대해 연구하다가 백신에게 이상한 게 발견되어

술이나 한잔 하려고 전화했는데…"
"선배, 저 확진 되어서 술은 다음에 해야 할 거 같네요"
"뭐가 발견되었다는 거예요?"
"그냥 이야기하고 싶어서… 조심하라고 전해주고 싶어서…"
"무슨 말이예요? 그게?"
"사실 백신에서 무언가를 봤는데… 그게 자꾸 꿈에서 나오는 거야!
그리고는 자꾸 미래 모습이 보이는데… 이건 꿈이니까 다음에 만나면
말해줄게"

　선배는 아무 일 없는듯 퉁명스럽게 이야기했지만 통화할 때 떨리는
목소리가 전해졌다. 무언가 있는 것 같은데 내 코가 석자인데 물어볼
수 없었다. 그래서 다음에 이야기하자고 끊고, 점점 심해지는 내 몸
상태를 확인해야만 했다. 하루 2번 열과 산소 포화도를 측정해야
한다. 이상반응이 나오면 즉각 병원, 응급실로 전화해야만 했다.
하지만 집에서 치료해야 할 사람들이 급속도로 증가하고 있어 빠른
조치는 취하지는 못했다. 이로 인해 하루하루 지나갈수록 위증증과
사망자는 증가하고 있다.
　진화를 통해 인류에게도 코로나19에 대한 면역항체가 생겼으면
한다. 고된 하루가 지나가고, 어디서 전염되었는지 알 수는 없다.
하지만 이미 확진 된 상황, 치료제가 더 이상 없는 현실에서 빠른
자연치유 밖에는 답이 없다. 사람들은 바이러스와의 전쟁으로 많은
희생을 경험해야만 했다. 죽고 사는 것 모두가 한 순간이지만 우리는
어떻게 살아야 했을까? 또한 생존을 위해 이렇게 힘들게 살아가야
하는 것일까? 만약 대부분의 사람들이 죽고, 일부가 살아남을 수
있는 환경이 다가올지 의문이다.
　생명의 시작은 경이롭고, 아름다웠다. 모든 생명이 있는 개체들은
새롭게 시작하는 순간 빛을 발산한다. 그 빛은 나의 몸과 더불어
새로운 혼이 함께 할 수 있음을 의미한다. 따라서 생명이 없어진다는
것은 그 빛을 잃고, 내 몸이 죽음에 이르게 한 단계일 수 있다.
시작과 끝은 언제나 양날의 검처럼 무엇이 시작인지, 끝인지 모른다.

죽음후에 새 생명이 시작되는지, 아니면 생명이 빛을 잃을 때 죽음에 이르는지 알 수 없다. 하지만 분명한 것은 생명과 죽음은 연결되어 있다는 것이다. 수많은 진화를 통해 생명체는 새롭게 태어나고, 죽음을 반복하고 있었기 때문이다.

그 결과 인류는 그렇게 대대손손 아주 오랫동안 이 지구에서 정착, 생존할 수 있었다. 하지만 생존을 위한 패턴이 이제 깨지고 있었다. 생존본능 보다는 집단지성을 활용한 이성적인 삶을 추구했기에 인류는 먼 미래보다 현재 삶에 충족하는 시대가 되었다. 내가 살고 있는 이 환경만 살아있을 때 누릴 수 있으면 된다는 집단 이기주의가 만연한 것이 바로 현실이다. 이는 점차 전 세계적으로 확대되어, 대부분의 선진국에서는 출산율이 낮은 이유가 바로 이것 때문이었다.

바이러스나 이상 물질이 침투했을 때 이를 유지하고 지킬 수 있는 것이 면역체계인데 감염과 질병으로부터 신체를 보호하는 면역반응에 관여하는 조직, 세포, 체액 등 생체시스템이 있다. 또한 그 주위에는 감염성 생물이 있다. 그러나 정상개체에서는 감염이 일어나더라도 단기간에 종식되어 중대한 장애가 발생하지는 않는다. 이는 바로 면역계에 의한 방어작용 때문이다.

이 면역체계는 생명활동을 영위하기 위해 꼭 필요하지만 이 체계가 깨지는 순간, 인류는 멸망될 수도 있다. 예를 들어 기존에 널리 퍼져 있는 균이 아닌 한번도 경험하지 못한 치명적인 바이러스의 출현으로 인해 인류는 고통을 겪은 적이 있다. 흑사병, 스페인 독감, 천연두 등은 과학이 발전하지 못했던 시대에 많은 희생을 강요당해야만 했다. 미래에도 그럴까?

바이오산업이 급속도로 발전하고는 있지만 바이러스의 변이 출현은 감당할 수 없었다. 바이러스가 출현되기 전에 전파속도와 생명의 위협성에 대해 예견하고 대응하지만 쉽게 예방하고 치료할 수 없는 게 현실이었다. 역사적으로 보듯이 면역활동 저하로 인해 많은 사람들이 생명을 잃었다. 아내도 요즘 들어 몸이 많이 피곤한 것 같다. 확진 된 남편을 돌보는 것도 힘든데, 직장일에 애들까지 힘든 나날들이 이어지고 있었다.

"오늘은 좀 쉬고 싶어.면역 체계가 좀 오래 버텨주면 좋을 것 같은데?
요즘은 밥 맛도 없고, 조금만 움직여도 근육통으로 피곤해"
"그래 좀 쉬어. 난 격리된 나는 신경 쓰지 말고!"
"그게 말이 되나? 어떻게 신경 안 써! 밥도 해야 하고, 얘들 학교,
학원 등도 챙겨줘야 하는데…"
"그래도 자신부터 챙겨! 아니면 더 힘들어 질 것 같은데"
"난 괜찮아! 백신 2차 접종까지 했으니 바이러스에 감염되지 않을 걸"
"너무 방심하는 것 아니야?"
"사실, 오빠는 미 접종자라서 감염된 거고 난 접종해서 감염 안된
것인지도 몰라!"
"애들은 그럼? 애들 감염여부는 몇 일 후에 알 수 있겠네"
"그래도 백신 접종하는 것은 두려워"
"애들은 백신 안 맞았는데, 괜찮겠지?"
"바이러스에 감염되면 자연 면역 체계에 의해 항체가 생성되니, 난
백신 접종 안 해도 될 것 같은데?"
"음…. 글치! 만약 완치가 되면 항체 생성되니, 안 맞아도 되겠네"
"암튼, 건강 챙겨! 누군가 아프면 모두가 힘들어 지니까. 나처럼"

　생명의 신비를 풀 수 있는 그날이 올까? 먼 미래에 그 날이 오지
않더라도 태어남이 있으면 죽음도 반드시 찾아온다는 것을 알고 있다.
이처럼 끝이 어디인지를 확신할 수 있다면 선택과 집중을 할 수 있을
텐데… 생명의 시작은 알았는데, 끝은 어디인지 모르겠다. 왜냐하면,
우리 면역 시스템이 언제나 최선일 수는 없으며, 어느 순간 망가질
수 있기 때문이다. 또한 다른 감염병 혹은 바이러스의 출현으로 한
순간 무너질 수 있는 것이 면역체계이기 때문이다. 그 끝을 모르기
때문에 어떤 순간도 놓치기 싫어하는 것인 인간의 본능 중 하나였다.
이렇게 그 끝을 모른 채 한 평생을 바둥바둥 살아가고 있는 나
자신이 한심하게 보였다. 하지만 분명한 것은 나를 포함한 인류는 그
끝을 준비하기 위해 지금 이 순간에도 노력하고 있다는 것이다.
왜냐하면 생존에 대한 연구, 생명 연장을 위한 살아 있는 모든

것들에 대한 연구는 과학자들이 밝혀내야 하는 큰 숙제이기 때문이다.

갑자기 선배의 동향이 궁금해져 다시 통화버튼을 눌렀다. 하지만 전화를 받지 않는다. 어떻게 된 일인지, 시간이 지나도 연락도 없고 문자를 보내도 답이 없다. 언론에서는 외출금지, 지역봉쇄 그리고 통제가 주요 뉴스가 되어 보고 있었다. 특히, 특정 바이오 연구소에서 백신 개발 중 알지 못한 화재로 인해 인명피해가 있다는 보도가 눈에 뛰었다. 혹시 선배가 예전에 이야기했던 그 연구소일까?

선배의 근황이 궁금하긴 했지만 그 보다 더 중요한 건 확진이 되어 버린 나 자신에 대한 근심이 가득할 뿐이다. 삶이 있으면 죽음이 있듯이 존재에 대한 궁금증이 머리속을 떠나지 않는다. 바이러스가 전 인류를 장악하고 있는 이 때, 무엇인가 구원자 역할을 할 수 있는 존재가 나타날 것 같았다. 이 바이러스에 의해 여러 국가 혹은 수많은 지역에서 사람들이 죽어가고 있었지만 백신이 개발되어 3상이라는 임상단계를 임의로 거치고 있었다. 대부분의 사람들이 접종하고 있지만 더 효과성과 부작용에 대해서는 아직 검증되지 않고 있었다. 도리어 이 백신이 우리 생명과 죽음의 경계에 있는 그런 물질인지도 모르겠다. 하지만 의학계나 주변 바이오 업종에 종사하는 지인들의 만나 이야기를 들어보면 여러가지 문제점이 있다는 것도 알 수 있었다. 바이러스와 싸우기 위한 면역체계를 보완이 더 필요하다. 두통이 일어나고, 구토 증세가 보였다. 그리고 눈가에 열기운과 함께 기침과 인두통이 조금씩 올라오는 것 같은데, 이 같은 증세는 이미 감기에서 경험한 것 같아 뭔가 찜찜하다. 드디어 선배에게 연락이 왔는데, 그는 조심스레 안부를 묻고는 울먹이고 있었다.

"어제 지금까지 한 모든 연구활동이 다 불에 타고, 나도 연구소에서 간신히 탈출했다"

"그래요. 그 뉴스에 나온 연구소가 선배가 있는 곳이었네. 그래도 다행이다"

"하지만 모든 게 사라지고 나니, 이제 어떻게 해야 할지 모르겠네. 사실 이번 연구는 변이 바이러스 백신에 대한 건데, 이 기사가 언론에 퍼지면 아마도 큰 일이 발생할 것 같아"

"그게 무엇이길래, 그렇게 중요한데요? 난 바이러스에 감염되어 격리되어 있어요. 무엇이든 간에 저는 어떻게 하면 좋을까요? 그냥 이렇게 삶과 죽음의 경계선에서 버티는 것이 최선일까요?"

"음… 그래도 그게 최선일 것 같다. 실제 우리가 연구하고 있는 것이 바로 변이 바이러스가 인체에서 진화되어 새로운 영역으로 침투되는 것을 연구하고 있어. 그리고 백신 부작용에 대한 전 세계적 사례를 모으고 있어. 백신 자체도 인간에게 또 다른 영향을 주며 진화하고 있어. 실제로 검증되지는 않았지만 연구소에서 그런 연구데이터가 다 사라지고 나니, 허탈하네"

"그런 연구를 하는지 몰랐네요. 그래서 선배도 백신 접종을 하지 않았군요. 그 외에도 백신에 대한 부작용은 시간이 지날수록 더 심각하게 블로그나 온라인 커뮤니티를 통해 공유되고 있는 것 같아요. 저는 백신 부작용으로 인해 2차 접종을 할 수 없었어요. 제 몸의 면역체계가 심각하게 반응하는 것 같네요."

"심각한 부작용이면 접종하면 안돼. 그리고 이 연구를 하다 부작용보다 더 무서운 것이 바로 mRNA 백신이 진화한다는 거야. 이는 바이러스가 진화하여 변이를 일으키듯이 백신도 우리 몸에서 새로운 무엇인가를 형성한다는 거야. 어떻게 보면 이게 더 심각한 것으로 전이될 수 있어"

"급하게 개발하고 접종된 백신은 바이러스를 예방해 주는 것처럼 보이지만 지금까지 발생한 부작용과 더불어 미래에 어떻게 될 지 모르기 때문이야. 그래서 난 정치적으로 이를 호도하거나 편향한 다수를 위한 의사결정이 결국 다수를 생존의 끝으로 몰아가는 결과를 만들 수 있다는 거야"

"선배말도 일리는 있네요. 실제 부작용 사례로 인해 확률적으로는 미비하지만 일부 사람들이 죽음을 맞이하거나, 고생하고 있는 것은 사실이예요. 하지만 이에 대한 연관관계를 밝히지 못해 보상을 받지 못하거나 정부에 대한 불신으로 반정부 형태의 시위가 발생하고 있는 것 같네요."

"그래, 암튼 자세한 것은 또 다시 통화하자. 나도 어제 화재로 인해 해야 할 일이 있어 나가봐야 해. 그리고 내 연구자료도 찾아서 정리해야 해서…"
"그래요. 열이 나는 것 같아서 해열제를 먹고 누워야 될 것 같아요. 그럼 바이러스 조심하시구요."

　선배와의 통화가 끝난 후 백신의 폐해에 대해 좀 더 알아보았다. 과거에 나타난 신종 바이러스와 치료제 그리고 백신에 대해서 찾아보면 인류는 바이러스와의 전쟁에서 승리한 적이 한번도 없었다. 특히 인간은 먹이사슬의 가사사슬의 최상위에 있지만 바퀴벌레 보다 더 바이러스에 취약했다. 특히, 인간은 인체 내 모든 기관이 뇌와 연결되어 있어 이를 연결해 주는 신경 및 혈액들이 모두 이에 취약한 생물이기 때문이다.
　인간의 뇌중 일부 뇌만 바이러스에 의해 파괴되면 온 몸에 영향을 미친다. 심각하지만 알 수 없는 불치병도 이와 연관관계가 있을 수 있다. 만약, 바이러스가 변이를 일으켜 뇌에 침투하여 기생충처럼 기생하고 있다면 인간은 알 수 없는 바이러스에 조정 당할 수밖에 없다. 인류는 유전자 지도를 철저히 분석, 변형하여 생명의 비밀을 밝히려고 노력하고 있지만 현재 유전자 기술로는 쉽지 않은 듯했다.
　인류는 이와 같은 가치를 악용하여 최상위 포식자로써 전 세계를 지배하여 살아왔다. 지구는 오래전부터 신규 생명을 탄생시키기 위해 스스로 환경을 만들었고, 각각 먹이사슬의 규칙을 통해 모든 것들이 공존해 왔다. 하지만 인류는 절대 권력자로써 이 법칙을 무시하고 지금까지 생존해 왔다. 이런 측면에서 인류는 바이러스 감염이라는 벌을 받고 있는지도 모른다. 선배에게 다시 전화가 왔다.

"잘 지내지? 부탁이 있어 연락했어. 많이 아프면 어쩔 수 없고"
"아니, 괜찮아요. 어제 저녁에는 잠을 잘 수가 없었어요. 오한에 열과 두통 그리고 기침까지 증상이 좀 심각했는데, 이제는 좀 많이 나아졌어요. 감기약과 두통약 먹고 몇 시간 있으니까 없어지는 것 같아요"

"다름이 아니라 내 연구 중에 백신을 접종한 사람을 대상으로 부작용에 대한 연구를 하고 있는데, 이에 대한 대조군이 필요한데. 진성아! 대조군으로 실험대상이 필요해서 그런데 그 역할 좀 부탁해"

"다른 사람을 실험대상으로 할 수 있지만, 내 연구가 외부로 공개되는게 싫어. 그래서 진성아 한번만 도와줘. 이거 도와주면 내가 연구하고 있는 것 알려줄 수 있어."

"선배, 난 아직 환자인데, 도움이 될 수 있을까요? 아직 격리기간이 일주일이나 남았는데, 외부와 단절된 여기서 도움되기 어려울 것 같은데, 괜찮죠?"

"괜찮아! 대조군으로 실험하는 거라서… 내가 먼저 요청하는 건 백신에 이상한 부분이 있어 그래. 미국, 영국 등 선진국에서 개발된 백신에 좀 이상반응 보고가 많이 올라오고 있거든. 하지만 글로벌 제약사들은 이에 대한 검증을 하지는 않는 것 같아. 그래서 이렇게 작은 연구소에서 실험을 통해 부작용에 대해 검증해 보고 싶어"

"좋은 것 같네요. 실제로 저도 백신 부작용 때문에 한동안 응급실에 갔고, 이상 없다는 글로벌 제약사에서 만든 mRNA 백신을 접종하지 못했어요."

"그래, 나도 사실 백신을 접종하기가 꺼려져서 아직… 실제 mRNA 백신은 검증이 끝난 시점에 접종할 계획인데"

"근데, 저번에 통화 중에 뭔가 있는 것 같은데… 그게 무엇인지?"

"아하! 그거, 뭐라고 이야기해야 하나? 음… 백신에서 미생명체가 발견되어서 조금하라고, 근데 그 연구자료가 다 화재 때문에 다 없어진 것 같아! 누군가 일부러 그 자료를 다 없앤 것 같아. 그럼 그게 사실이라는 거지?"

"에이, 설마 국민 대부분이 접종한 백신에 미생명체가 있다니, 그건 말도 안돼 선배가 잘 못 봤을 거야! 전 세계인들이 만약 그걸 알면 가만히 있지 않을 건데"

"사실은 나도 그게 두려워, 아니길 기도할 뿐이지"

선배는 비대조군 실험에 대해 상세하게 알려주고, 전화를 끊었다. 분명 뭔가 있는 것 같은데, 증거가 없으니 어떻게 알릴 수도 없고 그냥 머리속으로 상상만 할 뿐이었다. 그쯤 TV에서 반정부 시위대의 목소리가 들려왔다. 캐나다, 호주, 이스라엘 등등에서 백신패스 거부에 대한 대규모 집회가 여러 국가에서 진행되고 있었다. 마치 백신과의 전쟁을 치르는 듯한 기분이 들 정도로 폭력적으로 보였다. 저 사람들은 어떤 생각을 가지고 반정부 시위를 하는지 궁금하다.

백신은 인류를 위한 것인데 그리고 다수의 행복을 위해 백신패스는 존재해야 하는데, 왜 저런 행동을 보이는 걸까? 만약 백신패스에 반대하는 소수라면 그들은 백신접종을 하지 않은 사람들일 것이다. 기본권을 침범하는 행위에 대한 대항이다. 즉, 그들의 기본권인 생존권이 큰 정부로부터 위협받을 수 있음을 알고 있기 때문이다.

전 세계에서 왜 이런 일들이 지속적으로 동시에 발생하는 것일까? 만약 코로나19 바이러스가 인간의 실수로 인해 전 세계적으로 퍼진 것이라면 어떻게 할 것인가? 또한 바이러스가 전 인류에게 전파되어 혼란이 가중될지 미리 알았더라면… 이를 알고 세력은 사전에 백신을 개발하는 회사에 투자를 했는지도 모른다. 세계적 권력과 부를 가진 자들은 인류가 바이러스에 얼마나 취약한지, 백신접종에 따른 생존 욕구가 얼마나 지속되는지를 모니터링 하고자 했다. 그들은 이전부터 백신 개발업체에 큰 투자를 했고, 수익을 창출하고 있었다. 이미 흩어진 조각을 맞추는 퍼즐처럼 이전부터 그렇게 해 왔던 것처럼…

글로벌 제약사 중 백신 개발업체는 생명의 존속여부 및 부작용과 관계없이 mRNA 백신을 배포했다. 선배가 말한 것처럼 미생명체가 백신에 남아 있을 수 있었다. 그 구조는 일반적인 단백질 구조와 다르기 때문이다. 만약 큰 차이가 없다면 이를 선점하기 위해 mRNA 구조에 유전자변이를 일으킬 수 있는 물질을 넣을 수도 있다. 그것이 진실이라면 인간은 사악하고, 이기적인 존재임에 틀림없다. 암튼 선배와의 긴 통화로 인해 격리 중에도 여러가지 고민과 함께 하루가 지나간 것 같다.

생(生)과 사(死)

46억년전 태양계가 탄생한 후 지구에는 생명의 흔적을 찾아볼 수 없었다. 지금으로부터 38억년전에 지구에 생명체가 처음 탄생했다. 그 당시의 지구는 지금과 전혀 다른 곳이었다. 산소는 없고 바다는 뜨거웠으며, 운석과 혜성이 끊임없이 충돌하는 곳이었다. 즉, 무기물만 있던 곳에서 어떻게 유기물이 생겼고 생명체가 탄생했는지 아직 밝혀지지 않았다.

처음에는 대부분의 사람들은 생명이 자발적, 반복적으로 생겼다고 생각했다. 왜냐하면 부패한 고기에서 파리와 구더기가 생기고 습한 땅에서는 개구리가 저절로 생성되었다고 생각했기 때문이다. 하지만 이 생각은 여러 실험을 통해 사실이 아님이 검증되었다. 즉, 생명체는 자발적으로 생성되지 않았고, 오랜 시간동안 유기적 상호작용에 따른 진화를 통해 생명은 자연스럽게 재구성되었다. 만약 지금까지도 생명체를 만든 창조주가 있다면, 창조주는 이미 죽고 대신 그 역할을 인간이 하고 있을 것이다.

이처럼 창조론을 바탕으로 생성된 종교는 과학기술의 발달에 따라 차츰 없어지기 시작했다. 종교인들이 주장하는 생명이라는 것은 불,

흙, 공기, 물 그리고 '혼'이라는 5대 원소로 구성되어 있었다고 한다. 또한 '혼'이 물질세계 이면의 비어 있는 공간으로 가득 채워져 있다고 했다. 하지만 실제 생명체의 구성은 산소, 탄소, 수소, 질소, 칼슘, 인산으로 대부분 구성되어 있었다. 이 중에서도 물(H_2O)은 인류가 살아가는 데 있어 없어서는 안 될 성분이었다. 또한 특정 산소분자는 거대한 사막과 극지방의 동토층을 지나다니는 바람의 흐름에 따라 수 세기 동안 대기중에 떠돌다가 폭풍우에 의해 바다로 떨어졌고, 이는 넓은 대양의 물결 속으로 이동했다. 이처럼 생명을 구성은 각 영역의 순환에 의해 결국 연결되어 있었다.

양자역학에서 원자라고 부르는 것이 합쳐져 분자로 구성되고, 신규 유기체로 변화하기 시작했다. 즉, 수소와 산소의 유기적 화합에 의해 물(H_2O)은 생명 탄생의 환경을 제공했다. 그리고 중력에 의해 행성 지표면에 머무르면서 그 형태를 변화시켰다. 액체 상태로는 생명이 탄생되기 어려웠기 때문에 물, 수증기가 공존하는 온도를 유지해야만 생명 활동을 활 수 있었다.

이 환경에서 생명 활동이 가능해지면서 최초의 단세포 생물이 생성되기 시작되었다. 이 단세포 생물은 핵이 없는 구조로 되었으며, 이 생물은 산소를 통해 신규 물질을 만드는 광합성을 했다. 이처럼 광합성을 하기 위해서 산소는 꼭 필요했고 이는 인간을 비롯해 모든 동식물에게도 동일한 상황이었다. 인간은 기본적인 에너지원으로 탄수화물을 사용하고 있는데, 그 중에 기본이 되는 것이 포도당이라는 물질이며 여러 개가 염주처럼 사슬로 묶인 이것은 광합성이라는 과정을 통해 만들어 진 것이다. 이처럼 태양 에너지로 만들어진 포도당은 입과 위를 거쳐 소장에서 흡수가 된 뒤 피를 타고 온몸의 세포로 전달되었다.

"우리 세포안에서 에너지는 어떻게 생성되는지? 궁금해서요"
"이것 참… 설명하기 어려운데 간단하게 말하면 세포 안에서 포도당으로부터 에너지를 뽑아내는 것은 광합성과 반대되는 행동을 한다고 보면 돼"

"네. 교수님, 좀 어려운데요."

"포도당은 간단한 형태의 이산화탄소로 분해되는데 이때 에너지가 방출되는데, 호흡이라 불리는 이 과정에는 산소가 필요하게 되지요. 이 산소 호흡을 실제로 수행하는 세포 내 기관은 바로 '미토콘드리아'야"

"제가 알기로는 미토콘드리아는 바로 십 수 억년 전에 나온 세균과 같은 것으로 알고 있는데… 아닌가요? 제가 아는 게 맞나요?"

"맞아요. 포도당 분해에 필요한 산소는 필요한지라… 그 때 이 세균이 필요하거든. 굳이 산소가 아닌 황산염 같은 다른 화학물질을 써서 포도당을 산화해도 되지만, 아무튼 미토콘드리아로 구성된 세균은 산소를 사용하고, 에너지를 얻는 구조로 되어 있지요."

"정말 다행스럽네요. 이 세균이 산소를 이용하여 생명유지를 했다는 것이 우연이라고 하기엔 너무 필연적인 역할을 하고 있네요."

"그렇죠. 광합성을 하는 식물이 태양 에너지를 넣어 만든 포도당에서 필요한 에너지를 다시 뽑아내는 데에는 다른 어떤 물질보다 산소가 유리하기 때문이지요. 상대적으로 많은 양의 에너지를 뽑아낼 수 있어 인간이 이렇게 활동할 수 있는 원동력이기도 하구요."

"그럼, 단세포가 수십조개의 세포로 구성된 다세포 생명체로 진화한데에도 산소의 역할이 중요했나요?"

"음… 그렇다고 봐야 될 걸요. 만약 황산염과 같은 물질로 포도당을 호흡했다면 과거의 공룡은 물론이고 현재 사람과 같은 크기의 동물로는 진화할 수 없기 때문이죠."

지구위의 모든 생명체가 산소가 없다고 사라지는 것은 아니다. 미생물은 산소 호흡 이외의 다양한 방식으로 살아갈 수 있었다. 지질학적 증거를 보면 45억년의 지구 역사에서 앞의 거의 절반 정도 기간엔 대기 중에 산소가 전혀 없었다. 첫 생명체의 화석이 약 38억년 전의 것이므로, 산소가 공기 중에 어느 정도 존재하기 시작한 23억년 전까지 15억년 이상 동안 다양한 종류의 미생물이 지구에 살고 있었다. 이처럼 산소 없이 살아가는 미생물을 보고 전혀 놀랄 일이 아니다. 수많은 동물과 식물의 생명줄인 산소는 그럼 어떻게 갑자기 지구상에 나타난 것일까?

산소 생성에 있어 중요한 역할을 담당했던 것이 남조류라고 불렸던 '시아노박테리아'라는 세균이다. 화석 증거를 볼 때 30억년 전쯤 지구에 출현한 것으로 보이는 이 세균은 산소를 만드는 방식의 광합성을 하는 최초의 생명체였다. 그 후손은 지금도 바닷물과 호수, 강물에 살면서 광합성을 통해 공기 중의 이산화탄소를 태양 에너지로 묶어서 포도당으로 만드는 이 활동을 이어가고 있다. 지구의 광합성은 육지에서는 식물이, 물에서는 '시아노박테리아'가 주로 담당하고 있어 눈에 보이지 않는 이 세균은 지금도 생태계에서 큰 역할을 하고 있다. 23억년 전까지 지구의 모든 생명체는 단세포의 미생물이었고 산소가 없어도 잘 사는 평화로운 생태계를 이루고 있었다. 지구를 점령한 이 세균 덕분에 지구 대기의 산소 농도가 점점 높아지게 된 것이다. 그리고 과학자들은 현재 동식물과 나타나기 전 미생물 세계의 멸종이 이때 일어났다고 한다. 산소 때문에 많은 미생물이 멸종했지만, 일부는 이를 피해 다양한 환경으로 숨어들었다. 그렇게 지구에는 긴 시간이 지나 산소농도가 증가했으며, 이를 통해 생존할 수 있는 인류가 지구에 나타나기 시작했다.

"아빠, 지구 환경위기가 심각한데 미래에 우리가 살아갈 지구는 안전할까요?"
"음…그것만 생각하면 골치가 아파"
"왜요? 지구는 지금 어떤 상태인대요?"
"인간이 자연을 파괴하고도 아무렇지 않게 생활하고 모른 척하기엔 상황이 너무 심각해! 지구온난화로 인해 대기 온도는 지속적으로 상승하고 있으며, 이 때문에 환경보호 단체들은 이를 막기 위해 시위도 하고, 협상도 하고 있지!"
"그렇군요. 근데 대안이 있나요? 만약 지구에 생명체가 모두 전멸했을 때에도 동일한 환경 아니었나요?"
"정확히 100% 동일하지는 않지! 근데, 인간은 이 사실에 대해 망각하고 있는 것 같아. 오랜 시간동안 힘들게 구성된 소중한 산소와 물 그리고 환경을 한순간에 파괴할 수 있을지…? 산소가 만들어지기 위해서는 여러 상호작용이 필요한데…?"

"그게 무엇인데요?"

"땅속을 갯벌을 번 살펴보면 물이 들락날락하는 습지인데 갯벌 속에는 산소가 거의 없지. 갯벌은 오염물질 정화에 관해선 특별한 능력을 갖춘 중요한 생태계이지만 미생물은 존재했고, 이 곳에 서식하는 것이 황산염 환원 세균이야"

"미생물! 그게 세균이라구요?"

"세균은 갯벌로 유입되는 다양한 유기물을 분해해서 에너지를 얻을 수 있지. 그리고 인간은 이 산소를 이용하지만, 이 미생물은 산소 대신 황산염을 이용해 호흡하거든. 그러니까 이 세균이 이상하게 호흡을 한다고 우습게 볼 문제는 아니지!"

"그럼 세균은 산소가 나타나기 전부터 이런 호흡을 해왔는데, 산소가 없는 또 다른 공간이 있어요?

"있지! 바로 우리 몸 대장 속을 꼽을 수 있지. 사람의 대장에는 수백종의 세균이 생태계를 이루고 있는데, 우리가 먹는 음식을 이용해서 살고 있어. 하지만 이들 대부분은 산소가 있으면 즉사해!

"그렇군요. 신기하네요"

"그리고 엄청난 양의 산소를 대량으로 만들었던 '시아노박테리아'라 불리는 거 혹시 아니?"

"과학시간에 배운 것 같아요. '시아노박테리아'는 협력과 공생관계를 통하여 약 10억년 전쯤 단세포 생물이었던 세포핵을 갖춘 세포와 공생을 시작으로 진화를 거듭해 다세포 생명체인 지금의 식물이 된 거죠?"

"어떻게 이렇게 잘 알지? 공부 열심히 했구나!"

"그것 보다 지구는 그래서 어떻게 되었어요?"

"모든 식물의 잎 세포에는, 지금 엽록체라고 불리는 '시아노박테리아'가 있었고, 바다, 강물, 호수에서는 단세포 미생물로, 또 육지에서는 식물의 잎 안에 엽록체로 존재하는 이 세균은 이 지구에 안전하게 정착할 수 있었지. 이것처럼 지구가 아닌 타행성에서도 이와 같은 환경이 만들어 진다면 제2의 지구가 될 수도 있지 않을까?"

"우아! 그럴 수도 있겠네요. 지구가 멸망하면 그 곳으로 이주할 수 있을까요?"

"그건, 아직 불가능이야. 현재 과학기술로는 지구와 유사한 별을 찾지도 못했지만… 찾더라도 그 곳으로 가는 것은 더더욱 어렵거든"

이처럼 원자에서 분자, 세균, 단세포, 다세포로 진화되었다는 사실은 종교를 믿는 신도에게는 충격적 사실이었다. 이처럼 우연을 가정한 그들은 지구에서 오래전부터 진화하며 정착할 수 있었다. 이와 다른 또 다른 가설이 있는데 그 중 하나가 대기에서 유기물 합성을 통해 생명이 탄생되었다는 것이다. 지구와 유사한 행성이 태양계에 있다고 가정, 이 대기를 분석했는데 메탄, 암모니아, 수소 등으로 이루어졌다고 추정하였다.

이 성분들이 유기물과 합성되어 바다에 축적되는 과정에서 유기물 복합체가 생겼다. 이것이 최초의 생명체일 수 있었다. 그 외 가설은 유기물속에 외계 생명체가 유입되었다는 것이다. 별과 별 사이의 우주공간에 존재하는 분자는 지금까지 발견된 것만 140여 종에 달한다. '혜성' 꼬리에서 발견된 글리신과 같은 아미노산이 포함되어 있으며, 화학반응으로 인해 생명이 탄생되었을 가능성이 있었다. 지구에 떨어진 운석에서 아미노산과 같은 유기물들이 발견된 점이 이를 증명해준다.

이렇게 유기물이 성간 분자로 발견되고 생명의 기본 단위들이 운석에 들어 있다면 지구 생명체도 사실은 외계에서 오지 않았을까? 태초의 지구는 수많은 운석들이 쏟아져 지구와 충돌했으며, 이 운석들의 충격으로 발생한 에너지가 태초 지구물질의 화학반응을 촉발했기 때문이다. 그 결과 DNA성분을 만들어 냈고 새로운 생명이 탄생했다는 것인데, 이것이 사실인지 아닌지는 시간이 흐르면 알 게 될 것이다.

실제 생명의 탄생은 인류의 출현과 너무 먼 일이기 때문에 그다지 관심 없다. 하지만 인류 탄생배경이 이와 관련된 새 생명체로부터 발현된 것이기 때문에 미시적인 생명체에도 대한 관심이 생긴다. 존재의 가치를 찾는 것은 의미 있는 일이기 때문이다. 인간이라는 존재, 그리고 그곳에 생명이 있다는 것에 알 수 없는 그런 비밀이 숨어 있었다. 태초의 생명과 바이러스 탄생에 대해 의문을 가지고 선배는 학교에서 지도교수를 찾았다.

"교수님, 생명이란 무엇인가요?"
"그건 무에서 유를 창조했던 유기적 활동이라고 보는데… 음… 어렵네! 많은 학자들은 보는 생명이란, 유기체가 자기복제를 통해 동일한 복제물을 만들어 내고 진화를 겪으면서 새로운 종으로 탄생하는 것이라고… 말해요"
"네, 저도 그건 아는데, 왜 그렇게 되었는지 이해가 안가요"
"이해하려 하지 말고, 있는 그대로 받아들여요. 그게 최선이예요. 과학기술의 발전으로 인류는 신의 영역까지도 실험으로 검증하려고 하네… 그 사실이 검증된다고 하더라도 우리는 스스로를 복제할 수 있는 그런 존재는 아니니까 그냥 있는 그대로를 받아들이세요"
"네. 교수님, 그래도 요즘 제가 백신에 대해 연구하고 있는데, 실제 생명과 바이러스와의 관계가 궁금해서요. 실제 생명의 탄생 시점에 바이러스도 같이 출현한 것 같은데… 생명은 진화를 거듭해 환경에 적응해왔는데요. 바이러스는 어떻게 변화되었는지 궁금해서요"
"수많은 과학자들이 이 궁금증에 대해 답을 찾기 위해 많은 노력을 했는데! 그 결과는 진화와 창조로 대변되는 논쟁으로 확산, 전개된 건 알죠? 그러면서 종교적 대립과 갈등 그리고 전쟁까지 발생했는데… 사실 아직까지 검증되지 않은 가설이지만 그 비밀이 언젠가는 밝혀지겠죠? 확실하게 말할 수 있는 것은 생명이라는 존재는 그 자체가 위대한 역사적 산물이라는 거죠! 과거에 생명은 생존을 위해 스스로 변화했으며 지금도 생존의지를 통해 미래를 바꾸어 가고 미래에도 어떤 형태로든 존재하기 위해 노력할 것이라고 봐요"
"네. 그래도 그 궁금증에 대한 정확인 답은 없어도 인류가 앞으로 해야 할 방향은 설정되어야 할 것 같아서… 저도 이 바이러스와 백신 연구의 끝을 보고 싶어서 여쭤어 봤어요. 좋은 답변 감사합니다."
"언제라도 궁금한 게 있으면 찾아오세요. 아는 데까지 이야기해 줄 테니…"
"네. 감사합니다."

　시간은 거슬러 지구가 생성되었을 당시로 갈 수는 없지만 분명한 것은 이 지구는 우리 인류만의 것이 아니라는 것이다. 수많은 유기물의 결합체를 통해 미세한 미생물부터 동식물에 이르기까지 모든 상호작용에 의해 이 지구는 유지된다. 즉, 지구는 하나의 큰 생명체로 살아있다는 것이다. 지구 내 모든 동색물의 포식자로써 환경을 무차별하게 사용, 보존하지 않고 살아간다면 분명 인류에게 재앙이 되어 되돌아올 것이다. 어쩌면 코로나19 바이러스도 지구를 파괴하면서 만들어낸 또 하나의 괴물일지도 모른다. 신비로운 생명과 바이러스에 대한 생각에 잠이 오지 않아 선배에게 전화를 했다.

"선배, 죽지 않는 생명체가 있을까요?"
"당연히 있지. 좀비 세포라고 들어봤나?"
"아니요. 그게 무엇인가요?"
"우선 좀비라는 것 알지? 영화에서 많이 본 거!"
"그건 알죠"
"그게 말이야. 실제 좀비가 아니라 줌비라고 콩고 단어에서 유래했지. 즉, 신과 숭배의 대상을 뜻하지. 특정 종교에서 '영혼을 뽑아낸 존재'라 불러. 그리고 통상적으로는 부활한 시체를 이야기하지!"
"아! 그런데요?"
"우리 몸에는 좀비 세포가 있는데 이를 노화세포라고 불러. 근데 노화세포는 죽지 않아. 수십년 동안 조직에서 버티는데, 이게 꼭 좀비 같거든"
"그럼 이 좀비 세포를 죽이면 어떻게 되나요?"
"일반적으로 세포는 세포내 조절기능에 따라 분열하며 성장하다 죽어. 그런데 어떤 원인으로 세포가 손상됐을 때 치료를 받아 회복되어야 하지. 정상적인 세포로 돌아오기도 하지만 회복이 안 되는 경우 스스로 죽고 없어져! 이를 통해 인간은 일정세포수의 균형을 유지하거든. 그런데 증식, 억제가 조절되지 않는 비정상적인 세포들이 생기면 여러 질병으로 발병되기도 해"

"그럼 좀비(노화) 세포는 어떻게 생기는 거예요?"

"나이가 들수록 인간의 세포는 40.50번의 분열 후 더 이상 분열을 할 수 없는 노화세포가 쌓이게 돼. 분열을 멈춘 노화세포는 염증을 유발하기도 하거든. 노화세포가 모이면 늙게 돼지. 근데 노화세포가 좀비 상태로 버티면서 염증을 일으키면 악성종양으로 변화기도 해. 그래서 이를 제거하면 병을 치료할 뿐 아니라 노화가 지연되는 효과가 있어"

"이거, 우아… 그럼 인간도 이 기술만 더 발전하면 노화를 방지하여 더 오래 생존할 수 있겠네요?"

"그렇지, 이미 2018년부터 이와 같이 쥐에게 '세놀리틱'을 투여해 세포분열을 통해 활성화되고 노화를 방지된다는 것을 검증하기도 했지. 이 바이오 기술을 인간에게 실험하기 위해 현재도 많은 실험이 진행중이야"

"그럼, 이렇게 유전자 변이를 통해 진화가 이루어 지겠네요?"

"그렇지. 먼 과거의 인류보다 현재 우리가 더 오래 사는 것도 이 유전자의 변이 때문이라고 할 수 있지"

"이건! 대단한 발전이네요"

"근데 치명적인 부작용이 있어. 그게 바로 '사이토카인' 단백질이라는 건데. 노화세포는 분열하지 않지만 '사이토카인'을 계속 분비해. 이 단백질은 결국 염증을 일으켜서 면역세포를 불러와 조직을 공격하지. 이 증상이 지속되면 만성염증으로 발전하거든. 이 염증을 최소화하기 위해서 자율적으로 노화세포인지, 아닌지를 구별하여 '사이토카인' 방출해야 하는데, 만약 이게 조절되지 못하면 염증을 더 악화시켜 죽을 수도 있어"

"그렇군요. 그래서 인류에게 투여할 때 주의가 필요할 것 같네요. 그리고 만약 이를 검증하려면 많은 사람을 대상으로 실험해야 할 텐데…이것도 문제네요. 실험대상에 잘 못 투여하면 노화방지가 아니라 면역체계의 이상반응으로 더 심한 병에 걸리거나, 뇌세포를 파괴할 수도 있겠네요"

"그렇지. 이게 바로 미래 바이오 기술이 풀어야 될 큰 숙제 중의 하나야!"

"어렵네요! 암튼 긍정적으로…"

생명은 끝은 죽음이 아니라 새로운 생명의 탄생이라는 것을 알았다. 과학 기술의 발달에 따라 죽지 않는 세포를 제거함으로써 노화를 방지하고 젊음을 유지할 수 있을지도 모른다. 그 실험은 거대 권력과 국가를 중심으로 점점 더 현실화되고 있었다. 그 중 글로벌 제약사들은 mRNA 구조에 노화방지를 위해 좀비 세포 제거를 위한 '세놀리틱' 성분을 투여하고자 했다. 그리고 유기합물을 생성하여 스스로 세포분열을 통해 면역반응을 일으켜 노화를 억제하고자 했다.

그 실험은 '19년말 햄스터에게 투여하여 노화 억제효과에 대한 검증을 받았고, 인류에게 투여하기 위해 실험대상을 찾고 있었다. 하지만 인류에게 실험하여 검증하기까지는 많은 시간이 소요되어야 했다. 그 당시 많은 투자를 진행했던 글로벌 Top기업 CEO와 그 배후의 권력자들은 유출된 독감 바이러스에 주목하기 시작했다. 그리고 글로벌 제약사와 회의를 비밀리에 진행하였다.

"BG회장님 지속적인 투자유치에 대해 우선 감사합니다. 하지만 저희도 노화에 대한 연구 그리고 실험을 위해서는 시간이 필요합니다. 회장님, 중국 우한에서 실험실에서 유기화합물로 연구하던 코로나19 바이러스가 밖으로 유출된 사건 아십니까?"

"그건 알죠! 몇 일전에 들었어요. 정말인가요? 근데, 그 유출사건이 노화방지를 위해 투자하고 있는 실험과 무슨 관계인가요?"

"별 다른 관계는 없습니다. 다만, 노화방지를 위해 실험도중 일부 코로나19 바이러스가 노출된 것 같습니다. 지금 연구하고 있는 노화방지 실험관련 좋은 방안이 하나 있는데… "

"그게 무엇인데요?"

"그게… 사실 중국 우한에서 바이러스를 노출시킨 것은 우연이 아닌 임의로… 목적은 백신개발을 가장한 노화방지를 위한 실험입니다. 그리고 BG회장님이 그토록 원하시던 죽지 않는 영생의 길이 열릴지도 모르죠?"

"얼마나 빨리 진행될 수 있나요? 이 건에 대해서는 보안을 철저하게 합시다. 우리 모두가 인류의 적이 될지, 아니면 구원자가 될지… 모르겠군요."

"바이러스가 노출되기 전부터 백신은 개발진행 중에 있었기 때문에 바이러스 감염자가 폭발적으로 증가하더라도 이에 대한 방안은 있으니 안심하셔도 됩니다. 그리고 코로나19 백신 개발 이후 판매를 통한 수익금을 통해 노화방지에 대한 개발을 마무리할 수 있도록 하겠습니다."

"그래. 백신을 가장한 노화방지 실험에 투여되는 것이 무엇인지? 부작용은 파악되었나요?"

"아니요. 아직 일부 표본검사를 통해 실험/검증을 진행중에 있습니다. 그리고 경증 부작용만 보고되었으며, 큰 우려를 하지 않아도 될 것 같습니다."

"네, 그렇군요. 이 프로젝트는 1급 비밀이니 외부는 물론 내부로도 발설하시면 안됩니다. 알겠죠? 내 나이 이제 80세를 바라보고 있네요. 빠른 실험을 위해 바이러스는 최대한 광범위하게 퍼뜨려 주세요"

"네, 이 바이러스는 아마도 '팬데믹' 상황으로 전개될 겁니다. 중국 우한 연구소에서 노출된 바이러스는 호흡기로 전파되어 전 세계 어디서나 빠르게 전파되어 조만간 세계보건기구는 '팬데믹'을 선언할 걸로 보입니다."

"그래요. 그리고 코로나19 백신이 개발되면 전 세계인을 대상으로 노화방지를 위한 좀비 세포가 어떻게 변화하는지 주기적으로 보고해 주세요. 이번에는 꼭 성공합시다."

"네. BG회장님, 꼭 그렇게 하도록 하겠습니다."

"돈이 필요하면 얼마든지 지원하도록 할 테니, 걱정하지 마시고…"

"네. 알겠습니다. 그럼 조만간 좋은 소식 드리겠습니다."

　이렇게 BG회장을 중심으로 비밀리에 모인 사람들은 이 충격적인 사실을 알고도 모르는 척했다. 그리고 세계보건기구와 영향력 있는 국가별 의료기관은 서로의 이해관계에 따라 국익을 위해 백신 접종을 도입할 수밖에 없었다. 이 때부터 각 국가별로 바이러스와 백신 접종과의 기나긴 싸움을 해야만 했다.

　큰 정부와 이를 둘러싼 영리단체 그리고 반정부 시위대는 백신 접종여부를 두고 지속적으로 대항하고 서로를 공격했다. 인류의 생명을 전제로 비이성적인 실험 그리고 이에 대한 노화방지에 대한 연구는 지속되고 있었다. 생명과 진화는 오랜 시간 전부터 진행되어 왔지만 이를 깨기 위한 집단들의 움직임이 모든 인류를 파멸로 이끌고 있었다. 생명 연장에 대한 욕심은 결국 전 세계인들을 큰 위협으로 몰아 가고 있었으며, 알 수 없는 백신개발을 통해 생명 연장에 대한 실험을 지속할 수밖에 없는 큰 사건을 만들어 버렸다. 생사의 갈림길에서 정부의 백신정책에 반하는 반정부주의가 탄생하였고, 이는 결국 세계화를 탈피한 민족 보호주의로 변모하게 되었다.

바이러스 역사

  지금으로부터 약 5 백만년 전에 에너지 폭발에 의해 원시인류가 나타났다. 이 때까지 바이러스의 존재를 인식하지 못했다. 왜냐하면 우리 몸속에 생명은 것은 서로 공생했고, 진화를 위해 바이러스 존재조차도 다 받아들일 수밖에 없었다. 그러나 그 이후로 4.5 만년 전부터 인류는 호모 사피엔스라는 현대적 인간으로 변모해 갔다. 인류의 진화는 여러 지역에서 진행되었지만 그 시초는 아프리카 대륙에서 발생했다. 인류의 조상은 아프리카 대륙에 네 다리를 사용하며 처음 등장했지만 많은 세월이 흐르면서 두 다리를 사용하여 직립보행 할 수 있도록 진화했다. 또한 생각하고, 도구를 활용하며 농사를 짓고 문명을 이룩할 만큼 뇌의 기능은 점점 확대되었다. 또한 이런 인간의 욕구때문에 점차 그 영역이 확대되고 더 살기 좋은 곳을 찾아 이동하게 되었다.
  인류의 이동과 새로운 곳을 개척하려는 습성 때문에 바이러스의 전파는 점차 활성화되었다. 1340년쯤 백사병으로 죽은 이들은 기하급수적으로 증가하고 있었지만 이로 인해 죽은 원인이 무엇인지, 어디서 발병되었으며 치료제가 있는지도 몰랐다. 원인은 쥐에 기생하는 벼룩에 의해 페스트균이 사람에게 옮겨지면서 발생하는 급성 감염병이었다. 이 때문에 대부분의 사람들은 완전한 치료제가 없이 고통스러운 나날들을 보냈다. 항생제 정도만 처방해 주는 의료시스템이 더 무서웠다. 과거의 백사병이 다시 돌면 우리는 어떻게 해야 할까? 상상만 해도 두렵다. 백사병은 사람과 사람 사이의 감염도 되기 때문에 다시 유행할 가능성이 충분히 있었다. 그리고 완치될 경우 초기치료는 가능하지만 생명에 치명적일 수 있어 치사율이 높다고 했다. 이처럼 바이러스 구조와 역사에 대한 교수님 강의가 끝나고 학생들이 질문을 하고 있었다.

"바이러스의 역사 수업은 오늘은 여기까지 하고, 차주에 다시 봅시다"
"교수님. 수고하셨습니다. 한 가지 물어볼 것이 있는데요?"
"네, 이야기하세요."
"아! 별 것은 아닌데, 바이러스의 어떤 성분으로 되어 있나요?"
"학생! 이름이 뭔가? 바이러스에 관심이 많은 것 같은데… RNA, DNA이라고 하는 2가지 기본성분으로 나누어져 있는데 RNA는 핵산의 일종인데. 설명하긴 좀 길어. 다음에 설명하면 안될까?"
"아니요. 교수님, 그냥 간단하게 설명해 주세요. 차이점도요"
"음, 보통 핵산을 DNA라고 하고 그 유전정보를 전달하는 껍데기를 RNA라고 하지! 그리고 차이는 돌연변이 발생 가능성 여부라고 할 수 있지! 즉, DNA는 돌연변이가 일어나지 않지만 RNA 구조에서는 돌연변이 잘 일어나거든."
"그럼 코로나19는 RNA 핵산을 가진 바이러스이기 때문에 변이가 더 빠르게 생성된 건가요?"
"그렇다고 말할 수 있지!"
"그럼 교수님, RNA 핵산의 바이러스는 수시로 변화하겠네요? 백신과 치료제도 빨리 개발하고, 대응하기도 어렵구요?"
"맞아. 백신 개발기간에 비해 바이러스 변이가 되는 시간이 더 짧기 때문이지! 또한 바이러스는 스스로 성장, 생식할 수 있는 구조가 아니기 때문에 감염시킨 숙주에 기생할 수밖에 없어. 즉, 바이러스는 생존을 위해 세포로 이루어진 생명체를 감염시켜야만 하는 거지! 또 물어볼 거 없지? 그럼 난 이만…"
"좋은 답변 감사합니다. 차주에 뵙겠습니다."

　지금까지 세상에 알려진 가장 작은 병원균이 바로 바이러스이다. 인류는 오래전부터 바이러스의 영향을 받고 살아왔지만 그것을 발견할 뿐 치료제를 개발한 것은 최근의 일이다. 바이오 회사를 다니는 선배도 이런 점 때문에 백신 개발이 어렵다고 한다. 또한 백신 개발이 되었다 할지라도 이에 대한 임상을 위해서는 수많은 실험대상과 이에 따른 검증기간이 필요했다. 이런 이유로 선배는 이전부터 백신의 효과와 부작용에 대한 검증을 위해 보급된 백신을 연구하기 시작했고, 이로부터 미생명체의 실체를 밝히고자 했다. 마침 그 때 전화 벨 소리가 들렸다.

"여보세요? 누구세요?"
"나야! 집에 있어? 내가 미생명체 저번에 발견했다고 말했지! 그거 사실이 아니더라. 저 배율 현미경으로 볼 때는 벌레 같은 모양으로 움직이고 있었는데, 고 배율 현미경으로 확대해서 보니 백신안에 있는 것은 백신안에 들어있는 mRNA 구조였네. 내가 착각했던 것 같아"
"그래요. 그럼 백신 접종해도 문제없는 건가요?"
"아니, 아직 몰라! 백신은 mRNA 구조가 변이가 일어날 수 있는데, 이에 대한 검증은 아직 된 것이 없어. 시간이 좀 걸릴 거야!"
"얼마나요? 난 백신 접종도 못하고 이렇게 격리생활만 해야 되는 것은 아닌지 모르겠네요"
"시간이 좀 걸릴 것 같은데… 조만간 전 세계적으로 실험 결과들이 공유되기 시작할 거야. 그 중 벨기에 바이러스 학자가 언론에서 밝힌 것이 있어"
"그게 무엇인지, 궁금하네요"
"아! 그거. 그 교수는 백신에 대해 좀 부정적인데, 2008년에 노벨의학상을 받기도 했지. 그는 '항체 의존성 강화' 알려진 현상에 대한 부작용을 대부분의 의학자들은 알고 있으면서 이에 대해 침묵한다고 말해 충격을 주었지"

"항체 의존성 강화가 무엇이길래, 사회적 이슈가 된 건가요?"

"그는 바이러스가 돌연변이를 일으켜 변종을 일으키는 것으로 알려져 있지만, 실제로는 변이를 만드는 것이 바로 백신접종이라고. 전 세계 접종자들에게 경고했지. 항체 의존성 강화는 백신이 바이러스를 멈추게 하는 것이 아니라 그 반대의 역할을 하고, 바이러스에 먹이를 주고 더 강력하고 전염성이 높은 변종으로의 발전을 촉진한다는 거지. 즉 이 새로운 바이러스 변종은 백신 접종에 대한 내성이 더 강하고 기존의 바이러스보다 건강에 더 많은 영향을 미칠 수 있다는 거야."

"헐, 이거 참 난감하네요. 이런 걸 전 세계적으로 인류를 대상으로 실험했다는 건가요?"

"물론 아닐 수도 있는데, 시간이 지나면 누구 말이 맞는지 알 수 있겠지!"

"암튼 노벨의학상을 받은 교수의 말이니, 무시 못할 거 같네요. 암튼 선배도 그렇지만 저도 백신 접종은 못할 것 같네요"

"바이러스 변이가 알파, 베타, 감마, 제타, 에타, 람다, 델타, 오미크론 등 지속 발생하고 있는데, 그 강도로 전파력도 강해지는 것 같아요. 그리고 백신접종을 하더라도 또 다시 바이러스에 걸리지 않을 항체가 생기는 것도 아니고"

"그게 좀 이상하다는 거지! 백신의 효용성은 충분하지만 미래의 인류에 어떤 영향을 끼칠지도 모르는데 말이야. 뭔가 있지! 전세계 주요기관과 권력집단은 백신접종을 유도하고 있거든. 그래서 저번에 대조군 부탁을 한 거야"

"그래요. 나도 선배를 도울 테니 또 다른 특이사항이나 검증결과가 나오면 알려줘요"

"그려! 자네는 현재 격리 중이니 나중에 한 번 집에 들릴게"

선배는 역시나 바이러스와 백신연구에 바쁘게 지내고 있었다. 나는 격리되어 있지만 코로나19 바이러스는 내 몸에 기생하며 같이 살아가고 있었다. 생존을 위해 인류를 포함한 모든 종들은 과거부터 지금까지 이동함으로써 새로운 역사를 만들었다. 하지만 전 세계적 이동이 바이러스 전염의 트리거 역할을 하기 시작했다. 이동없이 그 자리에 머물러 있었으면 분명 바이러스는 소멸되어 없어졌을 것이기 때문이다. 흔히 알려진 조류독감이나 돼지 열병에 대한 바이러스는 100년이 지난 아직까지도 남아 있다.

의약전문가들은 이 바이러스가 인간에게 감염되는 순간 위협적일 것이라 판단했다. 후천성 면역결핍증은 원숭이에게서 인간으로 옮겨졌고 아직까지 불치병으로 분류되고 있으며 치료제가 없다. 또한 mRNA 구조를 가지고 있기 때문에 변이가 쉽게 일어나고 예측할 수 없었다. 바이러스를 발견할 때마다 백신을 개발하고 대응하는 것은 불가능했기 때문에 오랜 역사동안 인류가 승리한 적은 한번도 없었다. 에볼라의 발병력과 치사율에 일반적인 감기의 전염성이 추가되고, 후천성 면역결핍증과 같은 잠복기까지 더해지면 바이러스의 위력은 인류를 파멸에 이르게 할 수도 있어 위험했다.

자연스럽게 바이러스가 변이되지 않더라도, 합성 유전자 조작을 통해 인류가 새로운 바이러스를 생성할 수도 있었다. 분명 해서는 안되는 행위지만 권력과 부를 위한 인간의 욕심 때문에 이 연구는 세계적으로 지속되고 있었다. 만약에 치사율과 전파력이 높은 새로운 변이 바이러스가 밖으로 노출된다면 아마도 재앙이 찾아올 것이다. 과거에 여러 종류의 바이러스가 인류의 개체 수를 감소시켰지만 앞으로 진행되고 있는 바이러스에 대한 연구 또한 그럴 가능성이 충분하기에 이에 대한 노출을 최소화해야 하지 않을까? 그 중 하나가 코로나19가 될 수도 있음을 알아야 한다. 세계적 음모론은 불특정 다수를 대상으로 전 세계 누구나 공격받을 수 있다. 과연 진실은 무엇일까?

바이러스는 오랫동안 인류와 같이 생존했지만, 이를 발견한 시점은 인류가 탄생 역사 중 일부이다. 14세기 흑사병은 1346년에 유럽 동부에서 본격적으로 시작되어 1353년까지 유럽 전역을 강타했다.

중세 유럽을 거의 전멸시켰다고 볼 수 있는 흑사병은 쥐에 기생하는 벼룩에 의해 생긴 균이다. 이를 통해 인간에게 옮겨지면서 발생하는 급성 열성 감염병이다. 그 외 스페인 독감은 1918년에 처음 발생해 2년 동안 전 세계에서 2500만.5000만 명의 목숨을 앗아 간 독감을 말한다.

스페인 독감의 어디에서 시작되었으며, 원인은 무엇인지 아직까지 밝혀지지 않았다. 감기에 걸린 듯한 증상을 보이다가 폐렴으로 발전하는가 싶더니 환자의 피부에서 산소가 빠져나가면서 검은빛으로 변해 죽어가는 병이다. 앞서 말한 흑사병과 스페인 독감은 세계보건기구(WHO)가 출범하지 않은 질병이며, WHO는 '팬데믹'을 정의하고 대응방안에 대해 기준과 전 세계적으로 협력적 관계에 있는 단체를 1948년 설립하여 출범시켰다.

세계보건기구(WHO) 수립이후에는 홍콩독감, 신종플루, 코로나19 순으로 바이러스가 창궐하였다. 홍콩독감은 처음 발병과 함께 오한과 발열, 호흡기 증상 등이 일어나는 것이 특징이다. 이로 인해 아시아, 호주, 아프리카, 유럽, 남미 등에서 100만명의 사망자가 발생했다. 1차 세계대전의 끝날 갈 무렵 스페인 독감이 발병하던 시절 어떤 일이 있었기에 아직 그 소문만이 분분하다. 마치 스페인 독감과 지금 유행하는 코로나19 바이러스가 연관이 있을지도 모른다.

1918년 그 때는 치열한 전쟁으로 모두가 어려운 시절이었다. 멀리서 총 소리와 함께 아이들의 울음 소리가 끊이지 않고 들려왔다. 스페인의 외곽 지역 한 부대에서 백신 접종을 위해 긴 행렬을 이루고 있다. 군인들 대상 우선 접종을 국가에서 명명한 것이다. 스페인 부대의 군인은 백신 접종자는 얼마 지나지 않아 쓰러진다. 왜 그렇게 쉽게 쓰러졌는지는 모르지만 백신 접종 후 쓰러졌다는 소문만 무성했다.

"자자! 오늘은 백신 접종자에 한해 특별 식사가 나오는 날!"
"축배를 들자. 자, 전쟁의 승리를 위해!!"
"하하, 그래 이거 마시고 오늘일은 잊어버리고, 내일부터 또 승리를 위해 건배"

"근데, 소문 들었어?"

"어떤 소문?"

"백신 맞고, 쓰러진 사건. 옆에 부대에서 일어났는데, 그냥 불태워 버렸다고 하던데"

"그게 사실이야? 그럼, 무슨 병으로 죽었길래, 불태워. 가족들이 슬프겠네"

"소문에는 저번에 백신 접종 했잖아! 그게 세계 1차대전 종식을 위해 비밀리에 바이러스를 백신으로 가장해 접종했다는 소문이 있네"

"사실이라면 우리도 위험한데, 근데 난 괜찮은데…"

"어때? 나도 멀쩡해! 근데 이게 변이를 일으키면 숙주에 다른 장기를 모조리 파괴하는 무서운 바이러스로 변한다고 하던데?"

"그건 모르겠네, 에이 무슨 일이라고! 그냥 오늘은 마셔!"

"암튼 조심해야 돼. 국가에서 이를 감추는 것 같아서…"

백신을 접종한 군인 중 거의 반 이상이 알 수 없는 병에 걸려 죽었다. 이는 독감 바이러스에 대한 백신으로 위장, 전 세계 사람에게 접종을 권고했다. 전 세계인들 대부분이 백신은 독감을 예방해주는 것으로 알고 있어 이를 거절할 이유가 없었다.

무료로 배포한 백신이라 접종을 할 여유가 없는 모든 사람들까지도 접종에 동참하게 되었다. 결국 백신접종으로 독감은 변이되어 치사율이 높고 전파력이 높은 바이러스로 변하기 시작했다. 아직도 그 원인을 두고 의견이 분분한 스페인 독감의 발생 배경이다. 하지만 이 소문이 실제사실은 아닐지라도 이미 전 세계 사람들은 감염되어 수많은 희생자가 발생하였다. 슈퍼 바이러스의 탄생은 바로 인간의 탐욕과 권력의 기만함에 의해 만들어진 허상임을 보여주었다.

국가에 대한 신념이 사라지는 순간 배신감은 이루 말할 수 없었다. 어느새 스페인 독감은 많은 희생자를 남기고 사라졌다. 자연적으로 없어진 것인지, 백신을 접종한 사람만 희생되었는지는 아무도 모른다. 한가지 확실한 것은 국가 권력 혹은 기득권을 가지고 있는 권력은 이를 악용할 수 있다는 것이다.

감염이 가장 심각하던 곳은 전쟁의 최전방이었다. 병사들이 휴식을 취했던 막사와 그 주변의 열악한 환경, 즉 환기가 이뤄지지 않는 좁은 실내와 빽빽한 인구밀도는 슈퍼 전파를 일어나게 할 충분한 조건이었다. 의사들은 시행착오 끝에 스페인 독감 환자들을 야외 병상에 배치했고, 40%에 달하던 병원 내 사망률이 10%로 감소했다. 환자들은 바이러스에 노출된 밀폐된 실내에서 벗어나 야외의 신선하고 깨끗한 공기가 천연 살균제 역할을 했다. 태양 광선과 질병에 대한 관련이 밝혀진 것 역시 20세기초였다.

그 이유는 몰랐지만 1차 세계대전 때 군의관들은 부상병의 환부를 햇볕에 노출하면 염증 반응이 줄어든다는 사실을 알게 되었다. 그것이 태양광에 의해 합성되는 비타민 D에 의한 작용이라는 것이 밝혀진 것은 20세기 중반의 일이다. 최근엔 태양광의 살균 효과가 인체에 나쁜 영향을 미치는 바이러스에 대한 저항력 역시 높인다는 사실이 다양한 연구에 의해 드러났다. 이와 같이 야외 활동 자체가 면역력을 높일 수 있었다.

N95, KF94 등 첨단 기술을 적용한 마스크가 없었지만 의료진을 감염의 위험에서 보호한 것은 면 마스크였다. 사회적 거리 두기를 하기 위해 집에 있을 때도 환기를 충분히 하고 틈틈이 야외 활동을 통해 햇빛을 쐬고, 신선한 공기를 마시기를 권고했다. 또한 그 당시에도 부득이하게 밀폐된 실내나 사람이 모인 곳에 갈 때는 항상 마스크를 착용할 해야만 했다. 그렇지 않으면 대부분이 감염되어 더 큰 희생이 뒤따를 수밖에 없었다. 사회적으로 다수 집단의 의사결정은 누구 하나도 그것이 거짓이라고 판단하지 못했다. 그 누구도……단지 예방책은 신선한 공기와 태양 광선, 그리고 우리 모두가 알고 있는 마스크 착용이라는 것을 정부에서 또 다른 공영방송을 통해 보도되고 있었다.

"마스크를 착용하는 것이 바이러스를 예방하는 길입니다. 앞으로 모두가 동참해주시길 간곡히 부탁드립니다. 그리고 주위 사람들을 위해 백신도 꼭 접종하시길 권고 드립니다."

"당신, 뉴스 보고 있어?"

"어. 지금 보고 있는데… 정부의 바이러스에 대한 대응은 역시나 예전이나 똑 같은 것 같아"

"그렇지. 다수의 행복을 위해서라면… 소수를 희생하더라도 다수를 위한 복지 정책을 할 수밖에 없지 않을까? 잘못된 의사결정일지라도 다수의 권력이나 세력이라면 공표할 수밖에 없는 것 같아. 안 그래?"

"나도 동감해. 그렇지만 과거 스페인 독감처럼 백신이 아닌 것을 백신이라고 속이지는 않아! 아니길 바라며… 그 방송이 진실이기를!"

"그게 사실이 아닐지라도 정부에서 추진하는 걸 반대하는 것도 좀 이상해! 그래서 대부분의 기득권들은 정부나 영향력 있는 기관이 의사결정 하는 데로 이끌려가겠지!"

"음…그건 아무도 모르지! 반정부주의처럼 진실을 갈망하는 단체도 많으니까…절대 권력을 이루기 위해서는 거짓을 진실로 왜곡하는 보도하는 언론도 문제고! 안 그래?"

"그럼 진실이 도대체 무엇일까? 궁금하다. 먼 훗날 진실은 아마 밝혀지겠지?"

"아마도…!"

아내는 일부는 동의하면서도 국가가 국민을 상대로 거짓말을 할 수 있냐며… 그 말을 믿지 않았다. 하지만 스페인 독감은 면역반응으로 치료되지 않았고, 이유와 결과에 대한 검증은 하지 않았다. 그렇기에 그 공포는 극에 달한 것으로 기억속에 남아있었다. 때마침 선배가 집으로 찾아왔다. 그 때 부탁했던 대조군에 대해 잠깐 인터뷰를 진행하고 지금까지의 경과에 대해 논의하고 싶다고 했다. 하지만 난 아직 격리되어 있고 아직 환자인데 누군가를 접촉해도 되는지 모르겠다. 밖에서 누군가 초인종을 눌렸다.

"누구지? 이 시간에 택배도 아니고, 배달시킨 것도 없는데, 누구세요?"

"나야 문 열어! 인터뷰만 하고 갈게"

"벌써 도착했어요? 조금전에 온다고 메시지 보낸 거 확인했는데…"
"이 근체에 볼 일이 있어, 나중에 들리려고 하다가 먼저 방문했어"
"지금 괜찮지? 많이 아픈 건 아니지?"
"괜찮아요. 들어와요. 그런데, 격리 중인데 선배 괜찮아요?"
"그럼, 괜찮지. 바이러스만 내가 몇 년을 연구하고 있는데…. 사실 코로나 19 는 내가 생각하기엔 감기와 동일한 것 같아"
"그래도 중증으로 가면 많은 사람들이 죽어 가고 있는데"
"글치, 그건 아마도 감염자가 역력이 없거나, 새로운 변이된 바이러스일걸"
"그게 무슨 소리인가요?"
"그냥 농담이야, 아직 연구 중에 있으니 나중에 알려 줄게"
"스페인 독감도 이것과 동일하게 감염자가 폭발하다가 갑자기 어느 순간 없어졌어 … 거의 100 년전에도"

스페인 독감으로 명명하게 된 배경 중 하나는 세계 1 차대전 중에 스페인은 중립국이었기 때문이었다. 즉, 타국가와는 다르게 언론이 감사, 검열하지 않았다. 그 결과 스페인은 1918 년 독감 유행을 최초로 보고했기에 전 세계인들은 스페인이 발원지로 명명하였다.

"선배, 스페인 독감이 전파될 때부터 백신을 실험했던 거죠?"
"맞아. 군인들을 대상으로 임상실험을 했던 것 같아! 그 근거는 백신이라는 것에 대해 이상하다는 느낌을 받은 군인들이 없었기에 가능했지,"
"또한 재단 또한 최상위 기득권 집단인 록펠러가 세운 의학연구소가 후원하기 시작했지. "
"록펠러, 이름만 들어도 소름이 도네요. 거대 권력을 가진 이들이 제약산업에 참여하였다는 것이 흥미롭네요"
"맞아! 이들은 돈이 되는 것이라면 모든지 했거든. 경제적 부를 이용해 정치권력과 국가를 통치하기도 했고, 국민의 생명을 담보로 개발되지도 않은 백신에 대한 임상실험도 무차별하게 진행했지"

"무엇이 부러울 게 있다고 가난하고, 힘없는 사람들을 상대로 생체 실험을 해야 하는지도 모르겠네요"
"세상은 그 날의 기억을 간직하고 있겠지. 굳이 누군가 밝히지 않더라도 그 사실은 변함이 없을 것이라 믿어"
"그게 무엇인데요?"
"백신이 조작된 거! 그리고 그 속에 미생명체를 위한 실험을 가장했다는 것 등이 검증되지는 않았지만 그 진실은 받아져야 해"
"조작이요? 누가 그런 것을 지시한 걸까요? 록펠러, 빌 게이츠, 마크 저커버그 등 세상에서 가장 영향력 있는 사람들의 지시이며 후원인 것이 사실인가요?"
"음. 조작일 수도 있지만 아닐 수도 있지. 그게 조작이 아니라 진실이라면…"

   세계 1 차 대전 후 부검을 통해 1918 년 독감이 진실인지 아닌지를 검증하게 되었다. 즉, 독감과 유사한 증상을 모방하는 실험적 '세균성 뇌수막염 백신'의 무작위 투여로 인해 발생했던 것이다. 군인과 민간인의 준비되지 않은 면역 체계에 악영향을 끼친 것이다. 백신을 접종하지 않은 사람들은 그 영향을 받지 않았기 때문이다. 즉, 그 많은 인명피해는 백신 접종자에게만 나타난 것이다. 어떻게 이런 일들이 발생할 수 있을까?

"2003 년에 발생한 사스는 어떻게 발생했는지 알아요?"
"그건 아마도 중증 급성호흡기증후군으로 불리는 괴질이 급속히 확산했는데…괴질의 진원지는 지목된 중국 남부 광둥성으로 알고 있는데!"
"그럼 이것도 스페인 독감과 연관이 있는 것이 아닐까요?"
"아마 관계는 없을 것 같은데…"
"그러긴 해요. 사스는 치사율이 높지만 전파력은 약해서… 전세계 희생자 80 명, 홍콩에서 사망자 17 명였죠?"
"앞서 말한 것처럼 전세계적으로 희생자는 그렇게 많지 않았지.

사스는 폐세포에 의해 감염되었는데, 폐 상피 세포의 수용체를 통해 들어가 바이러스 확산전까지 남아있다가 시간이 흐르면 공격하거든! 이는 혈압을 조절하는데 중요한 역할을 해서 고혈압자는 좀 더 위험해. 중국에서 발생한 우한폐렴이 사스와 비슷했지. 그래서 이것도 감기를 연구하던 누군가가 이를 전파시켰을지도 몰라."

"음. 그렇군요. 일본, 인도네시아에서도 괴질에 걸려 많은 사람들이 죽었는데… 부통령은 국가위협이라고 공포하고 10 일까지의 격리를 허용한 거 알고 있죠? 무슨 일이 일어난 거죠? 베트남과 대만에서도 감염자가 발생하긴 했지만 우리나라도 이 때 감염이 거의 안된 걸로 알고 있는데… 그런데 이게 이건 다른 스토리가 있었던 것 같은데… 혹시 음모론이 있나요?"

"이 때도 사스를 코로나 바이러스로 발표했지. 그냥 감기, 그런데 말이야! 지속해서 연구는 진행 중이지만 백신이나 치료제는 개발되지 않았기 때문에 성과는 없었지. 이 또한 기침 또는 재채기를 통해, 말할 때 배출되는 침방울을 통해 전파되어 코로나 19 바이러스와 동일하지."

"뭔가 있는 것 같은데! 암튼 이걸로 사스도 없어져서 다행이네요"

"그게 문제가 아니지! 사스는 코로나바이러스의 한 종류이고, 더 강력한 다음 변이를 개발하고 있었던 거지!! 그게 바로 신종플루야"

사스(SAS)에 대해서는 치명적인 바이러스이지만 전파력이 약했기 때문에 전 세계적으로 잠깐 유행하다가 사라졌다. 하지만 사스 또한 치료제와 백신이 없었기 때문에 변이를 일으켜 전파력이 높아진다면 인류에게 심각한 영향을 줄 수도 있었다. 그 결과 사스가 6 년 후 신종플루라는 바이러스로 변이되어 전 세계적으로 다시 창궐하기 시작했다.

"진성! 2009 년에 발생한 신종플루(H1N1) 바이러스 기억나? 1 급 감영병으로 멕시코에서 처음 시작되었지!"

"맞다. 기억나요. 나도 이때 바이러스에 감염되어 고생 좀 했죠!"

"우리나라에서 큰 피해는 없었지만 214 개국에서 2 만여명을 죽게끔
한 끔찍한 바이러스이지. 앞선 이야기한 사스보다 좀 더 강력하지.
사스와의 연관성은 없지만 인류를 위협하고 있다는 것은 확실해!!"
"그러게요. 많은 희생자가 따르긴 했지만 조기에 치료제가 개발되어
상황은 좀 더 나아진 것 같은데, 아닌가요?"
"맞아. 우리 나라도 75 만명이 감염자중 사망자 250 명 정도면
양호하지. 그게 말한데로 먹는 치료제 타미플루가 이미 개발,
시판되었기 때문이지"
"그 때 저도 죽는 줄 알았어요. 그 때 나이 30 대 초반 젊은 나이에
죽는 것은 아닌지, 치료제가 나왔지만 위증 환자부터 보급되어 저는
시간이 지난 후에 치료약을 받을 수 있었거든요. 증상도 꽤
심각했어요. 고열(38.40℃), 근육통, 두통, 오한 등의 전신증상과
마른기침, 인후통 등이 나타났어요. 호흡도 잘 안되고 구토, 설사도
많이 했죠!"
"그런 일이 있었구나! 몰랐네. 지금은 괜찮고?"
"네. 신종플루는 후유증은 없었어요!"

  이에 신종플루가 전세계적으로 확산되면서 러시아와 미국, 인도 등
지구촌의 백신 개발 경쟁도 본격화되었다. 러시아 과학자들이 3 개월
이내에 신종플루를 치료할 백신을 개발할 수 있을 것이라고 밝혔지만
임상시험 등을 거쳐 실제 일반에 공급되기까지는 수개월이 더
소요되었으며 아직까지도 개발되지 않고 있다. 아마도 개발이
완료되었다 할지라도 전 세계 수요를 충족시킬 만큼의 백신을 생산해
내려면 앞으로 최소 4.5 년은 걸릴 것이기 때문에 사람들은 이에
대한 백신을 접종한다는 것을 포기했다. 그래서 기존 검증된 독감
치료제 중 신종플루에 효과가 있는 것을 찾으려고 했다.

"오빠! 뉴스 봤어? 백신이 드디어 개발되었네!"
"어. 지금 보고 있어. 하지만 대량 생산을 위해서는 시간이 좀 더
필요할 것 같은데, 어떻게 생각해?"

"음! 간호사인 내가 보기엔 임상 1 상이라고 하면 이제 시작단계야. 언제 양산될지 아무도 모르지! 대부분 임상 2 사, 3 상 진행하다가 포기해! 그래서 모든 감염자들은 공포에 떨고 있어! 또한 이를 생산하기 위한 오래된 제조방식에 의존하고 있어 단기간에 다량의 백신을 확보하기란 불가능해"

"그렇지! 나도 백신 개발에 대해 설마하고 있었는데… 백신은 아직 시기상조인 것 같아."

"당연하지. 나도 임상실험을 하고 있는데… 이거 부작용이 많아서 쉽게 승인 안 해줄 뿐만 아니라 시간도 더 필요해"

"그럼 백신보다 치료제에 집중할 수밖에 없겠네"

"웅! 치료제는 이전에 개발된 것이라 효과가 있다고 나오네… 임상실험에도 부작용도 없고! 그래도 다행이다"

"이상하게 의심이 조금은 돼. 치료제도 중증환자만 투여 가능하다는 점도 이상해! 치료제도 부작용이 있을 것 같은데…"

"나도 같은 생각! 우선 급한 불부터 끄고 보자는 것 같아!"

아내는 전화로 백신에 대한 소식을 부정적으로 전했다. 그 때 이미 백신 배포는 어렵다는 것일 간접적으로 인지했다. 백신은 어렵지만 치료제를 전 세계적으로 가장 많이 생산하는 제약사는 타미플루의 대량 생산을 장담했다. 하지만 신종플루가 유행성 인플루엔자로 전세계로 급속 확산될 경우 백신 생산국들이 자국민을 위해 백신 수출을 통제하면서 세계 각지로 고루 보급되기는 어려울 수도 있었다. 이와 더불어 신종플루의 감염 확산 우려가 증가하고 있는 상황에서 신종플루 치료제인 '타미플루' 재고는 전 국민의 3% 수준으로 확보할 수밖에 없었다. 정부는 급하게 '타미플루' 확보를 위해 노력했지만 도입 일정은 확정되지 않아 국민들은 불안감으로 하루하루를 살아가야 했다. 그 때는 스마트폰이 지금처럼 보급되지 않았으며, 여러 기능에 있어 제한이 있었다. 뉴스를 보기 위해서는 작은방 구석에 있는 오래된 PC 를 이용해야만 했다. 그나마 골동품처럼 보이는 이를 통해 뉴스를 접할 수 있어 다행이었다. 그 뉴스를 보고 아내에게 전화했다.

"뉴스 봤어? 국내감염자가 39 만명이네. 첫 사망자도 발생하고!
치료제도 없이 격리되어 있으면 죽을 것 같은데… 아직 버틸 수 있어!
왜냐하면 아직 난 젊으니까, 면역력이 아직 강해 바이러스에 대한
항체가 분명 생겼으면…"
"빨리 나아! 이사한지도 얼마 안되었는데… 첫째 5 살 그리고 둘째는
2 살밖에 안되고, 당신까지 격리 중인데 난 어쩌라고?"
"미안! 치료제 보급되면 금방 나을 것 같은데… 조금만 고생해!"
"그런 소리 하지 말고 몸이나 빨리 챙겨!"
"응. 근데 언제쯤 치료제가 배급될까? 벌써 격리된 지 일주일이
넘어가는데… 정부가 이런 건 빨리 좀 협상해서 보급해줬으면…"
"너무 많은 걸 바라는 거 아니야? 정부는 정치적 이슈로 바이러스,
백신 등을 이야기하고 실행해"
"나도 알지! 그건… 하지만 나와 같은 사람들이 벌써 70 만명인데…
이러다가 우리나라 망하는 거 아닌지 모르겠다"

　　대한민국 정부에서는 '09 년 중앙인플루엔자 대책본부를 구성했다.
이를 통해 초기 감염자 격리조치를 취하는 등 신속대응은 잘했지만
신종플루 대유행이 예상된 상황임에도 불구하고 신속한 정부대응과
이미 개발된 독감치료제인 '타미플루'에 대한 확보가 미흡하여 많은
사람들이 고통받아야 했다. 왜냐하면 항바이러스제 구매를 위한
예산이 삭감되었기에 구매 계약한 300 만명분의 치료제는 빠른
시간내에 국내에 조달되지 못했다. 그리고 또 6 년이 지난 2015 년
메르스 바이러스가 창궐했다. 전 세계적으로 유행한 바이러스로 인해
많은 사람들은 공포를 느꼈지만 전파력이 높지 않아 실제 감염된
사람은 적었다.

"애들아. 2015 년 메르스 (MERS·중동호흡기증후군) 기억나?"
"코로나 19 이전 가장 최근에 전 세계적으로 유행한 바이러스지?"

"오빠! 난 이거 알긴 아는데, 전파는 안될 걸로 알고 있는데?"

"그래! 맞아 이건 사우디의 낙타가 가지고 있던 여러가지 코감기의 형태인데, 밀림에 있는 박쥐들에 의해 낙타에 전염된 거지"

"아빠! 박쥐에서 낙타까지 어떻게 한번에 전이할 수 있었을까요?"

"빛나야! 그건. 보통은 종간 감염은 되지 않지만 메르스 바이러스는 종간 감염 사례라고 볼 수 있지! 지금 이것이 인간에게도 유효하고! 근데 사실은 말이야. 인류가 자연환경을 파괴하면서 생긴 문제라고 볼 수 있어. 낙타와 박쥐 사이에 있던 숲, 밀림을 다 인류가 개발하며 제거함으로써 박쥐와 낙타가 접촉하게 된 것처럼!"

"아빠! 근데 과거에는 없던 일들이 현재는 발생하고 있는데... 왜 그럼 일들이 발생할까요?"

"좋은 질문! 그게 바로 돈과 권력 등 인간의 욕망 때문이지. 또한 좀 웃길지도 모르겠지만 공상영화에서 나올 법하지만 지구를 지배하려는 거대한 세력의 움직임이 있을 수도 있고!"

"이거! 참. 미래에는 어떻게 될 지 모르겠네요"

2019년쯤 아내는 몇 년 전에 일어났던 일들에 대해 묻고 있었는데, 이게 만약 사실이라면 더 이상 종간 감염이 일어나지 않게 막아야 한다. 때마침 TV에서는 조류 독감에 감염된 수많은 철새들이 죽음을 맞이하는 것을 보도하고 있었다. 또한 양계장에서 닭들이 집단 독감으로 폐사시키는 장면들, 그리고 돼지 독감이 우리나라 내에서 전파되어 전국 곳곳에서 퍼지고 있는 것은 미래의 암울한 모습을 암시해 주고 있었다. 또한 동물과 동물간 전파된 바이러스는 변이와 진화를 함으로써 사람에게 전파되어 치명율이 더 높아졌다. 이와 같이 동물과 동물, 동물과 사람으로 전파되고, 마지막으로 사람과 사람간 호흡기를 통해 전파함으로써 인류도 바이러스와의 전쟁을 대비해야 했다.

"선배, 잘 지내죠? 예전에 메르스 바이러스도 '03년 발생한 사스와 유사한 것 같은데 누군가 사스를 메르스 바이러스에 임의로 전파하기 위해 개발된 게 아닌지? 전 세계적으로 수천명의 환자가 발생, 400명이 죽었는데, 많은 숫자가 아니기 때문에 합리적 의심을 해볼 수도 있을 것 같은데요!"

"그럴 수도 있지만, 물증 없이 심증만 가지고 이를 판단할 수 없어. 사실 이게 위협적인 것만큼 많은 피해는 없었거든. 우리나라 대응수준이 미흡함에도 불구하고! "

"정부의 뒤늦은 정보공개로 초기대응에 실패한 걸로 알고 있는데요?"

"그렇지. 정부는 외부에서 바이러스가 전파되어 들어오면 이를 공개하기보다 숨기려고만 해. 또한 바이러스를 위한 위기대응을 지휘할 컨트롤타워의 없었지. 최악이었지!"

"그래요? 별로 관심이 없어 모르는데, 사회 혼란에 대한 우려로 인해 메르스 환자가 발생한 병원의 실명을 즉각 공개하지 않았다면서요?"

"그 뿐만 아니라 정부는 바이러스에 대해 병원 명단을 공개했지만, 병원명이 잘 못 기입하는 등 정보공개의 정확성과 투명성을 갖추지 못했지. 뭔가를 숨기려고만 한 게 문제야"

"그래서 메르스 바이러스는 첫 환자 발생후 7개월 후 피해없이 종식되었지만 국내 감염자와 사망자가 증가하고, 국정지지율이 크게 떨어지는 등 이에 대한 국민들의 분노는 극에 다다르게 되었군요"

"맞아! 정부가 우왕좌왕하는 모습을 보며, 이에 대한 신뢰를 잃었기 때문이야. 이에 메르스 이후 전문가들은 위기소통을 위한 내/외부 커뮤니케이션 체계를 개편하고 정보공개를 원칙으로 이를 해결하려고 한 거지!"

"하지만 과거 오랜 역사에서 알 수 있듯이 다수의 권력을 위해 국가 혼란을 우려해 진실을 덮어버리는 것은 최악 중에 최악이네요. 국민들도 알 권리가 있고 모두가 국가의 주체인데 말이죠"

　사실 이 모든 것들이 앞으로 다가올 미래를 암시해 주고 있는지도 모른다. 신뢰를 기반으로 이루어진 것들이 깨지고, 서로를 믿지 못하게 된 상황 그리고 다수의 권력에 의해 좌지우지되는 정치적 상황 그리고 잘못된 의사결정은 이 때부터 나타나기 시작했다.

바이러스와 백신의 역사는 때와 장소에 따라 다르게 변이되었지만 그것이 왜 발생했는지를 알아야 했다.

먼 과거에 발생한 흑사병, 스페인 독감 그리고 최근의 홍콩 독감과 신종플루 바이러스는 모두 종간감염에 의해 발생했으며, 이는 생(生)과 사(死)에 직접적인 영향을 주었다. 앞으로 인류가 생존하기 위해 무엇이 필요하고 이 경이로운 지구의 대자연을 어떻게 바라봐야 하는지 등에 대한 고민을 할 수 있었다. 과거의 바이러스의 역사를 추적해 보면 미래에 일어날 일들을 대략적으로 추정할 수 있다. 시간이 흘러 과거의 기억을 더듬어 볼 때 인류의 진화와 함께 바이러스도 진화되어 왔다. 즉, 바이러스는 같은 종에서 다른 종으로 급속하게 전파될 것으로 보인다. 몇 십년 전 그 때 왜 바이러스에 대한 전파를 철저하게 대비하지 못했는지…또 후회가 남지만 인류는 철저하게 이에 대한 준비를 했어야 했다.

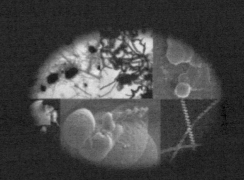

백신은 그 자체로
통제되지 않은 바이러스로 변이된다

02

COVID19 바이러스

2019년 12월

　국가 정보원에서 고위 관료 한 명이 분주하게 전화를 하고 있었다. 바이러스 환자가 인천 공항을 통해 입국했기 때문이다. 이 정보는 보안사항으로 국가기관이나 타 언론에서도 공개되지 않고 있었다. 국가 정보원은 이 환자의 감염 경로를 파악하기 시작했다. 그리고 중국에서부터 발병한 이 바이러스가 인류에게 이렇게 큰 짐을 주게 될 줄은 이 때까지는 아무도 몰랐다. 다만, 국가 정보국은 중국 우한 연구소에서 백신을 개발하기 위한 시료가 노출되어 연구소 직원이 처음으로 감염된 것은 알고 있었지만 이렇게 빠르게 전파되어 발견될 줄은 알지 못했다.

"전화가 왜 안되네요… 대통령께서 찾으신다고요?"
"네. 국정원장님! 대통령께 바이러스의 유입경로, 치사율 및 전파력에 보고가 필요해요"
"아! 네. 비서실장님 이거 1급 보완사항이라 아직까지 저희도 자료를 입수하고 있어요. 근거 없이 보고 할 수 없으니, 조금만 더 기다려 주세요"

"아시겠지만 요즘은 워낙 언론의 정보 장악력이 빨라서… 빠른 대응이 없으면 엄청난 대가를 치러야 될 것 같아서…"

"그건 맞지만, 우리의 의료체계나 바이러스에 대한 부분은 전문가의 의견 없이 그냥 보고할 수 있는 부분이 아니기 때문에 고민입니다. 비서실장께서 대통령 주재로 위험 대응회의를 비밀리에 소집하시죠. 그 때 바이러스 전파, 치명율에 대한 의료 전문가와 내부적으로 논의한 결과를 보고하는 걸로 해요"

"그럼, 바로 회의 소집할 테니 지금까지 자료 정리 좀 해줘요"

'20 년 1 월말 국내 신종코로나 19 바이러스로 인한 감염자가 4 명 추가되었다. 모두 11 명으로 국내 첫 2 차 감염자가 확인된 데 이어 3 차 감염자까지 발생해 방역체계에 구멍이 뚫렸다. 이 바이러스도 다른 바이러스와 동일하게 시간이 지나면 종식될 것이라고 판단했다. 하지만 그것은 오판이었다. 2 년이 지난 지금까지도 사회, 경제적으로 역사상 가장 큰 파급효과를 준 역사적 '팬데믹' 사건이었다. 서울과 수도권에서 우한 폐렴 공포가 확산되며, 전염을 최소화하고자 도시와 소규모 집단을 봉쇄하기 시작했다. 인류의 생존에 대한 위협은 경제 붕괴보다 더 큰 심리적 위압감을 주고 있었다.

이 때문에 금융위기 수준으로 주가는 폭락했고, 공포지수는 극에 달했으며 이로 인해 대공황 상황으로 치닫고 있었다. 극장과 찜질방, 테마파크 등에는 이용자의 발길이 뚝 끊겼으며 식당을 찾는 손님도 크게 줄었으며, 면세점은 텅 비고 전 세계관광객이 주로 찾는 명소 근처에는 사실상 휴업인 가게가 대부분이었다. 그리고 경기침체 환경에 최저임금 인상과 주 52 시간 근로제로 인한 수입감소 등으로 자영업자들은 폐업 공포가 밀려들고 있었다.

기업 사정도 다르지 않다. 소비가 위축되는데 매출이나 수익이 증가할 수 없었다. 코로나 19 바이러스 발원지인 중국에 공장을 둔 기업들의 충격은 더 클 수밖에 없었다. 대부분의 대기업과 중견기업 등은 중국 현지의 일부 공장 가동을 '20 년 초까지 멈추기로 했다. 중국에 파견한 임직원을 철수시키는 등의 전 세계적 봉쇄조치에 따라 언제쯤 공장이 정상 가동될지 모르겠다. 또한 물류 흐름의 차단과 함께 리쇼어링(Reshoring) 정책에 따라 필수 소비재 및 전략물자를 생산하기 위한 공장을 짓기 시작했다. 이에 따라 세계적으로 필요한 각각 글로벌 유통량이 감소되었고 공장가동이 중단됨에 따라 부품 및 원자재를 공급받는 국내 기업들은 막대한 손실이 발생했다. 이처럼 코로나 19 는 사슬처럼 얽힌 글로벌 제조부품 공급망에 혼란을 주었으며, 원자재 가격 급등 그리고 이에 따른 물가 상승이 이어질 것이란 시장 전망에 전 세계 경제를 마비시키는 트리거 역할을 했다.

또한 국제통화기금(IMF)은 이번 사태가 얼마나 장기화하는지에 따라 경제 위기가 발생할 수 있다고 경고했다. 어쩌면 이는 예상보다 더 크고 긴 파장을 몰고 왔다. 코스피지수가 2,200 에서 1,400 까지 단기간 동안 급락하였다. 이와 같이 경제적으로 큰 공포를 준 코로나 19 는 인류의 삶과 죽음에 대해 시험하게 만들었다. 어떻게 하면 경제적 피해를 최소화하면서 이를 극복할 수 있을까?

우리나라 코로나19 백신 접종은 '21년 11월 79%이다. 해외 주요 국가의 백신 접종 완료율을 살펴보면 전 세계에서 가장 많은 코로나 19 백신을 보유하고 있는 미국은 '20.12월부터 백신 접종을 시작했고, '21.11월 접종완료 58% 수준이다. 또 백신 개발국 영국은 '21.1월부터 접종 시작했으며, 현재 68%가 접종 완료했다. 우리나라는 미국, 영국보다 늦게 백신 접종을 시작했지만 높은 백신 접종 완료율을 달성했다. 높은 백신 접종 완료율이 접종 시스템 확립과 성공적인 백신수급을 대변하지는 않는다. 코로나19는 '팬데믹' 상황에서 정부는 국민의 안전을 위해 백신 확보에 최선을 다해야 하지만 이에 대한 적극적인 태도나 간절함이 없었기 때문에 국가대비 늦게 백신을 확보할 수 있었다.

"몸은 좀 괜찮아?
"이제 증상 발현한지도 벌써 3 일나 되었네. 난 아직까지는 괜찮아! 괜히 나 때문에 얘들도 걸리는 거 아닌지 모르겠네?"
"얘들도 어제 잠깐 열이 나긴 했는데, 설마 걸릴까?"

"그건 모르지, 잠복기가 있으니 몇 일 후에 다시 PCR 검사 하는게 좋을 것 같아"
"그러게. 다 같이 격리되어 있으니, 분명 우리 중에 또 확진 될 가능성이 크지!"
"괜히 나 때문에 미안해"

　아내는 코로나 19 바이러스에 의한 감염자수 그리고 경제상황을 보며 걱정이 가득해 보였다. 물론 반대로 나 또한 가족에게 피해를 주지는 않을까 하는 마음으로 편히 지낼 수가 없었다. 전 세계적으로 방역에 비상이 걸렸지만 우리 K-방역은 대처방식을 두고 전 세계인들이 부러워하고 있었다. 정부의 광범위한 감시체계는 물론 정보가 온라인을 통해 즉각 대중과 공유된다는 점이 주변 및 전세계 국가들과 차원이 다르다고 평했다.
　정부는 '주의'에서 '경계' 단계로 격상하고, 중국 전역에 대한 여행경보를 철수권고로 상향 조정했다. 또한 중국 전역을 검역대상 오염지역으로 지정했고, 감염병 감시 및 관리 대상을 우한에서 후베이성 방문자로, 폐렴 의심 증상에서 발열 또는 호흡기 증상으로 확대했다. 그리고 감염된 환자 동선을 신용카드 기록, 폐쇄회로 TV 화면, 휴대전화 위치확인서비스, 대중교통카드, 출입국기록 등을 빅데이터를 활용해 감염자 현황을 신속하게 파악하고 이에 대한 빠른 격리를 통해 감염자를 최소화하고자 했다. 이에 따른 체계적인 관리를 통해 초기대응이 빠르게 이뤄졌지만 해외에서의 감염자 확산은 계속되어 왔다.
　하지만 백신은 물론 전 세계적으로 치료제가 없었다. 따라서 이를 개발하기 위해 전 세계 제약사들을 포함한 유수의 연구기관은 경쟁하기 시작했다. 하지만 코로나 19 는 알파에서 또 다른 새로운 변이를 생성하고 있었다. 1 년이 지난 '21.2 월부터 유행하고 있는 것은 델타 바이러스였다. 따라서 감염자들은 본인이 어떤 종류의 코로나 바이러스에 감염되었는지도 모른 체 살아가고 있었다. 이번 바이러스는 역사상 가장 오랫동안 인간을 시험하고 있는 듯했다.

최초 발현한지 2 년이 넘어가고 있지만 아직 종식여부가 불투명하다. 마스크는 생활화되었고, 가까운 지인 그리고 친척, 가족조차도 만나기 어려운 현실이 안타깝다. TV 에서 정부 방침이 보고되고 있었다.

"코로나 19 현황에 대해 말씀드리겠습니다. 전국 확진 5,235 명으로 전일 대비 1,134 명 증가하였습니다. 그 중 서울과 수도권 비중이 전체 50%가 넘습니다. 이게 마지막 고비이니 모든 국민들의 협조가 필요합니다. 부모님의 건강을 위해 이번 설 명절은 이동을 최소화 해주시길 간곡히 부탁드립니다."

 이와 같은 정부 확산방지를 위한 방송은 이제는 거짓이라는 것을 알고 있었다. 더욱더 코로나는 또 다른 변이가 되어 서울, 수도권을 넘어 지방까지 점점 확산되고 있었다. 인간의 호흡기 계통의 바이러스는 공기입자를 통해 감염되기 때문에 막을 수 없이, 감염 시키고 또 감염시킨다. 성별과 나이에 관계없이 모든 연령층에서 고루 확진이 발생하고 있으며, 이를 막기 위한 역학 조사도 이제 한계에 이른 것 같았다.

"백신이 개발되었다고 뉴스에 나오네?"
"사실이겠지? 아스트라제네카 그리고 얀센, 화이자 등 지금 개발은 완료되어 임상 실험 단계라고 하는데, 정말일까?"
"그건 모르겠지만 시간이 좀 더 걸리지 않을까? 임상은 보통 1.3 단계까지 진행되는데, 보통 임상실험이 1 단계가 이상 없이 통과되더라도 2.3 상에서 실패하는 경우가 다수야. 그리고 3 상 실험기간은 보통 2.3 년은 걸리는 걸로 알고 있어. 왜냐하면 백신을 투여하여 만약 부작용을 모르기 때문에 충분한 시간을 가지고 테스트를 진행하고 있거든"
"그래, 나보다 간호사인 너가 더 잘 알겠지! 말 들어보니 백신 개발 승인 및 투여는 말이 안되는 거네. 전 세계 제약사들이 2 상 실험을 통해 많은 실험을 진행한 것 말이야"

"말은 안되는 것은 아니야. 세계보건기구의 백신 투여에 대한 승인과 절차가 간소화되면 가능하기도 해"

"그래도 인간을 실험도구로 활용하고, 부작용이 어떤 것인지도 모르는데 이건 아니지!"

"음… 글치. 그래도 실험 데이터로 확인한 사항에 대해 승인여부가 결정 날 거니까 무리하게 밀어붙여서 승인되지는 않을 거야"

"'20년 7월에 국산 코로나19 백신도 임상실험을 진행한다고 하네? 이게 되면 대박 날 것 같은데… 전 세계적 최초로 임상 완료된 백신은 없으니까"

"그러게. 나도 같은 생각! 이 개발 건은 국가정보원이나 비밀리에 발빠르게 개발사업에 참여하거나 투자가 이루어져야 해. 그래야 국가기간 산업으로 바이오 경쟁력도 증가하고, 전 세계적으로 큰 기여를 할 수 있을 테니까"

세계보건기구를 포함한 글로벌 제약사 화이자, 모더나, 얀센 등은 백신을 단기간에 개발했지만 실제로 단기 혹은 중장기 기간이후에 인간에게 어떤 부작용이 있을지는 아무도 몰랐다. 이미 인류를 위협하는 바이러스를 차단하기 위한 긴급조치를 통해 승인된 여러 백신들은 지금 현재도 전 세계적인 인류를 대상으로 접종되고 있다. 미래에 재앙이 될지, 승자가 될지는 모르지만 당자 코 앞에서 죽어가는 사람들을 생각하면 안 맞을 수도 없는 형편이다.

이런 상황 저런 상황을 다 고려하면 전 세계적으로 큰 혼돈을 가져올 수 있기 때문에 우리나라 정부도 다른 국가에서 접종한 결과를 바탕으로 백신을 수입하기 시작했다. 우선 접종을 의무화하는 것이 아닌 권고하는 방향으로 진행되었다. 하지만 이 정책 방향이 틀렸다고 말할 수도 없다. 왜냐하면, 현재 확산 속도 및 사망자를 줄일 수만 있다면 더한 것이라도 정부는 국가를 위해서 진행해야 하는 의무가 있기 때문이다. 그렇다고 하더라도 거짓된 정보를 진실처럼 왜곡되는 것은 막아야 한다. 왜 그런 결정을 했으며, 이로 인해 어떤 피해를 줄

수 있는지 그리고 부작용은 어떤 것들이 발생하는지 면밀한 조사가
필요했다.

"국가정보원장! 보건복지부 장관! 코로나19 백신이 올해 11월에 개발
되었다고 하는데, 그게 사실인가?"
"네, 대통령님! 하지만 여러 부작용에 대한 검증은 되지 않았지만 앞
으로 추이를 좀 더 지켜봐야 할 것 같습니다"
"저번에 국가정보부에서 바이러스에 대해 조사한 결과 우한에서 발생
한 바이러스는 스페인 독감, 그리고 메르스 바이러스를 통해 감염된
동물에서 변이된 것으로 치사율이 높은 것이 특징입니다. 이것을 생
화학 무기로써 개발된 것으로 보이며 전쟁 시 적들에게 치명적일 것
으로 판단됩니다. 중국에서 개발된 것으로 보아 전 세계 패권을 손에
넣으려는 중국의 도발이라고 보여 집니다. 물론 인간은 최상위 포식
자로써 동물간 전염 중에서 최상위 집단이기 때문에 꼭 개발 목적이
아니더라도 바이러스의 발병 원인은 충분합니다. 그런데 이상한 건
보통 감기와 동일하지만 감염력은 높고, 치사율이 높다는 것이 특징
입니다. 보통 감기에서 전투 감기로 레벨업이 된 것 같습니다."
"그럼 이건 누군가 임의로 만들어 낸 것일지도 모른다는 거네"
"네, 대통령님 그렇습니다."
"이에 따라 이렇게 빨리 백신이 개발된 배경도 이와 동일한 목적이라
고 보면 될 것 같습니다. 하지만 이에 대한 글로벌 제약사들은 부작
용에 대해서는 쉬쉬하는 분위기입니다. 부작용은 좀 더 시간이 걸리
기 때문에 위증환자에는 이것이라도 투여하는 것이 맞다고 보는 것이
고, 이에 대한 책임은 지지 않겠다는 것이 그들의 입장입니다."
"음… 그러면 만약 이 사실을 국민들이 알면, 접종을 하게 될까? 아
마도 접종을 꺼려할 것 같은데, 대안이라도 있나요?"
"국가 지도자들이 솔선수범하여 접종하는 방법 그리고 충분한 부작용
을 설명하고 권고, 설득하는 방법으로 진행해야 될 것 같습니다."
"그래요! 그럼, 7개월만에 개발된 이 백신에 대한 부작용은 없는지 상
세하게 파악하여 보고해 주세요. 그리고 전 세계국가에서 접종한 데

이터를 기반으로 이상여부를 파악한 후 상황에 맞게 국민들에게 알리고, 접종을 시작하도록 합시다"

"네, 대통령님. 그렇게 하겠습니다."

백신은 '20년 1월 이후 7개월만에 개발되었지만 그 전에 이미 이 바이러스에 대한 연구는 진행되고 있었다. 바이러스를 세상에 나오게 한 자와 그것을 이용해 막대한 부를 축척하기 위한 권력, 그리고 투자자들은 세상을 지배하기 위한 음모를 그 전부터 계획하고 있었다. 이렇게 빠르게 글로벌 제약사들이 백신 개발이 이루어지고 있음은 무엇인가를 암시하고 있었다. 즉, 1918년 때 발생한 스페인 독감 때와 동일하게 전쟁을 승리하기 위함을 목적으로 실험했거나, 경제 패권 국가로서의 위상을 보여주기 위한 암시가 내포되었다고 말 할 수 있다. 전 인류를 대상 실험을 통해 얻을 수 있는 것은 백신 배포를 통한 경제적 부 이외에 또 다른 목적이 있었다. 실제로 글로벌 제약사들은 현재 글로벌 경제를 주도하고 있는 미국, 중국 그리고 그 외 국가 내 글로벌 기업을 중심으로 운영되고 있었다. 그렇기 때문에 글로벌 제약사들은 투자자들의 암묵적 의견을 무시할 수 없을 뿐 아니라 그 말을 따라야 했다.

이와 같이 바이러스 연구 및 백신 개발 및 투여와 같은 중대 사안에 대해서도 의견을 받아 이행되는 것이 관행이었다. 그렇게 때문에 백신 개발 및 임상투어 과정에서 아무도 모르게 전 세계를 지배하기 위한 '무엇'을 백신과 함께 혼합하여 투여하는 실험도 빈번이 이루어졌다. 그렇기 때문에 임상 실험대상은 이에 대한 책임과 보상을 받을 수 있었다. 하지만 전 세계인을 대상으로 하는 백신을 접종하는 경우, 바이러스에 대한 치사율 그리고 전파력이 너무 높기 때문에 어쩔 수 없는 의사결정이었다고 제약사 스스로가 합리화하였다. 그리고 이에 대한 책임과 보상은 각 국가로 돌리기 시작했다. 하지만 그 '무엇'은 백신안에 분명 존재했기 때문에 그것을 투여한 이유가 무엇이었는지, 어떤 부작용을 통해 사람들이 어떤 고통을 받고 있는지 곧 밝혀지게 될 것이다.

'20.11월 백신 승인신청이 이루어지고 난 후 전세계인들은 이제 코로나19가 종식될 것으로 인해 열광하기 시작했다. 경제적으로 위축된 소비가 살아 움직이는 모습이 포착되고 경기소비 확대에 대한 기대감으로 주가를 정점으로 향해 가고 있었다. 하지만 아직까지도 백신개발에 대한 최종결과가 이루어지지 않고 부작용에 대한 임상실험이 없음에 대한 불안감도 같이 공존하고 있었다. 드디어 '21년 한 해가 밝았다. 마스크를 착용한지도 이제 1년이 넘어간다. 전 세계인 중 가장 빠른 백신을 접종한 국가는 이스라엘이었다. 정부의 적극적인 주도로 국민들을 설득, 백신 의무화를 통해 백신 접종이 이루어졌다. 물론 국토 면적 및 인구가 적었기 때문에 빠르게 1차 백신 접종율이 90% 이상 넘길 수 있었다.

'21년 1월 이후로 전 세계적으로 백신이 빠르게 투여되기 시작했는데 아스트라제네카 백신은 영국 제약사에 의해 개발, 임상 3상 중간보고에서 60.90% 효능으로 보고되었다. 4주 간격으로 2회를 접종해야 했다. 그리고 2.8도 사이의 실온에서 보관이 가능하고 가격은 3.4달러로 저렴한 편이었다. 화이자 백신은 임상3상 중간보고에서 90.95% 효능으로 보고되었는데 심각한 부작용은 관찰되지 않았다. mRNA 기반으로 3주간격으로 2회를 접종해야 했다. 그리고 영하 70도에서 보관해야 하며 가격은 20달러로 책정되었다. 모더나 백신은 미국 제약사에 의해 개발, 임상 3상 중간보고에서 94.5% 효능을 보고되었다. 임상 실험자는 30,000명으로 주사부위 통증, 피로감이 부작용으로 나타났다. mRNA 기반으로 4주간격으로 2회를 접종해야 했다. 영하 20도에서 보관 가능하며 가격은 25달러 위 세가지 백신 중 가장 비싼 편이었다. 이에 따라 세계 보건기구에 긴급 사용을 신청한 아스트라제네카를 중심으로 화이자, 모더나 백신은 FDA 긴급사용 승인 신청을 통해 승인이 이루어졌다.

우리나라는 다른 국가들의 백신 접종 추이를 확인하고 백신 도입을 진행하였다. 그로 인해, 계획은 '21년 3월부터 진행 예정이었으나 지연되어 4월말에서 5월초부터 나이가 60세이상인 고연령층부터 순차적으로 접종이 시작되었다. 물론, 처음 도입시에는 mRNA 백신이 아닌 아스트라제네카 백신부터 보건복지부 승인하에 접종이 진행되었다. 그리고 몇 개월 후에 50대, 그리고 30. 40대가 거의 마지막에 접종 대상으로 분류되어 접종이 시작되었다. 하지만 많은 사람들이 접종 후 백신 부작용에 대한 것들을 SNS 혹은 청와대 게시판 그리고 언론에 제보하기 시작했다. 나는 '21년 9월이 되어서야 백신접종을 할 수 있었다. 화이자 1차를 접종했으며, mRNA 기반의 백신이었다. 백신 휴가를 내고 집에서 이상 반응을 관찰하고 있었는데 3일동안 아무 이상반응은 일어나지 않았다. 하지만 이에 대한 부작용이 있음을 간접적으로 인지하고 병원을 찾아간 것은 백신 접종 5일차였다. 출근 후 아침 식사를 마치고, 사무실로 와서 평상시에 동일하게 커피를 마시고, 양치질을 하기 위해 화장실로 향했다. 그 때 갑자기 기도가 점점 조여오는 느낌이 들어, 이상하다는 판단이 들었다. 이게 무엇인지는 모르겠지만 물을 마셔도 그 순간만 괜찮고, 또 다시 호흡이 되지 않는 상황이 찾아왔다. 그 주기가 짧아지자 머리가 어지럽고 현기증까지 일어나 숨을 쉴 수가 없었다. 이러다가 죽을 수도 있겠다는 판단 하에 택시를 타고 응급실로 갔다.

"무슨 일로 오셨나요?"
"네, 코로나19 백신을 접종하고, 호흡곤란이 와서 왔는데, 지금은 조금 괜찮아요"
"그럼, 조금만 기다려 주세요. 응급환자가 많아서…"
"네, 근데 저도 응급환자인데, 호흡이 안되고 현기증이 나서 서 있을 수가 없네요"
"하지만 말을 할 줄 알고, 여기까지 찾아온 것을 보면 응급환자는 아닌 것 같네요. 보통 응급환자들은 구급차에 실려오거나 오더라도 말을 할 수 없거든요"
"네, 그럼 여기서 얼마나 기다려야 하나요?"
"한 10분정도 기다리시면 순차적으로 진료 보실 수 있을 거예요"
"담당 의사인가요? 응급실 접수 후 많이 기다린 것 같은데, 응급환자를 이렇게 기다리게 해도 되나요?"

"지금 코로나19 백신으로 인한 부작용으로 환자들이 너무 많아요. 환자분 같은 상태는 양호해서 응급환자로 분류되기가 어려워서… 저 뒤로 어르신들이 다 부작용으로 찾아오신 거예요."

"아하. 저렇게 백신 부작용 환자들이 많나요?"

"정말 많네요. 백신 접종하고, 고열이 나 먹지도 못하고 구토한 사람도 있고요. 가슴 통증으로 잠을 잘 수 없는 사람, 숨이 차 호흡이 안 되는 사람, 머리가 빠지는 사람 등 많은 사람들이 응급실을 찾는데 이에 대한 연관관계를 밝힐 수 없어 저희도 난감한 상황입니다."

"그러면 어떻게 해야 하나요? 이러다가 죽는 것은 아닌지 모르겠는데, 정말 힘드네요."

"호흡곤란이니, 피검사하고 엑스레이 좀 찍고 상황을 좀 보고 진료하시죠? 그 동안 안정을 위해 주사액을 좀 놓아 드릴께요"

"네. 자세히 좀 진료해 주세요."

백신과 호흡곤란 그리고 심혈관 질환에 대한 연관관계가 아직까지 밝혀지지 않고 있다. 즉, 심증만 있고 물증이 없다는 것이다. 더 문제인 것은 이를 밝히기 위한 글로벌 제약사의 노력도 전혀 없다는 것이다. 왜냐하면 백신 승인이 이루어질 때 접종 후 부작용에 대한 책임 여부에 대해서는 각 국가별로 책임과 보상을 해주는 것으로 계약서에 명기되어 있기 때문이다.

이와 같은 증거 확보를 위해 코로나19 확진 판정을 받은 후 진행된 사항을 글로 남겨놓았다. 다가올 미래에 어떤 결과가 나올지는 모르겠지만 스스로 글을 남김으로써 위안감을 느낀다. 다시는 오지 않을 '21년 겨울은 춥고, 쓸쓸한 나날이 지속되던 그날의 기억은 아직도 생생했다. 수많은 사람들이 방역에서 자유롭지 못해서 긴 고통을 감내해야만 했다. 코로나19 바이러스에 잠을 이루지 못했고, 기나긴 밤을 홀로 바이러스 그리고 백신과 함께 해야만 했다. 그 때로 돌아가긴 싫지만 뇌신경 하나하나에 저장되어 있던 그 기억을 중심으로 지긋이 눈을 감고 그 때를 떠올려 본다.

　1차 백신접종(화이자)의 후유증으로 응급실에 간 백신은 모두에게 이로운 것은 아님을 알 게 되었다. 그 이후로 나는 백신에 대한 두려움과 부정적인 시각이 생겨나기 시작했다. 무엇인지 모르겠지만 가슴이 아프고, 호흡이 잘 안되는 듯한 느낌, 그리고 소화가 되지 않아 항상 복통이 있는 상태를 가끔 경험하고 나서야 무엇인가 있다는 것이 직감적으로 느껴졌다. 이는 결국 미접종자인 나에게 확진이라는 사건을 만들어 주었다. 백신 접종 후 아무 원인도 모르게 죽어가는 사람들, 그리고 그 후유증으로 고생하는 사람들을 그냥 보고만 있을 수는 없었다. 백신에 어떤 물질이 있길래, 사람에게 어떤 영향을 끼치는지 지금 현재 상황으로는 알 수는 없었기 때문이다.

　하지만 미래에는 꼭 모든 것이 명확하게 검증되었으면 한다. 12월 초부터 확진자가 내 동료 그리고 내 주변에서 나오기 시작했다. 재택근무를 돌아가며 대면 근무는 최소화했지만 또 다른 원인에 의해 나도 코로나19에 감염되었다. 어떤 통로를 통해 감염되었는지 알 수는 없지만 항상 들떠 있는 연말에 이렇게 확진 통보를 받고 나니 기분이 씁쓸했다. 아는 선배는 제약회사를 다니다 퇴사하고 대학원에 진학

하여 이와 유사한 연구를 하고 있다. 바이러스와 백신 그리고 그 속에 무엇인가 있음을 확인한 선배는 무엇인가를 알고 있음을 암시적으로 말했다. 그것이 진실이 아닐지라도… 나는 선배말을 신뢰한다. 그만큼 신뢰가 있는 선배이기에 임상 실험중인 대조군 실험의 임상대상 제의가 들어왔으나, 이를 거절할 수 없었다. 왜냐하면 지금 코로나19에 확진 되어 집에서 격리하고 있는 중이기 때문이다. 선배는 사실 임상 결과와 백신의 후유증을 밝힐 것들에 대해 준비하고 있는 듯하다. 그 이유는 잘 모르겠지만 선배도 백신 접종에 대해서는 부정적인 것 같다.

"잘 지내지? 내가 괜히 도움을 요청하는 건 아닌지 모르겠다!"
"아니요. 선배! 대조군 실험에서 내가 뭘 도와주면 되나요?"
"코로나19에 감염되어 힘들 텐데… 특별한 것은 없고 그냥 코로나19에 감염된 시료를 체취해서 mRNA 백신 구조와 어떻게 차이가 있는지 보고 싶어. 그래서 PCR검사하듯이 좀 해주면 좋겠는데 가능하지?"
"콧구멍에 면봉을 넣고 좌우로 흔들라고요?"
"미안한데, 그렇게 해야 시료 체취가 되거든"
"알았어요. 이 대조군 실험에 대해 협조하면 얼마나 줄 건지나 알아줘요?"
"요즘 돈이 궁해서… 회사에 나가지도 않고 격리되어 있어 돈이 좀 필요해서 빠른 시간 내에 입금 부탁드려요"
"그래! 내일까지 당장 입금해줄 테니 잘 협조해줘. 그리고 이번에는 피를 좀 뽑아야 하는데, 괜찮지?"
"어이, 점점 더 강도가 높아지네! 이러다가 나 죽는 거 아닌지 몰겠네"
"이런 걸로 안 죽어. 걱정하지 좀 마!"
"그럼 빨리 피 뽑고 코로나19 바이러스에 걸린 사람, 정상적인 사람, 백신을 투여한 사람과의 상태를 비교한 거 나도 좀 알려줘요"
"그래. 아마 결과는 차주쯤 나올 거야. 결과 나오면 바로 알려줄 테니 걱정하지 말고…"
"알았어요. 선배가 콧구멍 쑤시고, 피 뽑으니까 좀 더 아픈 것 같아요"

"허허. 엄살은! 이제 다 되었으니, 난 이만 갈 테니 푹 쉬어! 무슨 일 있으면 연락하고"

"그래요. 선배 조심이 들어가세요! 코로나 저에게 옮을까 걱정되네요. 집에 가면 꼭 소득하시고, 즐건 저녁 되세요. 그럼 다음에 또 뵈요!"

"그래! 결과 나오면 그 때 다시 보자고! 몸조리 잘하고!"

- 증상 1.2일차 -

머리가 띵하고, 열기운이 돈다. 무엇인지 모르지만, 바이러스가 침투한 것이 분명하다. 일요일 오후부터 피곤하고, 몸이 무겁다. 시간이 얼마만큼 지났을까, 열 기운이 점차 퍼짐을 스스로 느낀다. 설마 내가 코로나에 걸렸을까 하는 마음으로 그냥 대수롭지 않게 느낀다. 많은 사람들이 코로나19 바이러스에 걸려 고생하고 있다. 연일 확진자가 역대 최대 수치를 갱신하고 있다. 이미 코로나19에서 감마, 델타, 오미크론 등의 변이를 통해 우리의 백신이 무용지물이 되고 있는 상황이다. 무슨 바이러스인지 모르지만, 지금까지 겪어보지 못한 감기, 독감보다 훨씬 더 지독한 놈이라는 것은 분명하다. 해가 밝으면 선별검사소를 찾아 검사를 해 볼 예정이다. 어떤 결과가 나올 것인 것 궁금하다.

정부에서는 매일 몇 천명이상 나오는 확진자를 막지 못해, 이동자제 및 고강도 대책을 다시 시행하고 있다. 하지만 이런 정책들이 1년 전이었다면 모두가 재난상황으로 알고, 이를 극복하기 위해 정부의 권고사항을 믿었겠지만 지금 현 상황에서 사람들은 그 정책들을 신뢰하기 보다는 더 불만과 분노를 표출하고 있다. 왜냐하면, 자영업자들의 생계가 위협받고 있기 때문이다. 자영업자들의 분노는 극에 달해, 이제 정부 정책을 신뢰하지 못한다. 이제 이게 마지막이라고 한 겨울이 벌써 2번 지나가고 있다. 앞으로 얼마나 더 버틸 수 있을지, 자영업자 입장에서 보면 충분한 보상이 없으면 생업을 지속하기 어려운 현실이다. 이렇게 자영업자를 걱정할 때가 아니다. 지금 현재 증상이 발현된 나 자신에 대한 실망과 후회가 갑자기 밀려왔다.

월요일 아침, 미열 없어 잠에서 깨어나 출근 준비를 했다. 새벽에 잠이 깨어 피곤하지만 평소와 마찬가지로 가벼운 세수와 함께 머리에 물을 적셨다. 그리고 옷을 입고, 마스크를 준비해 집을 나섰다. 아침에 일어나, 준비까지 10분 평소와 동일한 기분 하지만 멍한 느낌 그리고 피곤함으로 새벽길을 걷는 순간에도 왠지 몸이 축 늘어지는 기분이 들었다. 15분쯤 걸으면 회사 셔틀버스 정류장이 보인다. 사람들이 옹기종기 셔틀을 기다리기 위해 줄을 서 있고, 그 뒤로 나도 줄어 서 셔틀에 승차했다. 아침부터 조금 급히 뛰어왔더니 숨이 찼다.

버스를 타고 멀리 어두컴컴한 밖을 바라본다. 멀리 보이는 차들의 행렬은 월요일 아침부터 분주하게 움직였다. 어디로 가는지, 다들 바쁘게 준비하는 가는 모습을 바라보며 한숨이 몰려왔다. 어제 미열과 기침이 있어 오늘 컨디션은 최악일 줄 알았는데, 그다지 아직은 나쁘지는 않았다. 셔틀이 회사 앞에 도착한 후 아침을 먹기 위해 사내 식당으로 향했다. 아침을 먹기 위해 많은 사람들을 줄을 서서 기다리고 있었다. 그 중 나도 그 무리가 되어 아침 배식을 받아 자리에서 아침을 허겁지겁 먹기 시작했다. 그리곤 늘 하는 것처럼, 오늘은 어떤 뉴스가 이슈인지 확인하고, 근무지를 향해 또 다시 걷기 시작했다.

출근한 사무실에는 아직 사람이 아무도 없다. 커피를 마시고, 밖을 내다보았는데 갑자기 멀미가 났다. 왜 그럴까? 컨디션이 정말 좋지 않다. 오늘 날씨는 화창하지는 않지만, 많이 춥지는 않았다. 다만, 미세먼지가 많은 것처럼 뿌지지한 시야가 나름 기분을 꿀꿀하게 만든다. 조금의 미열 그리고 기침이 있어 아침에 코로나19 검사를 받기 위해 사무실을 나섰다. 선별 진료 검사소에 도착해서 번호표를 뽑았지만 대기자가 700명 정도 앞에 있었다. 2시간쯤 후에나 검사를 진행할 수 있다는 말에 다시 사무실로 향했다. '증상이 있어도 코로나19 확진은 아니겠지' 생각하며 발걸음을 돌렸다. 회사 동료들과 거리를 두는 것이 좋을 것이라는 판단에 될 수 있으면 접촉을 피해, 행동했다. 이제 시간이 다 되어 점심을 먹고, 다시 선별 진료 검사소로 향했다. 사내 식당에서 나온 버섯전골은 간질간질한 목을 깔끔히 녹여 주었고, 그 외 식단들 전, 나물 등에 대한 맛과 향이 좋았다. 이제 식사를 마치고 선별검사소로 발걸음을 돌렸다. 주말사이에 큰 눈이 내려 아직까지 길거리에는 눈이 녹지 않아 땅이 질퍽하다. 느낌은 좋지 않지만 최대한 눈이 녹은 길 사이로 선별검사소에 도착했다.

순서를 보니 아직 60명이나 앞에 있다. 10.20분정도 기다려야 코로나 검사를 받을 수 있다. 이제 돌아갈 수도 없으니, 여기 근처를 돌며 기다린다. 하늘에서 비치는 햇볕을 받으며 여기 저기 움직인다. 따뜻한 그 순간, 3.5살정도 보이는 어린이와 엄마도 대기하는 모습이 귀여워 보이기도 하고, 불쌍한 느낌마저 든다. "어쩌나 이 추운 날씨에 여기까지 검사하기 위해 왔을까" 라는 생각도 들고, 나 자신에 대해서도 막연한 후회감이 든다. 이제 검사를 받을 차례가 되어, 줄을 서서 검사를 받고 나왔다. 코에 깊숙이 넣은 면봉의 깊이만큼 후련하다. 내일 오전쯤 검사결과를 확인할 수 있다.

따라서 더 이상 회사에 머물어 있을 수가 없다. 왜냐하면 확진일지, 아닐지 모르게 때문에 동료들에게 괜히 피해를 줄 수 있기 때문이다. 이런 저런 모든 상황을 고려할 때 재택근무로 변경하고, 퇴근하는 것이 맞을 것이라 판단되었다. 팀장께 사실대로 이야기하고는 집으로 향했다. 전철 탑승 그리고 환승 후 저 멀리 보이는 푸르름이, 검은 푸르름을 바꾸어 세상이 나를 뒤덮어 있는 듯했는데, 정신을 차려야 했다. 하지만 텅 비어 있는 전철에서 잠을 청해 보지만 자꾸 지침이 나오고, 두통이 있어 잠에서 쉽게 깨어나 아무 상념도 없이 그냥 내 자신이 한심해 보였다. 혹시나 확진일 수도 있으니, 해열제와 종합 감기약을 사서 집으로 향했다. 집으로 가는 동안 아내와 격리와 확진에 대해 어떻게 해야 할지 통화를 했다.

"오늘 검사하고 일찍 퇴근했는데… 팀장이 일찍 퇴근하라고 해서 나오긴 했는데 영 찜찜하네… 괜찮겠지?"
"모르겠다. 대학병원에서는 만약 집에 확진자가 발생하면 밀접 접촉자로 분류되면 출근을 못하게 되어 있거든. 만약 확진 판정이 나면 집에서 얘들 포함 모두가 격리해야 할 걸"
"아. 그래. 어쩌지! 또 열이 나는 것 같아 퇴근하고 집에 가는 길에 해열제하고 종합 감기약 2세트씩 구매했거든"
"진짜 확진이야?"
"아니 아직 몰라! 결과는 내일 아침에 알겠지!"
"그럼 난 낼 휴가 내야 되는 거네? 확진이면 격리되어야 하니까… 출
근하면 안되겠네. 얘들 학교, 학원 모두 마찬가지네"
"그러네, 결과가 아침 일찍 나오면 확인하고 출근해도 될 텐데… 아
니겠지!"
"열 지금 나지? 그리고 인두통은 있어?"
"아니, 지금은 열도 인두통도 없어"
"음…저녁에 열 나는지 체크하고, 오늘은 우리 모두가 접촉을 최소화
하고 혹시 모르니까 방에서 격리 좀 하고 있어"
"응, 그래. 내가 큰방에 혼자 있을 테니 퇴근하면 여기 들어오지 마"
"밥은 내가 해서 방 밖에 놓아 둘 거니까 가져다 먹어"

- 확진 1일차 -

　두통과 기침이 더욱 더 심해진다. 저녁부터 새벽 1시, 2시 잠시 있
다가 또 다시 새벽 4시에 오열과 기침 그리고 두통이 찾아왔다. 밤
새 잠을 이룰 수가 없었다. 온몸이 떨리고 추위, 더위가 지속적으로
반복되었다. 밤 새 약도 없이 버티다가 타이레놀 한 알을 먹었다. 약
을 먹은 후 한 시간이 지나자 오한이 없어짐을 몸으로 조금 느껴졌다.
그 때 스르르 나도 몰래 잠이 든다. 하지만 이런 기쁨도 잠시, 약 기
운이 떨어지자 이제는 더워 잠에서 깬다. 새벽을 알리는 출근 알람
소리에 나도 모르게 잠에서 깨어 출근 준비를 했다. 하지만 오늘은
코로나19 검사발표라 재택근무를 하기로 한 날이다. 따라서 출근 복
장으로 옷을 갈아 입는 대신, 오늘 할 일에 대한 일정을 파악하기 위
해 자리에 앉아 결과를 기다렸다. 보건소에서 양성판정 결과를 오전
9시 40분쯤 문자로 알려주었다.

"여보. 나 확진 통보 방금 전에 받았는데… 어떻게 하지!"

"헐. 진짜야? 이거 참! 얘들과 나도 집에서 격리해야 되는 거지? 빨리 나도 병원에 연락해서 출근 못한다고 연락해줘야 될 것 같네"

"오빠 회사에는 확진 여부에 대해 연락했어?"

"아니! 아직… 방금 전에 문자 받았거든. 이제 연락해야 될 듯!"

"후. 이를 어쩌나! 우리 부모님께도 연락하고, 난 얘들과 보건소에 검사 받으러 갔다올께!"

"그래 알았어! 나도 직장에다 전화하고, 지난주 금요일부터 내가 머물렀던 장소와 동선 기억 안 나는데. 기억을 되살려서 정리해야…"

"몸은 어때? 괜찮지? 보건소에서 연락은 왔지?"

"어! 지금은 괜찮아! 근데… 밤새 잠 못 자고… 치료제도 없는데. 난 백신 접종도 안 했는데 중증으로 가지 않겠지?"

"설마! 따뜻한 물 많이 먹으라고 하던데. 우선 상황을 좀 지켜보자!"

"그래 알았어. 얘들은 증상 아직 없지? 보건소 빨리 갔다 와!"

양성으로 확진 되었음 알리는 문자를 받는 순간, 가슴 속 모든 것이 내려앉는 기분이 들었다. 왜냐하면, 증상을 있었던 2일전부터 양가 부모님을 다 뵈었기 때문이다. 그리고 심지어 지방에서 올라온 부모님은 같이 생활하던 터라 코로나19 확정판정은 너무나 큰 충격일 수밖에 없었다.

"뜨리릭. 뜨리릭!"

"엄마. 어제 코로나19 검사했는데, 확진 통보를 받았어요!"

"아이고! 몸은 좀 괜찮나?"

"어제 저녁에 조금 안 좋았고 지금은 나아졌는데… 걱정하지 마세요. 괜찮으니까… 그런데, 주말에 저와 같이 있어서 밀접 접촉자로 아버지하고 같이 검사를 해봐야 할 거예요"

"괜히 나 때문에… 모두 확진 되는게 아닌지 모르겠네요!"

"에고, 우리는 모두 괜찮다! 검사 받으러 어디로 가면 되나?"

"가까운 보건소나 병원 찾아가면 되는데… 엄마는 아직 백신접종 몇 차까지 했어요?"

"나는 2차까지 했지! 그러니 별 걱정 안 해도 된다."
"아니, 그게 백신 접종해도 감염될 수 있다고 하던데… 빨리 검사해 보는게 좋을 듯하네요."
"알았다. 몸조리 잘하고! 약 먹고 푹 쉬어라"
"아직 코로나 치료제는 없고, 해열제와 감기약 먹고 있고 있는데… 암튼 걱정하지 마시고, 검사나 빨리 받으러 가세요"
"그래! 쉬어라. 끊어"

　이렇게 쉽게 글을 적고 있지만, 글에는 이런 감정까지 표현할 수 있을지 의심스럽지만 나에게는 크나큰 충격이었다. 그리고 내 주변의 가족들은 어떻게 하지? 등 생각의 고리의 고리에 빠져 혼돈 그 차체다. 이제 어떻게 해야 할까? 우선 가족 그리고 회사에 먼저 알려야할 것 같아 전화로 확진 되었고, 밀접 접촉했기 때문에 선제적으로 선별검사를 받으러 가야한다고 전화를 돌렸다. 그리고 회사 팀 동료들에게 전화했다. 이 모든 것들이 전염병이라 보니, 현재 그 질환에 걸린 환자보다 그 주변사람들 걱정부터 하기 시작하기 시작한다. 코로나 확진 판정을 받았지만 실제라 연락오는 시간은 그 이후로 2시쯤 지났을 때 최초 연락이 왔다. 이 때부터 내 생애 가장 바쁜 하루를 보내게 된다. 내가 아픈 거 보다 전화통화를 통해 사실을 전달하거나, 해명하고 지금부터 어떻게 해야 하는지에 대한 이야기들로 하루를 보낸다.

"안녕하세요. 보건소인데요!"
"네, 아침에 확진 통보는 받았어요. 어떻게 하면 되죠?"
"네. 그거 때문에 연락 드렸어요. 서울에서 검사하셔서 여의도 보건소에서 동선조사를 해야 하거든요. 상세한 것은 사전 예방을 위한 동선을 파악하는 담당자가 다시 연락드릴 예정입니다. 그 전에 문자 보시고 시간, 장소, 사람기준으로 준비해 놓는게 좋을 듯하네요."
"네. 알겠습니다."
"아이고, 건강 잘 살피시고, 좀 만 기다려 주세요. 감사합니다."

"수고하세요!"

 잠시 후 회사 안전보건팀에서 연락이 왔다. 회사규정에 의해 2주 공가 그리고 재택 1주 후 음성 판정을 받으면 출근이 가능하다는 통보를 받았다. 그리고 나에 대한 인적사항과 머물렀던 장소 그리고 동선에 대한 이야기를 나누었다. 금일 확진 판정으로 인해 내가 근무하는 층은 모두 폐쇄하고, 그 층에서 근무하는 직원들은 모두 퇴근, 재근 근무하라는 문자가 보내졌다.

"안녕하세요. 안전보건팀에서 연락 드렸어요. 코로나 양성 판정으로 보건소에 연락이 왔는데… 저희 쪽 내용과 보건소 내용이 다르면 안 되기에 장소, 동선 그리고 만난 사람 등은 동일하게 이야기해 주셔야 합니다"
"알겠습니다. 연말 휴가 이미 냈는데, 공가로 대체할 수 없을까요?"
"그건, HR쪽으로 문의해야 될 것 같네요. 규정은 공가를 내는 게 맞지만 필요에 따라서 권장휴가를 사용할 수도 있을 것 같아서… 그리고 이미 시스템에서 결재 완료된 건에 대한 변경은 그쪽으로 문의해야 될 것 같네요"
"알겠습니다. 지금 공가를 변경하거나 문의하는 건 어려울 것 같네요. 지금 정신이 없네요. 여기저기서 연락이 오구요. 제 몸 상태도 좋지 않아서… 암튼 나중에 처리하든지, 다시 확인하도록 하겠습니다"
"그래요. 몸조리 잘하시고, 무슨 일 있으면 꼭 연락주세요!"
"네. 감사합니다."

 병상이 없어 수많은 사람들이 생활치료시설 혹은 자가에서 재택치료를 받는 등 실제로 코로나19 확진 환자수는 폭발적으로 증가하고 있다. 이에 따라 생활치료 시설에 입소하기를 희망했으나, 안될 가능성이 더 크다라는 이야기만 수없이 반복해 알려준다. 이제 난 어떻게 해야 하지? 양성 판정 확진자가 더 이상 할 일은 없다. 확진 예방이라는 명분 아래 백신이라는 것은 있지만, 실제로 돌파 간염이 매일 그 수치를 갱신하고 있고, 새로운 변이의 출현으로 인해 백신의 효력이 무용지물이 된 상황이다. 그럼 치료제도 없는 상황에서 집에서 그냥 생활치료센터 입소대기만 해야 하는지, 재택을 위한 치료를 해야 하는지 막연하다. 가족을 생각하면 하는 것이 맞지만 생활치료 센터에 자리가 없어 대기자로 지속될 경우, 치료에 대한 가이드가 없어 재택치료를 선택할 수밖에 없는 구조이다. 그렇게 기침과 두통이 계속되고, 감기약과 해열제로 조금씩 버티기 시작했다. 보건소와 연락해서 이런저런 행정처리로 바쁘게 오후가 훅 지나갔다. 그리고 생활치료센터에 입소할지, 집에서 치료할지 등에 대한 고민으로 하루가 어느새 저만큼 저물러 갔다.

- 확진 2일차 -

아침이 다시 밝아오고 있다. 어제 저녁에서 심한 기침과 두통으로 잠을 이루지 못해 새벽 4시쯤 일어나 아침부터 영화를 보며 그 아픔을 달려고 있다. 그 대신 따뜻한 물을 최대한 많이 먹었다. 일어나자마자 아내에게 카톡으로 살아있음을 전해본다.

"보건소에서 오늘은 연락을 주겠지?"
"연락도 없고, 확진자가 하루 7천명씩 나오는데… 보건소 대처 능력이 많이 떨어지는 것 같지?"
"어. 이게 정말 문제야. 어떻게 확진 2일차에도 불구하고 연락이 없지?"
"암튼, 애들은 좀 괜찮아. 열이 좀 난다면서?"
"지금은 괜찮아. 해열제 먹고 좀 있으니까 열은 떨어졌는데, 기침이 조금 나는 것 같네"
"그래! 다시 9시 되면 바로 보건소에 다시 전화해볼게"
"너무 걱정하지 마! 전화 주겠지!"
"암튼 이놈의 정부는 제대로 하는게 없어! 이렇게 느린 행정처리 때문에 더욱 더 감염자가 폭발하는 것 같아! 아직 동선 파악을 위한 전화도 없으니…"

아침 9시부터 보건소에 전화해, 확진 된 환자 외 가족들에게는 전화가 왔는데, 왜 확진자에게 전화가 안 오는지 문의했다. 하지만 보건소는 확진 사실조차도 모르고 있다. 직장이 서울이고, 사는 곳이 경기도이면 그 데이터를 넘겨줘야 했다. 하지만 역학조사도 치료방법도 모두 공유하지 않고 있는 듯했다. 수십 번의 전화통화에 의해 실제 서울 선별검사소에서 그 이력이 수원으로 넘어오지 않았다는 사실을 알고는 그냥 답답했다.

"여보세요! 보건소인가요? 계속 전화해도 연락도 안되고, 담당자가 확인 후 연락 준다고 한지가 벌써 하루가 지났어요"
"네. 확진 선별관련 담당부서로 연결해 드릴께요."
"참! 전화 또 돌리면… 끊어지거나 연락 안되던데. 도대체 연제쯤 연락이 가능한 건가요?"
"네. 죄송합니다. 여기도 신규 확진 환자가 지속적으로 발생하고 있어서 좀 지연되고 있는 것 같아요! 조금만 더 기다려 주세요."
"오늘 확진 통보를 받은 지 벌써 2일차인데… 어떻게 재택 치료를 하는지, 앱은 어떻게 설치해야 하는지 등 가이드가 없어요. 그리고 아직 역학조사도 하지 않은 것 같은데…. 언제까지 기다려야 하는 건가요? 이러다가 중증인 환자가 있으면 죽을 수도 있을 것 같은데… 그렇지 않나요?"
"네. 좀 전산이 꼬인 것 같아요. 저희 보건소에는 확진 환자명에 전화하신 분에 대한 이력은 없어요. 그래서 아마도 연락이 안간 것 같아요."
"아이고. 참… 휴! 그게 사실인가요? 그럼 저는 어떻게 되는 건가요? 확인 후 조치를 취해 주세요. 아직 진단키트와 의학품 그리고 격리를 위한 구호품도 받지 못했어요."
"네. 빠르게 확인하고 조치해 드릴께요. 서울에서 그 환자 정보를 넘기지 않았다면 저희도 어떻게 조치할 수 있는 방법이 없어요. 서울

쪽 보건소에 연락해서 환자분 인적사항 확인하여 빠르게 조치될 수 있도록 하겠습니다. 죄송합니다."
"네. 조금만 더 기다릴께요. 빠른 조치 부탁합니다."

이런 답답함이 나를 더욱 자극했다. 서울, 수원 등 보건소에 전화를 해 어떻게 된 건지 사유를 알고 싶지만 서로 확진 판정을 받은 사람이 많이 계속 지연되고 있다는 말만 되풀이한다. 그리고 누가 책임을 질 것이냐는 질문에 관할 구역별로 자기 구역은 그 관할 구역에서 진행한다는 말만 되풀이하고 있다. 그런 건 상관없이 그럼 자가든 병상이든, 생활치료 이든 치료는 어떻게 해야 하는지 알려 달라고 했지만 접수 순서대로 기다려야 한다고 한다. 이제 확진 된 지 2일이 다 지나가고 있는데, 아직 이런 말을 하고 있다는 것이 의심스럽다. 만약, 확진 된 내가 이렇게 멀쩡하지 않다면 상황은 어떻게 할까?

누구 하나 이런 전화를 하지 않으면 자기 순서로 찾아오지도 않는 것을 느낄 수 있었다. 참, 암담한 현실이다. "이렇게 그냥 죽어 갈 수도 있겠구나" 집단이기주의도 의료체계도 모든 것이 다 완벽할 수 없지만 최소한의 확진 판정을 받은 사람에게 누구에게 연락하고, 응급 상황일 때는 어떻게 조치해야 하는지는 기본적으로 문자나, 통화로 진행할 수 있지 않을까? 참, 문제가 많음을 스스로 인식하기도 전에 내가 살기 위해 열심히 전화해서 '나' 라는 존재를 알린다. 확진 판정을 받았는데, 연락도 없고 어떻게 해야 할지 모르겠다. 지속적으로 여기 저기 전화를 돌린다. 내가 왜 이렇게까지 하는 줄 모르겠다. 그냥 내 몸은 내가 지키기 위해, 살기 위해서…

- 확진 3일차 -

결국 확진2일차 때 어떤 전화도 오지 않았다. 기다림에 익숙하지 않은 나에게 확진 3일자에 어떤 치료약 혹은 기기 등을 못함에 있어 분노는 극에 이르고 있었다. 잠을 자는 둥 마는 둥 그렇게 이른 아침에 잠에서 깨어나 확진 되었을 때 어떻게 치료하고, 행동하는지 스스로 찾아본다. 그리고 해야 할 것과 하지 말아야 할 것도 인터넷 웹 서핑을 통해 정보를 획득하고, 이렇게 해야함을 스스로 인지한다. 아침에 보건소에 전화가 와서, 생활 치료시설 이용이 어려워 재택치료가 확정이라는 전화가 왔다. 그리고는 오후에 의료물품 및 생활지원 물품이 택배로 받아 볼 수 있음을 알려주었다. '이제서야 오는구나!'라고 생각했지만 치료를 어떻게 해야 할지에 대한 연락은 아직 없다. 도대체 어떻게 하라는 건가?

"안녕하세요. 수원시 보건소입니다."
"콜록 콜록. 네! 이제서야 전화 주셨네요. 이제 격리된 지 벌써 3일차 인데요?"
"네. 죄송합니다. 금일 진단키트 및 치료와 구호물품은 저녁쯤 받게 될 거구요. 주소 한번 더 확인하겠습니다. 방금 전 불러 주신 주소로 보내면 될까요?"
"네, 이쪽으로 보내주시면 됩니다."
"그리고 오늘 오후에 재택치료에 배정된 병원에서 전화가 갈 겁니다. 전화 받으시고요. 증상을 의사분께 이야기하시면 증상에 따른 약도 빠른 택배로 보낼 예정입니다."
"으아! 아 에치! 기침이 나와서, 꼭 연락주세요. 어제부터 기침이 심해지고, 심장 주변이 꽉 쥐는 듯한 고통이 있어서…!"
"네. 조금만 기다려 주세요. 연락 갈 거예요"

이번 정부, 정책 등에 대해 큰 실망감을 느낀다. 자영업자들이 왜 거리로 나가 시위를 하는지 이제야 조금은 알 수 있을 것 같다. 막상 당하는 입장애서 생각해 보면 말도 안되는 이야기들이 정책이나 법으로 제정된 것들이 많다. 그리고 제정된 정책 및 법이 올바르지만 실행하는 부분에서 잘 돌아가지 않으면 그것도 실패한 것이다. 정부 탓만 할 수도 없다. 왜냐하면, 개인이 그 정책을 얼마나 잘 따르고, 준수하는지도 중요한 요소일 수 있다. 하지만 개인 즉 권력이 없는 소수의 힘으로는 대재앙을 막일 수는 없다. 여러 물리적이든 정신적으로 지원이 필요한 시점이 바로 코로나19가 종식되기 전에 발생할 수 있는 상황적 현실이기 때문이다.

이렇게 또 하루가 지나간다. 해가 넘어 갈 때쯤 택배가 왔다는 소식이 들려온다. 드디어 기다리든 구호물품과 치료 및 진단키트들이 도착했다고 한다. 밖에서 격리되어 있는 내 소중한 가족도 나로 인해 고통을 받고 있다는 생각에 미안함에 마음이 무겁다. 하지만 이제는 내가 더욱 더 이겨내야 할 시간이다. 물론, 충분한 구호물품이나 치료제는 아니지만 나름 코로나19를 버틸 수 있는 물품이 와서 너무 기쁘다. 이제야 내가 환자가 된 느낌이다. 통화로 의사와 진료도 받고, 자가 위치 앱을 설치함으로써 개인 신변에 대해서도 관리가 진행된다. 확진 3일차가 되어서야 비로서 환자가 된 느낌이다. 많은 일들이 일어났지만 3.4평 공간에서는 쓸쓸한 나 자신만 보고 또 볼 뿐이다. 아침부터 저녁까지 코로나19 확진에 대한 생각, 조치방안 등에 대한 생각으로 하루가 저물어간다. 피곤한 몸을 따뜻한 물에 녹이니, 몸이 축 늘어진다. 그리고 조용한 음악과 함께 책을 보다 잠이 든다.

- 확진 4일차 -

아침에 눈을 뜨자, 머리가 띵하다. 무엇인지는 모르지만, 기분이 그렇게 썩 좋지는 않다. 하지만 어제 온 기침약이 도움이 된 것은 확실하다. 기침 때문에 새벽 잠을 설치는 일은 없었다. 하지만 천근을 누르는 듯 온몸이 뻐근하게 느껴진다. 아침에 일어나자 마자, 격리 가족에게 살아있다는 메시지를 보낸다.

"오빠. 몸은 좀 어때? 약은? 좀 기침 저녁에 많이 하던데, 괜찮아?"
"어어. 머리가 띵하네. 어제 잠이 안 와서 계속 깨어 있었던 거 같아! 뭔가 누르는 느낌이 들어서… 호흡도 안되는 것 같기도 하고"
"그래! 빨리 나아야 될 텐데. 걱정이다. 얘들도 조금 열이 나는 것 같던데… 이제 괜찮아!"
"괜히 나 때문에 고생이 많네. 나가지도 못하고 격리되어… 생활 치료센터는 연락도 없고, 아마 병상이 없어 안될 것 같아. 그리고 지금 자리가 있다고 하더라도 이제 격리 몇 일만 더하면 되는데… 중증으로만 안가면 좋겠다"

"에이. 설마… 지금 굳이 가는 건 의미가 없을 듯… 만약 오빠가 편한데로 해! 우리는 괜찮으니까. 맛은 느껴져? 냄새는?"

"오늘 아침에 넣어준 김치찌개 맛이 안나! 냄새도 맡을 수 없고. 이게 진짜구나! 난 거짓말하는 줄 알았거든. 신기하다!"

"그래! 그럼 맛없어도 상관없겠네… 하하 다행이다"

영상통화를 하면서, 얼굴을 보며 서로 이야기한다. 서로의 안부를 물으며, 일상적인 이야기들을 반복한다. 왜냐하면, 너무 심심하고, 홀로 격리되어 심리적 불안을 달래기 위해 서로의 안부 및 일상 이야기들로 하루를 시작했다. 조금 기분이 나아지고 있다. 코로나19도 조금씩 소멸되길 바라며, 오늘 아침 또 스트레칭으로 하루를 시작한다.

확진 4일자가 되자 미각, 후각 모두 소멸되어 음식을 먹는 즐거움이 싹 사라진다. 그냥 씹는 느낌과 짠맛만 느껴진다. 음식에 대한 맛보다는 이제는 진짜 살기 위해 먹는 그런 느낌이다. 나 조차도 이제 음식을 보면 먹고 싶다는 생각이 사라진다. 그냥 면역력을 키워 바이러스와 싸워 이길 수 있는 영양분을 제공하기 위한 수단이라고 생각해 꾸역꾸역 입으로 쑤셔 넣는다. 하지만 소화가 안되 고생할 수 있으므로 천천히 최대한 음식을 오래 씹어 먹었다. 언제쯤 미각과 후각이 다시 살아날까?

배정받은 담당 간호사의 전화벨이 울린다. 미각, 후각은 최대 1개월까지 지속될 수 있다고 한다. 역시 강한 놈이라는 것을 짐작할 수 있다. 하지만 면역력이 높고 무증상자에게는 몇 일만에 미각과 후각을 되찾는 경우도 있다고 한다. 오늘이 벌써 확진 판정 4일차에 접어든다. 격리 및 치료기간이 변경되어 최종 증상 발현일로부터 9일차가 되는 날이면 바이러스가 모두 소멸한다고 한다. 따라서 선별검사소에 찾아가 다시 검사를 할 필요없이 격리에서 해제될 예정이다. 물론 양성이 다시 나올 수는 있지만 전파력이 사라졌기 때문에 걱정을 하지 않아도 된다.

보통 확진 3.4일차부터 중증 환자가 많이 발생하는데, 나는 그렇게 중증은 아닌 것 같다. 오후 4시쯤 체온계로 다시 체온을 측정하고, 산소 포화도를 확인했다. 체온 37.3도, 산소 포화도 96% 아직까지는 걱정할 단계는 아니다. 그리고 기침도 많이 줄어 들어 몸은 한결 가벼워지고 있는 듯했다. 하지만 방심은 금물이다. 어떻게 상황이 변할지 모르기 때문에 철저하게 몸 상태를 체크하고, 관리해야 한다. 3.4평 남짓 방안에서 또 다시 걷도, 제자리 뛰기 등 몸을 움직였다. 팔 굽혀 펴기도 수시로 해 근력이 떨어지지 않게 몸 상태를 이전과 동일한 운동량으로 관리했다. 이제 6일만 더 견디고 버티면 자유의 몸이 될 수 있다는 신념으로 하루가 또 저물러 갔다. 3.4평 되는 이 공간 속에서 무엇을 위해 존재해야 하는가? 또 시간이 흘러 내일이 오면 어떤 일들이 발생할까? 내 삶이 여기에서 끝날지라도 주변 사람들이 행복했으면 한다. 그리고 살아가는 모든 것들에 감사하는 마음으로 세상을 살아갔으면 한다.

- 확진 5일차 -

크리스마스 이브 아침이다. 크리스마스 전야를 격리와 함께 맞이할 줄 몰랐다. 어제 코로나19 대신 코 및 기침 감기약을 먹었는데, 잠을 이룰 수 없었다. 기도가 막히는 듯 짓 눌리는 느낌이 너무 싫다. 그 느낌이 계속 올라와 잠이 쉽게 들지 않았다. 새벽이 되어서야 깊은 잠이 든 것 같다. 암튼, 아침부터 밖은 우울하다. 눈이 올 것만 같다.

"하이루! 별일 없지? 즐거운 성탄절 이브인데, 뭘 할 거야?"
"집에서 할 거 없는데… 격리 중이니 집에서 할 무엇인가를 찾아봐야 될 것 같아. 넷플릭스 그냥 쭉. 봐! 시간 잘 가더라!"
"그래, 뭐 재미있는 것 있어?"
"어. 오빠는 많이 시즌 많이 안 봤지? 음… 추천으로 D.P 봐. 이거 군대 이야기인데… 스릴도 있고 약간 웃기기도 하더라. 16부작이라 좀 길긴한데 기대해도 되"
"알았어. 할 것도 없는데 이걸로 크리스마스를 보내야… 고마워"
"나랑 얘들도 이거 보고 있어. 고맙긴… 같은 처지에 있으면서!"
"하하, 그렇지?"
"내 몸 상태는 많이 나아지고 있는데, 부모님들은 다들 괜찮으시지?"
"어. 부산, 기흥 모두 음성 나왔다고 하더라"
"다행이다… 진짜!"

　이제는 조금은 익숙해진 격리 일상으로 무엇을 해야 할지 머리속에 맴돈다. 아침 9시쯤 환기를 시키고, 체온과 산소 포화도를 측정하기 시작했다. 그리고 앱에 여러가지 체크사항을 확인하고 보건서에서 알 수 있도록 온라인으로 상태를 기록했다. 만약, 측정된 기록이 나빠지거나 악화된다면 병상 이송이 필요하기 때문이다. 하지만 체온, 산소 포화도는 정상이다. 이제는 10.11시쯤 병원에서 진료 기록을 보고 연락이 항상 온다. 그러면 정상 체온과 산소 포화도를 유지된다면 몇 일 있다가 자연 치유가 된다고 했다. 이제 과연 조금만 더 있으면 치유되는 걸까? 선배에게 연락이 왔는데, 근처에 왔다고 잠깐 방문하겠다고 한다. 확진자가 있는 곳이라 집에 오는 걸 꺼릴 줄 알았는데, 아무렇지 않게 방문했다. 그리고 확진자를 대상으로 연구하는 것에 대한 인터뷰 및 몇 가지 측정을 하고 돌아갔다. 오랜만에 사람과의 대면 접촉을 할 수 있어 살아있음을 또 느낀다.

"선배, 왔어요?"
"어. 미안… 인터뷰 좀 하려고 왔는데, 측정할 것도 있고!"
"이렇게 확진자가 있는데, 방문하면 안되는 거 알죠?"
"알지! 그래서 완벽 무장하고, 몇 가지만 확인하고 갈 거니까 걱정하지 말고"
"알았어요. 측정할 게 뭔 지?"
"피검사를 좀 하려고 해! 감염된 자에 대한 항체여부와 혈청상태를 파악하려 하거든. 바이러스가 침입했을 때 백신을 접종한자와 접종하지 않은 자와의 차이를 알고 싶어서…"
"네. 좀 살살 해주세요. 아파요! 선배"
"에이, 엄살은… 이거 비밀이다. 누설금지!"
"OK. 알았어요. 감염 주의하시고 조심이 들어가세요"
"그래. 격리 해제되면 봐!"

　하지만 나의 후각과 미각은 아직까지도 아무 감각이 없고, 맛을 느낄 수가 없다. 거의 1개월까지 유지된다고 하니, 완치가 되더라도 당분간은 음식은 먹기 싫을 것 같다. 화이트 크리스마스가 되었으면 하는 바램에 밖을 보니 정말 눈이 올 것 같다. 매년 지내온 크리스마스 이브이지만 바쁘게 지낸 나의 일상 때문인지 감흥이 없었지만, 올해 크리스마스 이브는 많은 생각을 떠오르게 한다. 아직까지 살아가야 할 날이 살아온 날 보다 더 많은 걸까? 무지 했던 나날들에 대한 반성 그리고 후회스러움이 갑자기 느껴져 얼굴이 달아오른다.
　반복되는 해가 지나갈수록 얼굴의 변화를 그리 쉽게 느끼지 못했지만, 올해는 내 얼굴이 어떻게 변해가고 있는지 느낀다. 격리 동안 과거 몇 년보다 더 늙어 가는 것 같기도 하고, 지금 내 모습이 마음에 들지 않는다. 저녁엔 우리가 바라던 눈이 왔으면 좋겠다. 눈이 오면 눈과 함께 코로나19도 하얗게 치유될 것 같은 그런 기분이다. 반복되는 재택치료 나날들은 먼 훗날 소중한 추억으로 남을 것이다. 현실을 받아들이고, 즐기되 의미 있는 시간을 보낼 수 있도록 마음을 다잡자. 그리고 코로나19 바이러스와의 진검승부를 통해 스스로 더욱 더 자신이 강해지고 있다는 느낌을 가지고 오늘도 잠자리에 든다. 조금만 더 인내하면 좋은 내일이 올 것이다.

- 확진 6일차 -

　메리 크리스마스!!! 즐거운 성탄절 아침이다. 나도 모르게 아침부터 분주하게 체온과 산소 포화도를 측정하기 위해 움직인다. 잠이 오지 않아, 여기 저기 뒹굴다가 잠이 든 것 같은데 여전히 열은 나지 않는다. 하지만 체온 37.3도 그리고 산소포화도 96% 정상이다. 기침이 아직 조금 나긴 하는데, 가슴이 답답하거나 통증이 있는 기침은 아니다. 자연스럽게 나오는 기침이지만, 빨리 없어 질 것 같은 기침이다.

어제부터 기온이 10도정도 낮아서 그런지 집안은 썰렁하다. 창문을 활짝 열고, 성탄절의 아침을 느껴 본다. 맑은 날씨는 아니지만 눈이 조금 온 것 같기도 해서 기분은 좋다. 하이트 크리스마스를 맞아 본 지도 꽤나 오래된 것 같다. 코로나19로 인해 아침 뜻깊은 크리스마스를 집 안에서 격리되어 보내고 있다. 상상 속으로만 생각했던 일들이 현 상황에서 발생하니, 처음엔 어쩔 줄 몰라 당황했지만 몇 일 지나고 나니 이제 별 거 아니라는 생각이 든다. 하지만 가족에게 피해가 가지 않기 위해, 최대한 빨리 회복하고 싶다. 쓸쓸한 성탄절이지만 나를 걱정해주는 여러 가족과 동료들이 있어 힘이 난다.

아침 10시쯤 병원에서 전화가 왔다. 만약 아무 증상이 없을 경우, 내일까지 재택치료가 완료되고 병원 의료지원은 종료가 된다는 통보를 받았다. 하지만 아직 기침이 조금 남아있어 연기가 될 수 있음을 알려주었다. 하지만 내일 오전까지 상황을 보고, 관찰하여 기침이 없을 시 종료될 것이라고 했다. 이제 치료도 막바지에 이르고 있구나! 재택치료는 역시나 나 자신과의 싸움이다. 혼자 코로나19 바이러스를 이겨내야 하는 것이다. 그리고 격리동안 아프면 아플 수는 있지만 도움을 받기 위해서는 대기해야만 했다. 다행히 코로나19 증상발현 후 큰 아픔이나 통증은 없어 다행이지만 만약 실제로 이로 인해 고통받는 사람들이 재택치료를 한다고 가정해 보면 끔찍하다. 가족도 가족이며, 개인이 감당해야 할 고통은 이룰 수 없을 것 같다는 생각이 든다.

이제 3일만 잘 참고, 이상반응이 없으면 격리 해제가 된다. 6일차 병원진료 지원, 나머지 3일은 보건소에서 지정한 격리를 포함해 9일 동안의 치료 및 격리 생활이 끝이 난다. 하지만 만약 병원진료 종료 전까지 증상이 남아 있으면, 같이 생활하는 가족들도 격리 해제기준으로 연장될 수 있다. 이런 점을 감안하여 증상이 없이 격리해제가 되어야 한다. 스스로 코로나19에 회복하는 것에 대한 큰 책임감이 들었다. 빠른 회복을 위한 면역력을 향상시키기 위해 방 구석에서 스트레칭을 매일 했다. 그리고 격리생활 동안 응원해준 방 밖에 있는 가족들에게 다시 한번 감사함을 느낀다.

- 확진 7일차 -

드디어 7일차가 밝았다. 이제 하루만 더 버티면 재택치료가 끝난다. 공식적으로 오늘까지 재택치료 기간으로 다른 증상이 없으면 바이러스는 악화되지 않고, 소멸되고 있는 중이다. 아침부터 이런저런 생각에 기분이 좋다. 코로나19 바이러스와의 결별이라 생각하니 마음이 후련하고 뻥 뚫린 느낌이 든다. 물론, 양성 판정을 받았지만 또 다시 바이러스에 재감염이 안된다는 보장은 없으나, 나의 몸에 면역체계가 완성되었다는 점에서 뿌듯하다. 사실 1차 백신 접종을 한 후 부작용으로 응급실까지 간 경험이 있는 나에게는 이번 바이러스와의 사투는 정말 손에 땀이 나게끔 하는 굉장한 전투였다. 물론 코로나19를 경험한 많은 사람들은 별일 아니라는 생각이 들겠지만 백신의 부작용을 경험한 나에게 있어 코로나19 감염 및 이에 대한 치료는 누구보다 뜻깊을 수밖에 없다.

오늘 가족들은 격리기간이 끝나는 날로 코로나19 선별검사를 받으러 보건소에 갔다. 다만, 가족들이 나로 인해 코로나19 감염이 된다면 정말 힘들 것 같다. 감염으로 인한 경증이 아닌 중증으로의 악화 그리고 사회 및 학교생활에 있어 격리 기간이 늘어나기 때문에 심리적으로 불안하다. 격리기간 동안 서로 비대면으로 생활하면 된다고 생각되지만, 그 전에 감염되어 바이러스가 이미 몸 속에서 잠복기를 가지면 이를 막을 수가 없다. 확진 여부에 대한 결과는 내일 나오지만 안심할 수 없다. 아마도, 가족들이 기침을 하고 일부 열이 있음을 어제부터 나에게 알려왔다. 심심치 않은 기운으로 설마 양성 판정을 받으면 어쩌지? 속으로 불안불안 걱정을 털어놓는다. 내일 어떤 결과가 나올지 모르겠지만 일주일동안 격리 생활에서 우리는 잘 이겨내왔다. 가족에게는 항상 고맙고, 미안한 감정이 뇌리에 스친다.

- 확진 8일차 -

 새벽부터 나를 깨우는 소리가 들린다. "지금 몇 시야?" 새벽 5시 30분쯤에 보건소에서 연락이 왔다고 한다. 가족 중 두 자녀가 코로나19 양성 판정을 받았다는 연락을 새벽부터 구두로 알려주었다. 이렇게까지 새벽에 알려주지 않아도 되는데, 새벽에 든 잠이 물끄러미 한순간 사라지는 느낌이다. 피곤함이 머리부터 발끝까지 뻗친 순간에도 그 소식은 과히 충격이 아닐 수 없었다. 가족만 아니길 간절히 바라고 있었는데, 그게 물거품이 된 것 같아 후회도 되고 그냥 미안한 마음만 가득하다. 아내가 급히 아이들이 검사에서 양성이 나왔다고 통보가 왔다. 그리고 아내는 음성, 어떻게 이럴 수가 있는지 모르겠다. 가족 중 백신 접종자만 바이러스에 걸리지 않았다.

"이제 어떻게 하지? 얘들은 지금 상태는 어때?"
"지금은 괜찮은데… 모르겠네! 나는 음성이라서 다른 곳으로 옮겨야 될 것 같아"
"그렇지, 또 다시 격리되면 힘드니까 처가집에 당분간 가 있어!"
"그래, 병원에서 언제 출근하는지 전화가 계속 와서… 또 다시 격리되면 직장을 잃을까 걱정되네, 휴."
"그러게, 오랜 시간동안 격리되었지!"
"여기는 내가 있을 테니, 빨리 짐 가지고 가!"
"얘들 잘 봐주고, 몸 잘 챙겨"
"그래! 몸 조심하고… 처가 도착하면 연락해"

 누워서 잠에서 반쯤 깨어 고민에 고민을 거듭하고 있었다. 애들을 생활치료센터에 보낼지, 아니면 집에서 재택치료를 할지 등으로 머릿속이 복잡했다. 다행스러운 것은 아내가 음성이 나온 것이라 생각했는데, 이렇게 된 이상 모두가 양성판정을 받는 게 더 명료하고 간단해질 것 같다. 왜냐하면 음성자는 양성이 해제될 때까지 격리는 물론 더 많은 시간을 격리해야 하기 때문이다. 그래서 음성 판정을 받았다고 좋아해야 하는지 의문이다.

하지만 음성 판정을 받았기 때문에 여기서 나가야 한다. 왜냐하면, 가족 대부분이 양성인데 음성인 사람이 같이 생활하는 것도 말이 안되기 때문이다. 따라서 아내는 처가로 잠시 머물기 위해 짐을 챙겨 이 집을 정신없이 탈출했다. 잘된 것인지는 잘 모르지만, 이 격리생활은 이제 하지 않아도 되기에 누릴 수 있는 자유가 부러울 따름이다.

이렇게 오전은 정신없이 보낸 것 같다. 또 내가 양성 판정을 받았을 때와 마찬가지로 보건소에서 수십통의 전화가 와서, 상태가 어떠나? 재택 치료 혹은 생활치료 입소 여부 등에 대한 문의가 쏟아지고 있었다. 이 생활이 이제 딱 2일만 더 버티면 끝날 줄 알았는데 애들 모두가 확정 판정을 받으면서 일주일이 늘어나 버렸다. 암담한 현실이 눈앞에 아른거리지만, 이럴 때일수록 정신을 잃지 말고, 현실에 충실하자는 신념으로 현재 발생한 일들에 대해 받아들이기로 했다. 이제 난 환자가 아닌 보호자로 다시 여기서 일주일 이상을 보내야 한다. 아직 나도 치료 및 격리기간이 끝나지 않았는데 큰 근심만 하나 더 늘었다.

막상 오후가 되자 아이들과 접촉도 최소화해야 된다는 보건소 전화가 왔다. 보호자인데, 어떻게 접촉을 최소화할 수 있을까? 정책이나, 가이드 내용이 앞뒤가 맞지는 않지만 지금 현실은 어쩔 수 없었다. 이 세상에 아이들을 가진 부모라면 모두가 같은 생각일 것이라 판단된다. 암튼, 아이들 밥은 어떻게 할지, 격리기간 동안 어떻게 접촉을 최소화할지 등등 고민으로 몇 시간이 훌쩍 지나 저녁이 되었다. 오늘 하루도 영원히 내 기억 속에 잊지 못할 사건으로 분류되어 머리 속이 더 혼란스럽다. 하지만 이른 새벽에 잠이 깨어 바쁘게 지내다 보니 침대에 엎드린 체로 그냥 잠이 들었다.

- 확진 9일차 -

이제 격리일정의 막바지에 다다르고 있었다. 어제 아이들의 확정 판정만 받지 않았으면 밖을 거닐고 있을지도 모른다. 코로나19 확진

이 미접종자들에게 이렇게 빠르고, 직간접적으로 영향을 줄 지 정말 몰랐다. 대처하지 못해 느끼는 아쉬움 그리고 후회감만이 오늘 하루를 무기력하게 만들었다.

　아침은 어김없이 찾아왔으나, 지금이 아침인지 점심인지 저녁인지 도통 모르겠다. 그냥 멍하니 밖을 쳐다보고 한숨만 나올 뿐이다. 아이들과 기나긴 동거, 공동 격리를 또 8일동안 해야 한다. 무엇이 이렇게 잘 못 꼬였는지 시간차를 두고 양성이 확정됨에 따라 격리 기간만 증가하게 되었다. 9일차이지만 내가 할 수 있는 게 없다. 아이들에게 최소한의 접촉을 통해 식사하는 법, 이야기하는 법, 움직이는 것들을 공유하고, 미래에는 이런 상황은 만들지 않는 게 좋다는 것 등에 대한 격려와 위로를 나누었다.

"전화했네?"
"그래. 오늘 격리 마지막날 아니야?"
"맞아! 근데 나갈 수가 없네. 애들이 아직 격리 중이라 나도 격리해야 돼?"
"병원에는 출근했지?"
"응, 난 또 PCR검사 했는데… 음성 나와서 잘 다니고 있어."
"얼마나 더 격리되어야 할지 모르겠지만, 내일부터는 동동 격리 1일차네"
"회사에다가 연락은 했고! 다시 격리 중이라고 말했는데, 언제쯤 출근할 수 있을까? 얘들 상황을 봐야 할 것 같다고 해서 이번주도 휴가 내고 격리 중이야"
"그래! 고생이 많네. 얘들 상태는 어때?"
"괜찮아. 밥 잘 먹고, 열은 안나는 것 같아. 큰 아이가 기침 아직까지 해"
"조금만 더 힘내! 이제 몇 일만 더 있으면 나갈 수 있을 테니…"

- 격리 해제, 공동격리 1.3일차 -

드디어 격리 해제가 되었다. 하지만 아이들이 확진 판정을 받아 보호자 공동격리 구분되어 다시 격리생활을 해야 한다. 오늘부터 자가 격리 안전보호 앱을 다시 설치하고, 보건소에서 가이드한 다른 ID를 입력하고, 다시 1일차 공동격리가 된다. 이번 코로나19 확진 판정 그리고 일주일 시간차를 두고 아이들까지 확진 판정을 받음으로써 격리기간도 늘어나 어떻게 대응해야 할지 모르겠다. 환자가 다시 보호자가 되고, 아이들 사이에서 다시 격리생활을 해야 한다.

중증인 환자가 벌서 천명을 넘어 지속되고 있고, 하루 확진 판정을 받은 사람이 5.7천명 수준으로 꾸준히 유지되고 있다. 격리 해제가 된다 하더라도 또 여러 사람이 모인 곳 아니면 식당 등에서 다시 재감염 될 수 있기 때문이다. 백신에 대한 불신이 사회 전반적으로 번지고 있다. 왜냐하면 최초 접종 후 3개월 단위로 추가 접종을 해야 백신 효과가 있다고 한다. 또한 오미크론 바이러스는 전파력이 높고, 현재 변이 바이러스와 다르게 백신을 맞아도 효과가 거의 없다고 한다. 델타에 감염된 사람도 오미크론 바이러스에 다시 감염될 수 있다고 한다. 저번에 코로나19 바이러스 감염자에 대한 검사결과가 궁금해 선배에게 전화를 했다.

"선배! 잘 지내지요? 저번에 인터뷰하고 검사한 결과 혹시 알 수 있나요?"

"어… 그게 말이야! 좀 더 봐야 될 것 같아. 사실 바이러스는 꼭 감기와 동일하거든. 근데 바이러스 침투 시 인간의 면역체계가 바이러스 공격을 막는 것이 아니라 같은 편이라 인식하고 면역체계에 혼란을 주고 더욱 깊숙이 침범하고 있는 것 같아"

"그게 사실이예요? 그러면 백신을 맞으면 더욱 더 그런 현상이 발생할 수도 있겠네요. 그래서 백신을 접종하고 부작용으로 죽은 사람이 이런 현상이 악화되어 빠르게 다른 장기를 손상시켰군요"

"맞아. 그런데 단정할 수는 없어! 이제 워낙 빠르게 변이를 일으켜서 건강한 사람이라도 안전할 수는 없을 것 같아! 그냥 면역체계의 이상 반응이 생기면 폐, 간, 심장, 뇌 등 우리의 신체 일부가 파괴되는 현상이 발생하는 것 같아!"

"어렵다! 그래서 연관관계를 밝힐 수 없는 것도 이 때문이군요? 신체 일부 중 어디에서 발생할 지 모르기 때문에 밝히기 위해서는 오랜 기간 데이터가 쌓이거나 동일한 현상으로 사망한 사례가 발생해야 하는데… 전 세계 제약사는 책임 회피를 통해 검증을 하지 않으려고 하고 있거든. 정부도 모든 국민들이 혼란에 빠질까 봐 알면서도 모른 척하는 것 같아"

"아! 이건 너무 싫다. 이 사실을 알리더라도 아무도 믿지 않을 것 같네요! 정부 그리고 언론도 권력집단 앞에서는 정치를 해야 하니까. 그리고 대선도 이제 몇 일 안남아서 더더욱 이런 걸 덮을 수 있겠네요. 암튼, 선배라도 진실을 전 국민에게 알렸으면 좋겠어요"

"내가 무슨 힘이라도 있겠나… 그래도 국정원에 동기가 하나 있는데 차주에 저녁 약속 잡았거든. 그 때 이 이야기 좀 해 보려고"

"국정원이면 그래도 정보기관이니, 만약 기회가 되면 대통령께도 보고될 수도 있겠네요! 역시나 대단하세요. 근데 근거는 충분히 검증해서 만나시는 게 좋을 듯해요"

"당연하지! 그럼 결과는 나중에 알려줄 게."

　선배를 그 말을 마지막으로 집을 나섰다. 충분히 설득력 있는 사실을 모르고 있지는 않겠지만 전 국민을 대상으로 진실을 알리지 않는 것은 잘 못된 일이라는 생각 때문에 마음이 불편했다. 그리고 언제까지 이런 생활을 지속해야 하는지 등 이런 저런 생각에 잠을 이룰 수가 없었다. 바이러스에 대한 확진 판정을 받아 면역이 생겼지만 또 감염될 수 있기 때문에 불안했다. 또한 새로운 변이로 인해 언제 끝날지 모르는 코로나19 바이러스 최악의 끝을 지나고 있었다. '19년말 최초로 발생하여 21년말 현재 거의 2년동안 지속된 바이러스, 전 세계적으로 위협이 되고 수많은 사망자를 발생시킨 이 바이러스의 종말은 어디일까? 갑자가 궁금해졌다. 인류의 종말이 바이러스의 종말이 될까 걱정스러운 한숨만 계속 나왔다. 창밖에는 어두컴컴한 구름이 저 멀리 흘러가고 있었다. 하얀 눈이 하나 둘 떨어지는 모습을 보며

'올 한 해를 이렇게 마무리하는 구나!' 라는 생각에 가슴이 답답했다.
   아침부터 눈을 뜨자마자 아이들 밥 걱정부터 했다. 왜냐하면 양성 판정으로 받은 어른들은 치료를 받거나, 공가를 사용함으로써 쉴 수 있지만 아이들은 동일하게 온라인으로 교육을 받고 학원 수업을 진행해야 하기 때문이다. 이 시대의 어린이, 청소년들은 힘든 환경에서 살아가는 듯하다. 그렇기 때문에 공동격리 2일차로 아이들을 위해 밥과 먹을 반찬류를 고민했다. 그리고 직장생활에서 하지 못했던 것들을 격리생활 동안 해볼 수 있었다. 아침, 점심, 저녁 삼시 세끼…

"빛나야, 상열아. 밥 먹자!"
"응, 아빠. 오늘 아침 뭐 먹어? 맛있는 것 없어?"
"오늘 아침메뉴는 육개장에 달걀 그리고 햄이다. 그리고 시금치 나물, 김치와 함께 각자 개별 식판으로 먹자. 10분후에 차려 놓으면 방으로 가져 다가 먹어"
"네! 근데, 점심 때는 뭐 먹어? 이제 밥은 질려서 못 먹겠는데 다른 것 뭐 없어. 피자, 돈가스와 쫄면 등 시켜 먹어요. 아빠!"
"그래! 그러자, 삼시 세끼 챙겨 먹는 것도 벌써 10일이 넘어가니 밥맛도 없고 더 이상 할 것도 없는데 잘되었네"
"지겨워. 나가지도 못하고… 살만 찌는 것 같아요!"
"조금만 참아! 이제 몇 일만 격리되면 풀릴 거니까… 파이팅."

   아침부터 저녁까지 시간단위로 이렇게 생활해보니 정말 쉽지 않다. 하지만 어쩔 수 없는 상황이라 이 격리 생활을 극복하기 위해 식단을 나름 구성하여 체계적으로 세끼를 해결하려고 했다. 생존을 위해 바이러스와의 대결에서 꼭 이기고 싶다. 나를 포함 우리 아이들은 백신을 접종하지 않았기에 이렇게 쉽게 코로나19에 감염되었음을 인정한다. 하지만 이것을 향후에도 큰 이득으로 우리에게 다가올 것임을 인지하고 있기 때문에 기분이 좋다.
   지금까지 바빠서 하지 못했던 것들을 아이들과 같이 보낼 수 있는 소중한 시간이 되길… 그리고 이 치료기간을 통해 앞으로 코로나19

바이러스와의 결별을 선언하고 싶다. 이 치유기간동안 면역력이 극대화되어 향후 백신을 맞지 않아도 될 만큼의 강인한 생명력을 가질 수 있기를 바래 본다. 몇 일 후면 '21년을 뒤로하고, '22년 새해가 된다. 새해 아침에 동쪽에서 뜨는 찬란한 일출을 직접 볼 수는 없지만 더 소중한 것을 이 좁은 집안에서 느낄 수 있어 행복했다.

내일이면 새해가 밝아온다. 집에서 보내는 올해 마지막 연말이다. 세상이 코로나19로 인해 인류가 대 멸종을 통해 없어질 줄 같았는데, 이렇게 살아 있는 나를 포함한 다수를 볼 때 아직 인류는 멸종단계는 아닌 것 같다. 곰곰이 올해 한 해 마무리를 위해 눈을 감고 회상해 본다. 그 때 국정원에서는 중요한 정보를 입수하고는 모두가 분주하게 움직이고 있었다. 국정원 한 정보부 소속 직원은 대통령께 무엇인가를 보고할 것처럼 보고서를 작성하고 수정 중이다. 혹시 오류가 있는지, 검증이 되지 않았는지 모르겠지만 분위기는 심각하다.

"대통령님, 이번 코로나19 바이러스, 백신에 대한 또 다른 연구결과에 대해 보고 드립니다. 저번에 공유 드렸던 백신 1차, 2차 그리고 부스터 샷을 접종한 사람에 대한 결과입니다. 우선 이번 실험은 일반군과 대조군 대상, 1,000명을 임의적으로 선별, 선발하여 진행하였습니다.

"그래서 결과가 어떻게 되었는데?"

"이 바이러스는 독감과 유사한 형태는 맞는데, 아직까지 그 형태가 정의되지 않아 어떻게 대응하고 조치해야 될지 모르겠습니다. 사실 바이러스 보다 백신이 더 위험한 거라서… 백신이 많은 사람들을 죽음으로 몰아 가고 있습니다. 부작용을 가장한 위험 물질로부터 전 국민들에게 진실을 알려야 합니다."

"그게 무슨 말인지 모르겠지만, 이게 최선일세"

"대통령님, 그래도 더 이상의 인명 피해 그리고 먼 훗날 자손들에게는 떳떳해야 될 것 같아 당부 드립니다. 제발 이번 일 때문에 전 국민들이 더 이상 돌이킬 수 없는 상황이 되지 않았으면 합니다. 그리고 국민들도 진실을 알 권리는 있다고 생각합니다."

"그렇다고 백신이 이상 있다고 하면 어떻게 될 것 같은가? 진실을 공유하고, 백신 접종에 폐해를 설명한면 아마도 전 국민들은 분노하게 될 거야. 그리고 이번 일로 인해 정부는 국민으로부터 신뢰를 잃게 될 것이고 누군가는 책임을 져야 할 거야"

"잘 알고 있습니다. 누군가 책임을 지면 용서받을 수 있지만 만약 진실을 알리지 않는다면 더 많은 희생이 있을 것으로 판단됩니다. 왜냐하면, 백신에서 변이가 일어나 일반적인 상황에서는 바이러스로 표출이 되지 않다가 특정 시점 즉, 정신적 불안 상태가 되면 면역체계를 무너뜨리고 모든 장기를 파괴하고, 뇌의 일부 기능을 막아 자기 자신을 잃어버릴 수 있습니다. 말 그대로 좀비 상태로 변할 수 있습니다. 백신에는 지금 유전자를 변형할 수 있는 변이가 숨어 있으니, 자체적으로 더 강해질 수 있고 더 빠르게 퍼질 수도 있습니다."

국방부와 청와대 그리고 국정원은 지하 벙커에서 중대한 회의를 하고 있었다. 분위기는 싸 했지만 서로 책임을 미루고 있었다. 결국 회의의 결론은 나지 않았고 상황을 지켜보자는 것으로 마무리되었다. 대통령 임기 5년, 이제 조금만 버티면 정권이 바뀌기에 이에 대한 관심이 없을 수밖에 없었다. 결국 피해자는 아무것도 모르고 정부의 말을 잘 따른 국민이었다. 고위 공무원과 그 외 기득권층은 이를 알고 있었기 때문에 백신을 접종하지 않았다. 실제 어떤 일이 발생할지는 아무도 모른다. 하지만 그 당시 정책 결정자들 그리고 그 외 의사결정자들 조차도 혼란을 막기 위해 알고도 모른 척 사실을 공개하지 못했다. 큰 정부는 없었고, 비열한 정치만이 세계를 고립주의로 만들고 있었으며, 국민을 위한 정부는 존재할 수 없었다.

암담한 현실이 그대를 힘들게 하더라도 노하거나 괴로워하지 마라. 세상은 어두움만 있는 것이 아닌 밝은 곳은 있으니… 스스로 힘든 나날들에 스스로를 포기하지 말라! 반정부주의는 이렇게 점점 더 많은 사람들의 지지를 받으며 성장하고 있었다. 세계 곳곳에는 이 시위가 확산되고, 사람들은 백신에 대한 불신이 점차 커져가고 있었다.

지구 온난화는 점점 가속화되고,
기후 재앙으로 변해 아름다운 지구의
푸른 빛은 꺼져간다

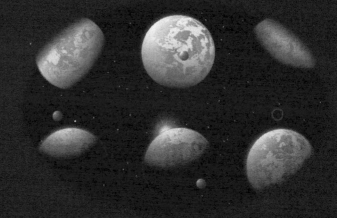

03

백신 그 이후

mRNA 백신

mRNA 백신은 코로나19 바이러스 표면의 돌기 단백질로부터 시작한다. 이러한 돌기 단백질에 대한 항체를 생성할 수 있다면 어느정도 면역을 얻을 수 있다. 하지만 이는 모든 바이러스 유전물질 중 극히 일부인 RNA만 돌기 단백질 생성이 가능하고 mRNA의 일부에 저장된다. 유전물전이 주입된 후 세포에 융합되어 돌기 단백질을 생성하기 위해 이를 방출한다. mRNA는 신체에서 분해되지만 접종자의 유전자 일부가 되지는 않는다. 면역 체계에서 돌기단백질을 인지하고, 이와 반응하여 항체가 생성된다. 이러한 반응이 부작용으로 나타날 수도 있다. 이렇게 면역체계의 반응이 이를 수용하지 못하면 심한 부작용을 겪을 수도 있으며, 항체는 바이러스 노출을 대비하여 이러한 반응의 기억을 저장한다.

이 저장공간은 코로나19로부터 어느 정도의 면역반응을 제공한다. 백신접종 후 발열, 오한, 피로, 두통, 또는 주사부위 쓰라림 및 붓기 등의 부작용이 발생할 수 있다. 심해지면 생명을 잃을 수도 있다. mRNA 백신은 강력하게 신체에 반응하지만 이는 면역 형성을 준비하고 있다는 것을 의미하며, 체내에서 면역 반응을 일으키는 단백질을 만드는 방법을 세포에 가르친다. 감기와 같은 백신과 마찬가지로 mRNA는 질병을 초래하는 심각한 결과의 발생 위험없이 코로나19와 같은 질병에 대해 보호 기능을 형성함으로써 백신 접종자의 면역을 형성한다. 백신 연구자들은 수십 년 동안 mRNA 백신을 연구하고 다루어 왔지만 바이러스 출현이 없어 더 이상의 성과는 없었다.

　면역반응을 일으키기 위해 약화된 세균을 몸에 넣으면 몸 안에서 면역 반응을 유발하는 단백질을 만든다. 그리고 학습된 면역은 실제 바이러스가 몸에 들어올 때 감염되지 않도록 몸을 보호해 주는 역할을 한다. mRNA 백신은 코로나에 유발하는 살아있는 바이러스를 사용하지 않으므로 감염을 유발할 가능성이 없다. 또한 mRNA는 DNA가 있는 세포의 핵으로 들어가지 않기 때문에 유전자를 바꾸거나 유전자에 영향을 줄 수 없다. 세포는 백신접종 후 며칠 이내에 mRNA를 분해하고 제거한다. 스파이크 단백질은 인체가 생성하는 다른 단백질과 마찬가지로 최대 몇 주 정도만 체내에 머물 수 있는 것으로 추정된다. mRNA 백신은 미국 내 다른 모든 유형의 백신이 준수하는 것과 동일한 엄격한 안전성 및 유효성 표준을 준수하도록 만들어졌다. 하지만 일부 부작용 사례들이 나오고 있다.

"선배! 혹시 '크루병'이라고 들어본 적 있나요?"
"아니, 없는데… 백신 연구 중이라 요즘 바빠? 용건만 이야기하고 다음에 통화하자"
"네. 바쁘시군요. 격리 중에 치명적인 바이러스에 대해 찾아보니 그런 것이 있어서… 신경질환의 일종인데, 초기에 잠복기에 길다고 하네요. 시체를 나누어 먹는 풍습 때문에 발생했는데, 주로 사람 뇌를 먹는 사람에게 발병했다고 하네요. 근데 이 병에 걸리면 뇌세포가 먼저 파괴되고, 운동장애 그리고 근무력증이 온다고 해요. 그 후 1년내에 사망하는데, 신경세포가 파괴되어 근육이 마비되고 온몸에 경련이 일어나며 얼굴 근육을 움직일 수 없어 마치 악마가 웃는 것처럼 보인다고 하네요"
"그래… 들어본 것 같기는 한데. 이게 코로나19와 관련이라도 있다는 거야?"

"아니요. 그건 아닌데… 만약 코로나19가 뇌세포를 파괴하고 신경세
포를 지배한다면 이와 같이 될 수도 있을 것 같아서… 그리고 사람의
뇌를 먹음으로써 전이되는 바이러스로 변이될까? 그냥 생각이 들어서
요"

"중요한 것은 아니니 신경 쓰지 마세요. 저도 그냥 한번 찾아본 거라
서…"

"그래. 그럴 듯 하긴 한데, 그렇게 쉽게 변이되고, 감염되지는 않을
것 같아!"

"그렇죠. 너무 앞서 나간 것 같네요! 그럼 바쁜데 일 보세요."

"다음에 또 통화해… 건강 잘 챙기고!"

　

　이 '크루병'도 잘못된 식습관에 의해 발병된 바이러스 중 하나였다.
인류 스스로가 자신의 종족들, 혹은 동료들을 식용함으로써 생겼는데
이는 점점 사라지긴 했지만 아직까지도 일부 원시 종족들은 인육과
뇌를 먹는 풍습이 전해 내려오고 있다. 이를 통해 파괴된 뇌세포는
수많은 신경세포가 그 기능을 하지 못하게 막는다. 즉, 머리는 있지만
뇌가 없기에 감각이나 맛, 냄새를 못 맡는 그런 살아있는 시체가 되
는 것이다.

　이와 관련한 실험은 바이러스를 연구하는 국가기관 및 사설 비영리
단체에서 주로 햄스터를 이용해 진행되었다. 코로나19 바이러스도 이
와 같은 실험으로부터 전 세계에 알려졌다. 그 연구소는 이미 바이러
스를 연구하면서 백신까지 동시에 개발하고 있었으며, 이를 투자자들
은 알고 있었다. 그렇게 때문에 이 바이러스의 위험성이 얼마나 되고,
어떻게 전파되는지 등에 대한 자료를 알고 백신개발 회사에 투자를
한 것이다. 수많은 일들이 우연을 가장한 필연이 되듯이 자연스럽게
이 프로젝트는 우연을 가장해 인류에게 백신보급이라는 명분아래 성
공적으로 마무리되었다.

　mRNA에 숨겨진 비밀을 모른 체 전 인류에게 해가 없음을 인정해
버렸다. 사실 mRNA는 지구가 탄생할 때도 DNA보다 세상에 나왔다.

유전구조가 이루어지기 전에 도다 확인 구조체가 필요했기 때문에 껍데기를 먼저 형성한 것이다. 하지만 그 껍데기에 기생한 미생명체가 있었는데, 그 미생명체는 DNA에 변이를 일으키는 물질로 진화되었다. 그런데, 그 mRNA는 DNA에 기생하며 유전자지도를 탈바꿈한다. 예를 들어, 인류의 얼굴의 색상에 의해 백인, 흑인, 황인 등으로 나뉘는데 이 부분도 mRNA에 기생한 미생명체에 의해 DNA염색체 구조가 바뀐 것이다.

즉, mRNA에는 우리가 알지 못한 미생명체가 기생할 수 있는 환경을 만들어 줄 수 있기 때문에 위험하다. 지속적으로 이 백신을 접종하면 기존 바이러스를 일부 모양을 닮은 항체를 만들어 주긴 하지만 그 곳에 기생하는 또 다른 미생명체에 대해서는 우리 몸은 전혀 인식하지 못한다. 이것이 만약 인간의 모든 장기를 조정/통제하는 뇌에 영향을 주고, 이를 파괴한다면 그 문제는 심각해질 것이다. 바로 이 부분이 '크루병'을 일으켰던 바이러스 형태와 유사하게 진행될 수 있다.

"선배, 저번에 이야기 한 백신에 미생명체가 있다고 했죠?"
"어. 그거 밝혀졌는데… 미생명체는 맞긴 한데 mRNA 구조의 찌꺼기라고. 보통은 찾아볼 수 없는데, 그런 것이 있을 줄이야!"
"그래요! 그럼 그 찌꺼기에서 만약 바이러스가 기생하면 어찌되죠?"
"그건 또 다른 변이를 생성할 수도 있지!"
"그게! 그럼 미래에 새로운 종의 바이러스로 진화할 수도 있다는 거네요?"
"그럴 수도 있고, 아닐 수도 있는데… 난 긍정적으로 갈래!"
"에이. 항상 상황은 우리가 예상하지 못한 방향으로 가던데… 선배 그럼 mRNA 백신이 지금은 인체에 영향이 없다는 거죠?"
"저번에 시료를 채취한 1,000명을 대상으로 일반과 대조군으로 나누어 실험했는데… 다른 특이점은 안보이네. 다만 이게 향후에는 어떻게 변이 될지는 아무도 몰라! 왜냐하면 누군가 이 찌꺼기를 백신에 넣었으니…저절로 이게 생성되지는 안거든"

"아. 그래요. 누가 그걸 넣었을까요?"

"음… 바이러스와 백신을 통해 이익을 얻는 사람들? 그게 누구일까? 아마도 국가가 될 수도 있을 거고, 아니면 특정 단체/기관 또는 권력이나 자산가가 될 수도 있겠네."

"진짜 이런 세상이 싫네요. 누군가의 이익을 위해 다수가 희생해야 되는 구조, 누군가는 이를 즐기고 있고 막대한 수익을 통해 세상의 지배력을 더 강화해 가겠죠?"

"내가 그게 누군인지 밝혀줄까?"

"에에! 농담하지 말고, 진짜로"

"아니다. 그냥 특정 집단이라 생각해봐. 누가 가장 이득을 볼지? 난 세계 패권전쟁과도 관련이 있을 것 같다는 생각이 들어! 왜냐하면 이 지구를 지배하기 위해서는 자본은 기본적으로 있어야 될 것이고, 인류의 생명을 통제할 수 있는 그 무엇인가가 필요하지 않을까!"

"그러면 따지만 강대국인데… 미국? 중국? 둘 다 전세계 No1, 2를 다투고 있는데… 누가 이 일을 만들어 냈을까요?"

"미국은 거의 몇 세기동안 기축통화를 가지고 전 세계 경제를 좌지우지하고 있지. 그런데 중국에 여기에 도전장을 낸 거야. 막대한 내수시장을 바탕으로 한 수입/수출을 통해 지속적인 성장을 이어오고 있고, 각 영역의 핵심 산업인 IT, 반도체, 자동차, 바이오 등의 기업을 양성해 미국을 견제하고 있지!"

"그래서 중국이 미국패권을 차지하기 위해 이런 짓을 벌렸다는 건가요?"

"음… 그런 몰라. 하지만 확실한 것은 이 바이러스로 인해 가장 이익을 본 집단은 중국이라는 거지. 왜냐하면 인명피해를 최소화하면서 코로나19 2년동안 꾸준한 성장을 지속했거든. 하지만 미국이나 유럽의 국가들은 많은 희생자는 물론 경제는 파괴되었지. 그런데 재미있는 것은 백신개발은 사실 중국보다 미국이 더 빨리 했다는 거야. 이를 통해 많은 이익을 본 국가가 바로 미국과 영국 등의 국가들이지"

"그런데 전 세계 패권전쟁은 지금부터 아닌가요? 이건 전초전이고 백신이 전세계에 배포되고 난 이후 어떤 양상이 전개될지, 그 부작용이 현재와 미래에 얼마나 영향을 줄지 등에 따라 달라질 것 같은데요"
"그래. 나도 사실 이 백신이 패권전쟁에 대한 중요한 키가 될 것 같아! 그래서 나도 이 연구를 계속 하는 이유이고"
"이렇게 보니 미래가 어찌 될지 심히 걱정되네요. 암튼 선배한테 좋은 이야기 들었네요. 그럼 수고하시고, 다음에 또 뵈어요"
"그래. 들어가"

　선배는 한 번 시작한 일이나 연구에는 강한 신념과 자신감이 있었고, 누구보다도 정직한 사람이었다. 그 사람이 이런 말을 한다는 것은 무엇인가 있다는 것을 암묵적으로 암시하고 있었다. 무엇을 위해 이렇게까지 해야 할까? 일 때문인지는 모르겠지만 아직까지 여자를 만나거나 결혼을 한다는 이야기를 들어 본 적이 없었다. 본인의 미래나 가족을 위해 사는 것도 아니고, 이런 걸 자신의 신념 때문에 연구한다는 것 자체도 분명 보통 사람과는 다른 사람이다. 그래서 내가 더 따르게 되었던 선배인지도 모른다. 그런데, 국가기관이나 정부관련 부처에서 이 물음에 답해 줄 수 있을까?
　하지만 정의는 항상 거짓을 이긴다. 이 말을 선배를 통해 한번 더 믿어보고 싶다. 그 사실이 언제 밝혀질지는 모르겠지만 결과에 대한 검증은 필히 진행되었으면 한다. 국내외 지구인들이 지켜보고 있을 테니까… 사실 난 mRNA 백신을 신뢰하지 않지만 부작용이 없으면 접종하고 싶다. 집단면역을 통해 코로나19 바이러스를 예방할 수만 있다면 그 이상도 할 수 있을 것 같은데, 어떤 유전자가 mRNA 백신을 거부하는 것인지, 온 몸이 마비되고 호흡이 안되는 현상이 안타깝다. 병원에서도 원인을 모르는 기이한 현상이라고 말하며, 별도 치료제도 없다고 한다. 집에서 재택근무 때문에 하루 종일 머물러 있었더니 머리가 지끈지끈 아프다. 아내는 퇴근하고 막 들어오며 한 숨을 쉬고 있는 나를 바라보고 웃는다.

"코로나19도 감염도 안되고, 백신 부작용도 없고… 부러워!"
"에이. 너무 부러워하면 지는 거 알지?"

"아. 그런 거지. 지기는 싫고, 이 몸의 DNA는 강하지도 못하고… 오늘 병원에서 무슨 일 없었지?"

"응, 아무 일도… 근데 환자들이 너무 많아! 코로나19 바이러스 감염이 확산될 것도 같은데 말이야. 병원 진료나 연구동에서는 감염자가 있어도 모른 척하는 것 같아!"

"음… 그럴 것 같아. 괜히 병원에 소문나면 아무도 그 쪽으로 진료받으러 안 갈 거니까…"

"맞아. 내 주변에 가족이 확진 되었거든. 분명 밀접 접촉자인데도 출근하더라… 그래서 난 슈퍼 항체가 있나봐! 그런 환경에서도 감염 안되는 거 보면. 하하"

"대단하다. 세상을 구원할 슈퍼항체가 있을지도… 축하해!"

"에이. 농담이지? 난 감염되어 집에서 좀 쉬고 싶어!"

"그건 아니다. 이건 할 짓이 아니야. 폐인이 되는 것 같기도 하고, 그 후유증도 많은 것 같아! 피곤하고, 가슴이 답답하고 말이야…"

"그래! 음… 오빠 때문에 나도 힘들거든"

  퇴근하고 온 아내는 저녁을 준비하고, 힘이 없어 보였다. 몇 시간 후 아내에게 코로나19 바이러스에 대한 3차 백신을 접종하라는 통지가 왔다고 했다. 도대체 바이러스의 정체도 알 수 없지만 백신 또한 정체를 알 수 없었다. 거의 3개월도 되지 않아 백신에 따른 면역체계가 없어진다는 것에 놀랐다. 따라서 전문가들은 지속적으로 백신을 접종해야 바이러스에 감염되지 않는다고 했다. 백신을 얼마나 더 접종해야 하는지, 그리고 이 백신패스는 언제 없어질지 모르겠다. 이 순간을 모면하기 위한 백신접종의 의무는 아내를 포함한 대부분의 사람들에게 불신을 가져왔다. 백신을 접종했던 사람들이 바이러스에 감염되는 사례가 종종 발생했기 때문이다.

부작용

　백신이라는 단어를 많은 사람들이 짧은 기간동안 자주 언급한 적은
없었다. 바이러스와의 전쟁에서 백신은 왜 중요한 걸까? 그 이유는
세상을 바꾼 획기적 발명품 중 하나이기 때문이다. 그러면 백신은 어
떻게 인류를 지켜줄 수 있을까? 백신을 간단하게 정의하면 가짜 병원
체를 주입해서 면역체계를 활성화시켜 주는 병원체를 말한다. 백신은
바이러스로 들어온 균을 제거하거나 약하게 만든다. 그리고 백신을
통해 면역세포의 항체를 생성하게 된다.
　그 이후 들어온 병원균에 감염되더라도 피해가 없거나 최소화할 수
있다. 백신은 천연두를 예방하기 위해 1796년에 개발되었는데, 천연
두는 치사율이 40%나 되기 때문에 모든 사람들이 두려움에 떨 수밖
에 없었다. 영국의 한 의학자는 우두에 걸린 사람은 천연두에 걸리지
않는다는 소문을 듣고 소젖을 짜는 여인에게서 고름을 채취하여 다른
이에게 주입시켰다. 그 결과 주입시킨 사람에게는 천연두 증세가 보
이지 않았다. 이 때를 기점으로 백신을 보급하여 세계 모든 사람들에
게 공유, 바이러스 퇴치를 선언했다.
　그 외에도 질병으로부터 백신을 통해 예방접종을 하는데 기여한 프

랑스의 한 생물학자가 있었다. 그는 1873년 닭 콜레라의 원인균을 배양했는데, 오래된 배양균을 주입하면 닭이 면역을 얻는다는 사실을 밝혀냈다. 이를 활용해 병원성 약을 만드는 균을 백신이라고 하였다. 또한 1881년 탄저병이 유행하자, 백신의 효과를 공개적으로 입증하여, 1885년 광견병 백신 개발에도 큰 성과를 이루였다. 19세기에 백신 개발은 더욱 활기를 뛰었고 장티푸스, 콜레라 그리고 결핵예방 백신인 BCG가 개발되었다. 1949년 세포배양으로 바이러스 종식이 가능해지면서 소아마비 백신은 물론 홍역과 간염 등 수많은 백신이 탄생했다. 이로 인해 인류는 백신을 통해 바이러스를 예방하고, 생명과 건강을 위협하는 여러 바이러스로부터 예방될 수 있었다.

"그거 말이야! 저번에도 말한 것처럼 1918년 스페인 독감 유행은 예방 접종으로 인해 발생한 거 알지?"

"그건 저도 알아요. 선배!"

"그 때 의료 당국은 백신이 예방해야 하는 질병의 경미한 경우를 유발하도록 설계되었지! 근데 말이야. 그게 경미한지 심각한지, 심지어 치명적일지 예측할 수 있는 방법은 없었지. 그러니까 사람들의 생명을 다루는 데 있어 이처럼 많은 불확실성이 있기 때문에 백신 접종과 같은 의심스러운 절차를 사용하는 것은 매우 비과학적이고 극도로 위험하다고 판단했지."

"선배도 알겠지만 많은 백신은 또한 그들이 주어진 질병 외에 다른 질병을 유발한 거 알고 있죠! 천연두 백신은 종종 매독 및 암을 유발하지만 그 외 백신도 소아마비, 디프테리아, 장티푸스, 홍역, 파상풍 등 기타 질병을 유발하죠! 그리고 백신 접종 후 뇌의 염증을 마비 시킬 수도 있다는 것은 얼마전에 알았어요. 근데 그게 이렇게까지 치명적인 줄은 몰랐네요."

"며칠 또는 몇 주 간격으로 여러 다른 백신을 접종하면 한 번에 모든 질병을 악화시킬 수 있어.

"최악의 경우 죽음으로… 맞나요?"

"맞아. 이는 신체가 혈류에 직접 주입되는 백신의 독을 처리할 수 없기 때문이지! 사람마다 다르지만 치명적일 수도 있어 그게 문제야"

"그럼 코로나19 백신은 괜찮나요?"

 의사들은 백신의 부작용을 새로운 질병이라고 부르고, 그 증상을 억제하기 위해 실험을 다시 진행했다. 독을 입으로 섭취하면 내부 방어 시스템이 일정 확률로 구토를 통해 빠르게 일부를 배출하지만 모든 보호장치를 우회하여 독을 직접 몸에 쏘면 이 위험한 독이 즉시 전신에 순환되는데, 몇 초 만에 모든 세포가 중독될 때까지 계속 순환하여 많은 사람들이 예방 접종을 받은 후 진료실에서 사망했었다. 제1차 세계 대전은 기간이 짧았기 때문에 백신 제조사들은 백신을 모두 소진할 수 없었고, 그들은 자신들의 이익을 위해 남은 나머지를 전 세계인에게 판매하기로 결정했다. 결국 군인과 일반인까지도 온갖 질병에 감염되기 시작했다. 백신인지 아닌지 모르는 약물로 인한 이로 인한 부작용 때문에 다른 질병이 생겨 평생 불구가 되었다. 어떻게 보상을 받을 것인가? 그들은 무엇을 접종했는지도 모르고, 그 백신이 이런 결과를 가지고 왔는지도 알 수 있는 방법이 없었다. 큰 전쟁 중에 겪어야만 하는 알 수 없는 질병, 그리고 죽음으로 인해 많은 사람들이 희생되었다.

 많은 백신에 대한 부작용에 대한 역사적 사례를 찾을 수는 없지만 그 기록은 어딘가 남겨져 있을 것이다. 그 기록들을 비밀리에 조사한 단체가 있었다. 그 단체는 부작용 기록의 충격적인 사실을 전 세계에 알리기 위해 많은 노력을 하였지만 실패했다. 왜냐하면 이 세계를 지배하는 권력이 이를 막았기 때문이다. 각 종 질병에 투여되는 백신에 대해 의학자들은 당혹감을 느꼈다. 이전까지 그렇게 많은 백신을 사용한 적이 없었기 때문이다. 또한 그들이 만든 새로운 질병에는 백신 부작용에 대한 일부 증상이 존재하기에 더욱 민감하게 반응했다. 예를 들어 장티푸스 백신은 고열, 허약함, 복부발진 및 장장애라는 부작용이 있었다. 디프테리아 백신은 폐 충혈, 오한, 발열, 부종, 가막으로 막힌 인후통, 호흡곤란으로 인한 질식, 헐떡거림으로 인한 질식 등을 일으켰다. 그 상태가 지속되면 질식 단계의 산소부족이 발생하는데 그것을 흑사병이라고 명명했다. 또 다른 종류의 백신은 마비, 뇌 손상, 턱관절 장애 등 자체 반응의 부작용을 일으키기 시작했다. 더 강력한 백신으로 장티푸스의 증상을 억제하려고 했을 때, 그것은 파라티푸스라고 명명한 더 나쁜 형태의 장티푸스를 유발했기 때문이다.

"선배, 백신을 억제하기 위해 더 강력하고 위험한 백신을 만들었다고? 믿어지지가 않네!"
"나도 사실 이건 무리가 있는 주장인데, 그럴 듯하게 보이는게 우연히 더 강력한 백신에 변이가 발생해 더 강력한 질병으로 변이되었을 수도 있거든."
"그래도 그걸 인류번영을 위해 실험을 한 거라고는 믿기지 않네요! 그냥 인간을 실험의 도구로 사용한 것 같고… 예전에 생체실험 마루타가 생각나네요"
"맞아. 일본도 생체실험을 통해 생화학 무기를 개발했지. 마치 그런 것과 동일한 관점에서 보면 이해할 수 있어!"
"전 세계를 제패하기 위한 전쟁, 꼭 총과 칼 그리고 전쟁무기로 전쟁하는 것만 전쟁이 아니군요. 바로 바이러스와 백신 그리고 인간에게 치명적인 질병을 통해 전쟁의 승리를 쟁취했던 거죠?"
"그렇지! 수간과 방법을 가리지 않고 승리하고 싶은 권력자들이 있었기에 이런 상황이 벌어지고 있는지도 몰라.지금도 마찬가지고"
"그러면 코로나19 바이러스도 이와 동일한 목적을 통해 퍼뜨리고, 전 세계인을 대상으로 검증되지 않은 백신을 접종하게 만든 것도… 그런 거군요?"
"연구하다 보니, 나도 그렇게 믿고 싶지는 않지만 그럴 가능성이 큰 것 같아!"
"휴. 약자들은 언제나 희생양일 수밖에 없네요! 인간의 욕심 때문에 또 다시 큰 재앙이 올 것 같네요! 제발 그것만은 막아야 하는데…"

오래전에 공상과학 '프랑켄슈타인'이라는 공포영화를 본 적이 있는데, 이 영화는 백신과 억제약물로 만든 괴물 '프랑켄슈타인'을 통해 세상을 지배하고자 했다. 그는 인간이 만들어낸 인위적인 인물이며, 모든 이들의 공포와 두려움의 대상이다. 이와 같이 세계 1차세계 때에도 유행한 독감 바이러스도 인위적으로 만들고 싶은 것이 '프랑켄슈타인'이었을지도 모른다. 실제로 바이러스와 백신을 통해 전쟁에서 승리하였고, 그들은 그 도구를 스페인 독감이라 불렀다. 누가 보더라도 그 곳에서 발생한 것이 아님에도 불구하고 스페인이라는 문구를 남겼다. 스페인 사람들은 그날의 세계적인 재앙이 그들에게 책임이 있다는 것에 분노했다.

그러나 그 이름은 역사 교과서에 기록되어 있으며, 세계적인 의약 제조사들은 1918년 독감 유행이라는 것을 잊지 않고 있다. 연구원들이 사실을 파헤치고 책임을 묻는 것은 최근 일어나고 있는 일이다. 거의 100년이 지난 후에 이를 바로잡고자 하는 것이다. 코로나 19가 발발하고 있는 지금도 이런 현상은 또 다시 진행되고 있다. 해외에서 백신접종 후 인한 부작용에 의한 질병을 유발하면 이를 근거로 사람들을 격리시켰다. 감기보다 홍콩독감과 아시아독감, 런던독감이 더 무서운 이유는 무엇일까? 이것은 사람들이 매년 겪는 일반적인 감기와 혼합된 것, 의학적으로 만들어진 전염병이기 때문이다.

"대통령님, 수백만 달러의 백신을 빠른 시간내에 미국, 영국 제조사와 협의하여 국내 도입하도록 하겠습니다"
"보건복지부 장관, 그건 좀 상황을 지켜봅시다. 백신 부작용이 아직 검증되지 않았는데, 먼저 투여하고 나중에 국민들에게 어떤 원성이 있을지 모르니 다른 국가들이 투여한 후 결과를 보고 판단합시다!"
"네, 대통령님. 하지만 국내외 정치상황이 이를 선점하지 않으면 대한민국에 할당될 물량이 많지 않아 백신도입에 있어 일부 일정차질이 있을 수 있어 걱정입니다."
"그래요. 그래도 국민들의 건강이 최우선이니, 거리두기 및 마스크 착용을 강화하면서 추이를 좀 더 지켜보지요. 당연히 백신 계약은 미리 체결하고, 도입 시점은 몇 개월 후에 미루어 놓는게 좋을 듯하네요"

"알겠습니다. 그렇게 진행하겠습니다."

 백신 구매를 강요하기 위해 의학품 제조업체은 발빠르게 움직이고
있었다. 서로의 백신의 성능과 효고를 과시하며 과대 선전하는 경향
을 볼 수 있었다. 실제로 임상 2.3단계에 일부 백신의 경우 중단된
사례가 종종 발생하기도 했는데, 이는 다시 권력 추종자에 의해 다시
개발과 실험이 재기되곤 했다. 많은 사람들이 바이러스에 의해 병원
으로 이송되었으며, 기저질환이 있는 사람들은 집에서 치료받지도 못
한 체 죽음을 맞이했다. 도시 거리마다 병원 영안실은 수많은 시체들
이 쌓여 있었으며 이를 본 사람들은 공포에 질려 밖에 나오지 못했다.
이런 상황에서 백신개발 그리고 예방이라고 하는 것은 파격적인 인류
에 대한 희망 메시지였다.
 하지만 백신이 무해하다는 진술은 거짓이며, 바이러스로부터 보호될
것이라는 진술은 좀 더 시간을 가지고 지켜봐야 한다. 백신의 안전성
과 유효성, 필요성은 물론 접종 대상자와 의료진에 이르기까지 혼란
과 혼돈이 있었기 때문이다. 이는 100년전에 대략 2천만명의 사망자
를 낸 스페인 독감과 동일할 수 있다. 하지만 그것을 증명할 그 당시
유행성 독감형태와 입증가능한 혈액 샘플을 가지고 있지 않다. 거의
100년 전의 일이었고, 의사들은 그때도 지금처럼 혼란스럽고 비효율
적이었다. 그러나 한 가지는 확실하다. 1918년 스페인 독감은 여러
종류의 백신집합체로 극심한 신체 중독을 유발할 수 있는 질병이었다
는 것이다. 혼란을 피하기 위해 그 당시 의사들은 사람들에게 다양한
종류의 독감 중 한 종류라고 말했다. 이 바이러스는 불안정하고 예측
할 수 없으며 보이지 않는 유기체이기 때문에 아무도 그것을 증명할
수 없었다.

"선배, 백신 접종으로 얼마나 많은 사람들이 죽었죠?"
"그건 나도 몰라! 공식적으로 백신과 연관되어 사망한 사람은 몇 건
없는 것으로 알고 있어. 왜냐하면 연관관계를 밝힐 수 없으니까"
"이게 말이 되나! 연관관계를 밝힐 수 없는데, 밝히라고 하고… 이게

아니면 이것이 죽음과 연관되지 않는다는 것, 이게 이해할 수 없네요.
그리고 공개도 하지 않는 정부는 너무 무책임한 것 같네요"

"그러게. 얼마나 더 많은 희생자들이 있으면 이를 공개하고 연관관계를 밝혀줄까?"

"휴. 나도 백신 접종했다가 부작용 때문에 생존의 위협을 느껴 중도에 멈추었는데… 정부의 강요에 의해 어쩔 수 없이 접종한 많은 사람들은 자유 민주주의에서 헌법이 보장한 기본권을 침해 당한 것 같은데요!"

"그렇지만, 정부도 바이러스에 의한 죽음과 비교했을 때 상대적으로 백신에 의한 죽음보다는 더 치사율이 낮다는 것을 인지하고 내린 결정이 아닐까? 그렇다 할지라도 백신 접종에 대한 국민 스스로의 의사결정이 수반되어야 하는데, 이를 강요하는 것은 아니라고 봐!"

"저는 이게 먼 미래, 앞으로의 100년 중에 문제가 발생할 걸로 보여줘요. 왜냐하면 과거 100년전 스페인 독감 때도 동일하게 현상이 발생했죠! 국가 및 권력집단의 힘으로 결구 전 세계인들이 백신을 접종하게 되죠. 하지만 그 결과는 처참했죠? 나이와 성별 관계없이 수많은 희생자가 원인도 모르게 죽어야 했고
많은 사람들은 그 후유증에 아직 시달리고 있어요. 100년이 지났지만 스페인 독감은 여러 변이로 진화되어 돼지독감, 조류독감 등과 같이 동물과 동물로의 전파 그리고 동물과 인간으로 전파를 통해 바이러스는 더 강력하게 진화되고 있어요"

"글치. 나도 코로나19 바이러스와 백신을 연구하고 있는데, 알 수 없는 부분이 너무 많아 혼란스러워! 이 바이러스는 시간이 좀 걸리지만 뇌에 치명적으로 침투해 변이를 진행하고 있어!"

"그럼 사람은 어떻게 될까요? 빈 껍데기만 남아 스스로를 지켜야 하나요? 두뇌는 인간의 몸 중 가장 중요하기 때문에 이를 침범하면 인간을 조정할 수 있겠네요."

"아직 좀 더 지켜봐야 알겠지만… 전 세계인을 대상으로 이 실험을 한다는 자체가 너무 성급하고, 무서운 것 같아!"

과거에 스페인 독감 기록을 찾아보면 그 당시 살았던 대부분의 의사와 사람들은 그것이 세계에서 가장 끔찍한 질병이었다고 말한다. 이 질병으로 강하고 건장한 사람들도 언젠가는 죽을 것이며 장티푸스, 디프테리아, 폐렴, 천연두 등과 결합하여 더 강력해질 것이다. 그리고 백신접종을 맞은 사람들은 일시적으로 예방되는 것 같지만 많은 시간이 지난 후에는 어떤 형태의 부작용이 나타날 지는 모른다고 했다.

그 대유행은 2년동안 지속되었고 증상을 억제하기 위해 대부분 의사들이 더 많은 백신을 투여했는데, 독감은 예방접종을 한 사람에게 주로 발생했다. 백신을 거부한 사람들은 독감에서 벗어나기 시작했다. 무슨 일이 일어난 걸까? 일부 가족은 예방접종을 거부하기 시작했다.

독감이 최고조에 달했을 때 의사와 간호사도 예방 접종을 받고 독감에 걸렸기 때문에 모든 상점과 학교, 기업, 심지어 병원도 문을 닫았다. 거리에는 아무도 없었고, 유령 도시 같았다. 백신을 맞지 않은 일부 가족만 독감에 걸리지 않았다. 결국, 스페인독감 유행으로 전 세계적으로 약 2천만명이 사망했다. 그 당시 대부분의 의사들은 실제로 백신으로 불리는 치료법과 약물이 많은 사람들을 죽였다고 했다.

"왜 대한민국만 백신 도입이 늦어지는 거죠?"
"대통령님, 국민들 그리고 야당 정치인들이 이 문제를 가지고 정부를 비난하고 있습니다."
"어떻게 할까요? 저번에 보류한 백신 도입을 바로 진행할 까요?"
"다른 국가들은 백신 접종 후 부작용이나 다른 후유증은 없는지 확인해 보고 없다면 빠른 시간내에 국민들에게 알리고 백신을 도입하도록 하세요. 더 이상 늦어지면 안됩니다."
"네, 알겠습니다. 그런데, 백신으로 사망자들이 발생하고, 일부 국가에서는 이를 인지함에도… 그리고 검증되지 않은 백신이라 제조사들도 책임을 지지 않는 조건으로 공급하겠다고 합니다."
"그럼 정부에서 책임져야 하는 거네요?"
"맞습니다. 그럼에도 실익이 더 크기 때문에 빠른 도입을 추진하겠습니다."

"그래… 전 세계 전문가들을 통해 백신에 대한 검증 그리고 또 문제가 없음을 인지시켜 접종을 권유하도록 하세요. 국정원장은 비밀리에 이에 대한 부작용 사례에 대한 폐해를 타국가의 정보단체와 협의하여 어떻게 대응할 지 알려주세요"

"네, 대통령님. 알겠습니다."

인간의 몸은 약 60조개의 세포로 구성되어 있으며 이들 세포는 끊임없이 활동하며 세포 하나하나는 120~200일을 주기로 재생되었고, 하나의 세포가 두 개로 나뉘는 세포분열은 신진대사를 위해 꼭 필요했다. 세포가 분열할 때에는 중심이 되는 기관인 핵이 두 개로 나뉘어지고, 이 핵 내의 물질이 산성을 띠므로 핵산이라 부른다.

핵산은 모든 생명체에 필수적인 생체고분자 물질이며, 핵산에는 DNA, RNA라는 두 종류가 존재했다. DNA는 신체의 설계도이며, RNA는 DNA의 설계도에 근거하여 단백질의 구성 성분인 아미노산을 모아 필요한 단백질을 합성했기 때문에 인류는 이들 핵산 없이는 살아갈 수 없었다. DNA 설계도는 부모로부터 자식에게 유전되므로 생명의 근원이라고 불렸다. RNA는 DNA에 담긴 정보가 단백질로 전달되는 유전자 발현에서 매개자 역할을 했다. 즉, DNA는 mRNA의 합성을 지시하며, 리보솜에서 단백질의 아미노산 서열로 번역하기 때문에 DNA→RNA→단백질로 정보가 흘러가게 된다.

mRNA(메신저 리보핵산) 분야가 차세대 바이오 의약품 기술로 각광받고 있었다. 다양한 종류의 질환을 예방할 수 있을 것으로 기대하고 있으며 백신 외에도 질환 치료 등에 활용될 것이다. 다만, 코로나19 바이러스 예방을 위해 숨 가쁘게 mRNA 백신이 개발된 것과는 달리 앞으로는 보다 많은 요소들을 고려해야만 했다. mRNA 백신기술은 1980년대에 처음 등장했는데, 특정 병원체에 대해 단백질을 발현, 정제하고 제형화해 백신으로 사용하는 이 기술은 이후로 개발이 되지 못하다가 '20년에 처음으로 승인을 받았다. 특정 병원체에 대한 백신 개발이 보통 10년에서 100년이 걸리는데 반해 mRNA 백신은 1년이 채 걸리지 않았다. 코로나19 바이러스 염기 서열이 '20년 1월

분석됐으며, 같은 해 3월, 5월에 임상 1, 2상이 시작됐다. 그리고 모더나와 화이자의 mRNA 백신이 같은 해 12월에 긴급사용 승인을 받았다. mRNA 백신을 개발하는데 있어 가장 염두에 두어야 할 점은 안정성이었지만 모두가 그것을 간과했다.

"박교수님, 인류생물학 강의 좋았습니다. 백신에 대해 연구 중인데 시간되시면 백신에 대한 관찰내용 확인 부탁드립니다."
"네. 오늘은 시간이 안될 것 같고, 차주에 확인해도 될까요?"
"네 상관은 없는데, 보시면 깜짝 놀랄 것 같아서… 조심스러워지네요!"
"뭐 특이사항이 있나요?"
"아니, 특별한 건 없는데 mRNA 백신에 대한 거예요. mRNA는 매우 손상되기 쉬운 분자이고, 음전하를 띄고 있는 데다 크기가 커 쉽게 전달이 되지 않는 걸로 알고 있는데요. 세포와 결합해 전달한 것이 보여서 이게 유전자 변이를 일으킬 수 있는지 궁금해서요"
"mRNA는 유전자 변이에는 영향을 주지는 않아요. 근데 변이가 생기면 또 상황은 달라질 수 있을 것 같네요"
"그렇죠. 만약 누군가가 백신에 무엇인가를 삽입해서 전달자의 역할이 아닌 변이 유전자가 생성되어 바이러스에 대한 면역체계에 혼란을 준다면 어떻게 되는 건가요? 저는 이 부분을 관찰했는데… 아무래도 찜찜해서 교수님께서 한 번 봐주셨으면 해서요."
"아! 무슨 내용인지 인지는 했는데, 주말에 시간을 내서 무슨 일이 벌어지는지 조금 확인해야 될 것 같네요."
"네, 그럼 연락 기다리겠습니다."

 세계 석학으로 인류 생물학 분야에서 권위있는 박시후 교수님은 한국 대학교에서 인류 생물학을 가르치고 있었다. 최근 가장 권위있는 심장저널 발표에 따르면 화이자와 모더나 mRNA 코로나19 백신이 내피 염증 표지자와 급성 관상동맥 증후군(ACS) 위험을 극적으로 증가시킨다고 했다. 이 저널에서도 박교수님의 논문은 화제가 되어 전 세계인들이 주목하고 있었다. 하지만 이에 대한 위험에도 불구하고 많은 사람들은 어쩔 수 없이 백신을 접종했다. 세계보건 기구를 비롯한 대부분의 정부에서 접종을 장려하기 시작했다. 또한 1차 접종을 한 국민이 85% 이상 되지만 사회적 거리두기 및 모임제한은 아직까지 진행되고 있다. 벌써 코로나19가 발현한지 2년이 다 되어가는 이 시점에서 치료제가 있긴 하지만 그 마저도 검증이 되지 않아 중증 환자에게만 장려하고 있었다.

백신 개발은 인류에게 가장 큰 영향력을 끼친 사건으로 기억될 것으로 보인다. 이 바이러스에 대한 대응 단계 중 백신 접종이 가장 안정적인 방법이지만, 검증되지 않은 백신이라면 상황은 달라진다. 만약 이 백신에 우리가 알지 못한 다른 무엇인가가 포함되어 있다면, 그리고 권력자에 의해 접종이 의무화가 된다면 또 다른 세상을 볼 수 있을 것으로 판단된다. 왜냐하면 부작용 그리고 후유증이라는 것은 이제서야 집계되기 시작했기 때문이다.

- 탈모와 시력저하 -

백신 접종 후 많은 사람들은 점점 몸 상태가 정상이 아님을 직감적으로 느끼기 시작했다. 그 중 내 주변에는 탈모와 시력저하가 발생하여 고통을 받는 사람들이 정부를 대상으로 하소연했고, 뉴스에도 자주 보도되었다.

"선배! 빡빡이 봤어요? 올해 말 결혼을 앞둔 한 남성이 코로나19 바이러스 예방을 위해 화이자 백신을 접종한 후 원형탈모가 생겼다는 뉴스가 나오네. 이게 부작용 맞죠? 내가 당자자라면 무지 열 받을 것 같은데… 결혼이 얼마 안 남았는데 말이죠!"

"하하하… 그러게. 신부도 싫겠다! 결혼 전에 대머리 된 남편을 받아들여야 하는 걸! 이건, mRNA 백신인 화이자백신을 접종했기 때문이지! 아마도 일반적 백신 접종을 했다면 이런 현상이 안 생겼을 수도 … 그리고 원형탈모가 진행중인 것은 아마도 면역력이 저하되었기 때문이 아닐까?"

"그래요. 탈모가 진행된 부위는 머리 뒤쪽 중앙 부근으로 뒤통수 중앙 부근에는 동전 크기의 원형탈모가 생겼는데, 이게 나이와 상관있는 것도 아니고… 여자들도 그렇게 탈모가 발생하는지는 모르겠네요."

"참! 무섭네… 정부에서 의무로 한 정책 때문에 누군가는 이런 현상을 받아들여야 하는 상황… 쯥쯥. "

"그 사람 보니까 눈가와 입꼬리에 경련이 자주 왔고 씻을 때 머리카락이 많이 빠졌다고 하네요. 그래서 피부과 갔는데, 스테로이드 주사를 두 달간 2주 간격으로 맞았는데, 효과는 없다고 하더라구요. 그럼 도대체 뭐가 잘못된 건지 참 난감하겠어요."

"근데 문제가 있지! 어느 누구도 책임을 지지 않고 미루기만 하겠지! 이 문제에 대해… 이건 수많은 부작용 혹은 후유증 중에 하나일 텐데…부작용으로 백신을 접종한 후 단기간에 일시적으로 발생하는 건이면 좋을 텐데! 그게 아니라 고질적으로 계속 빠지는 거라면 뭔가 유전자 변이가 발생한 건 아닐까? 탈모도 부모님이나 할아버지가 대머리가 있으면 자손들도 그 유전자를 가지고 있어 일부는 대머리가 되듯이!"

"선배 그럼, 유전이 아니라면 다시 회복이 가능한가요?"

"그건 모르지! 시간이 지나봐야 알 듯…"

"병원에서 피검사를 받은 뒤 바르는 크림과 먹는 약을 복용하며 2주간 경과를 보기로 했는데… 지금도 탈모가 계속 진행 중이라고! 헐"

"심각한데… 이건 정말 아니다. 통계적으로 이 부작용이 얼마나 발생하는지 데이터를 더 많이 수집, 분석이 필요한 듯"

"처음 탈모를 발견했을 때보다 그 부위는 점점 커지고 다른 부위에도 전이되고 있다고 하네요. 올해 말 결혼 예정인데 가발을 사용해야 할지, 아니면 결혼을 연기해야 될지 고민이라고…!"

"단기적으로 그럴 수도 있으니, 결혼 연기하고 상황을 보는 것도 방법이겠네"

"헐. 그 사람 백신 접종한 거 후회! 절대 접종 안 한다고 하네요"

"그럴 만도 하지! 지금까지 탈모 이상신고에 대한 신고한 사례는 240

건으로 성별로는 여성 180건, 남성 61건으로 여성이 남성의 3배에
달한다고 하네. 통계로는 여성이 더 많아!"
"여자가요? 여자들이 머리에 더 신경 쓰지 않나요? 대머리 여자들은
잘 못 본 것 같은데… 그리고 대머리 여자는 결혼 못 할 것 같아요.
남자보다 더 외모에 관심을 두고 있으니…"
"그러게, 이 통계가 뒤집힐 수도 있지만 지금까지의 결과로는 그러네.
과거에는 여성보다 남성이 훨씬 더 탈모 때문에 고생했는데, 백신 접
종후에는 이 통계가 바뀌어 가고 있는 게 아닐까? 즉, 유전자가 변하
고 있는 것 같아"
"무섭다… 무서워"

　　많은 사람들이 백신 접종 후 탈모로 고생하고 있었다. 하지만 정확
한 원인은 밝혀지지 않았고, 그 이후 얼마동안 머리가 빠져 고생하는
사람들은 정부를 향해 보상을 요구하기 시작했다. 그 중 하나가 바로
아내이다. 접종 후 머리카락이 조금씩 빠지게 시작하더니 결국 병원
에 가서 치료를 받아야만 했다. 하지만 치료는 되지 않았고, 결국 부
분 이식을 통해 빠진 머리카락을 대체하며 살아가고 있다. 설상가상
으로 시력저하 현상까지 생겼다. 원인은 무엇인지 모르지만 한쪽 눈
의 시력이 점점 나빠졌고 모니터의 글을 읽기 힘들다고 한다.
　　아내도 병원에서 연구 간호사로 근무하기 때문에 모니터를 자주 보
곤 한다. 원인이 무엇인지 모르겠지만 점점 시력이 감퇴하는 현상이
백신 접종 후 생긴 것 같다. 이 때문에 병원에 나가 일하기가 두려워
진다고 한다. 혹시나 하는 마음에 백내장과 녹내장 검사도 받아 보았
지만 뚜렷한 연관관계는 찾을 수 없다. 모니터 글자를 읽을 수 없으
니, 아내는 결국 휴직을 했다. 탈모에 시력 감퇴까지 존재의 이유 그
리고 자존감이 낮아져 당당하게 다닐 수가 없었다.

"머리가락이 왜 이렇게 빠지는 거야? 참! 이거 속이 다 보이겠네. 오
빠보다 내가 이걸 더 걱정해야 하는 이유를 모르겠다. 정말 백신 때
문인가?

"그러지 않을까? 내 생각에는…. 후유증"

"당신은 1차 접종하고 부작용 때문에 2차 접종 안 했으니 탈모가 안 되고, 나만 이렇게… 내가 대머리 되도 옆에 있을 거지? 응? 세상 사람들이 나를 보면 꼭 비웃는 것 같아!"

"에이… 설마! 괜찮겠지! 너무 신경 쓰지 않아도 돼. 머리카락이 빠지는 것은 나이가 들면 빠지기도 해. 그리고 시력저하도 마찬가지지!"

"시력저하도 이상하거든. 내가 어릴 때 라식 수술을 했을 때도 이런 적은 없었거든. 더욱 라식수술 한지가 20년도 넘었는데… 이게 지금 갑자기 발생한다고? 이해할 수 없어! 모든 것이 너무 이상한 것 같아! 평소에는 안 그랬거든. 왜 갑자기 백신 접종 후에 이런 현상이 생기는지 모르겠네! 후."

"그러게. 뉴스 봐! 대부분 사람들도 이것 때문에 날리네, 날리야! 나도 여기 저기 물어보고 연관성을 찾으러 아는 선배한테도 확인해 보았지만 원인과 결과를 찾을 수가 없거든. 당연 좀 더 데이터가 쌓여야 통계도 내고 분석도 하여 검증할 테니까… 근데 이 심각한 부작용 문제를 책임질 사람도 없고, 검증할 사람도 없다는 거지!"

"이게 지속된다면 나 같으면 챙피해서 못 살 것 같아… 나 자신을 보면 자존감이 떨어져서 밖에 나갈 수가 없거든! 어쩌지? 노화가 빠르게 진행되고 있는 느낌이야…실제 거울에 비친 내 모습, 이상하게 늙어 보여! 느낌이 아니길 바라고 있지만…"

"다 알아. 그 느낌! 직장까지 휴직하고… 탈모와 시력저하 때문에 스트레스 받는 거 다 알아. 그래도 너무 걱정하지 마. 그러면 더 안 좋아질 것 같아. 마음 편하게 지내! 내가 이 건에 대해 청와대 청원게시판에 올릴 테니…"

"그래! 언제쯤 이걸 청와대에서 해결해 줄지, 모르지만 암튼 고마워."

"힘 내! 너무 자존감 잃지 말고!"

"알았어! 수영이나 하러 난 간다! 수영모 쓰니 머리가락 안보이거든."

"그러네. 그래서 수영 자주 가는구나! 굿 아이디어!"

"나도 갈까? 아니다… 난 일해야 해서 얼른 갔다 와!"

"그래. 좀 있다가 그럼 봐!"

저 멀리서 태양이 낮은 산 아래로 지는 게 보였다. 벌써 날이 저물어 어두컴컴한 골목길 사이로 누군가 비틀거리며 걷고 있었다. 숨막히는 도시 한 가운데 넓게 자리한 아파트에 가로수 불빛이 밝게 비추고 있었다. 그 때 앞서 가던 누군가 걸어가다 길 모퉁이 쪽에 쓰러져 있었다. 나이는 20대 초반에서 중반 정도로 보이고, 키가 크지 않지만 추리닝을 입고 있었다. 자세히 보니 옆집에 사는 취업 준비하는 대학생이었다. 왜 이른 저녁시간에 길가에 쓰러져 있었을까? 술 마시고 여기서 자는 건 아닐까 하는 마음에 조심스럽게 다가가 어깨를 치며 말했다.

"이봐! 106동 301호에 사는 취업준비생 맞지? 여기서 이렇게 자면 부모님이 걱정하니까 집에 가서 누워. 빨리 일어나 이제!"
"네, 아저씨. 저 너무 아파서 그런데 119 좀 불러 줄래요?"
"그래, 어디가 아픈데? 바로 119 불러 줄게. 조금만 참아"
"아저씨, 저 배가 너무 아파요… 그리고 배에 묵직한 게 있는 게 느껴져요. 그리고 다리 근육에 힘이 없어요"
"땀 흘리는 거 봐! 정신 차리고 10분만 참아봐! 이제 구급차가 올 거니까…"
"고마워요! 아저씨"
"근데, 왜 갑자기 이런 일이? 학생은 건강 했잖아. 아직 나이도 어리고 다른 지병도 없으며 체력도 좋은 것 같은데…"
"사실 몇 일전에 백신 접종을 했거든요. 근데 백신 접종하고 2일 동안은 아무런 이상도 없었어요. 근데, 어제부터 속이 좋지 않아 소화제를 먹고 잠이 들었는데… 일어났더니 배가 더 아픈 거예요. 그래서 병원에 갈려고 나오다가 갑자기 복통이 와서 쓰러졌어요"
"그럼 학생도 백신 접종후에 이렇게 된 거야?"
"네, 근데 너무 배가 아파요. 뭔가 잘 못된 것 같아요"

결국 옆집 사는 취업준비생의 얼굴은 그게 마지막이었다. 그 이후 그는 응급실에서 견갑골에서 심각한 통증으로 스테로이드 주사를 맞았다고 한다. 이 과정에서 백신접종 여부를 확인하지 않고 스테로이드 처방을 내렸는데, 이 때부터 마비가 왔다고 한다. 마비현상이 지속되자 병원을 찾아 진통제와 소염제를 복용했다고 한다. 하지만 이 후 다시 걸을 수가 없어 다시 응급실로 실려갔다고 한다.

몇 번의 응급실로 간 그는 결국 싸늘한 시신이 되어 돌아왔다. 옆집 부모는 오열하며 참 착한 아들 살려내라고 원통함을 호소하며 울부짖었다. 학자금 대출을 갚기 위해 여기저기 아르바이트도 하면서 열심히 살아온 취업준비생의 마지막을 보니 황망함을 감추지 못했다. 옆집 아주머니는 백신 때문에 아들을 잃었다고 국가에 손해 배상을 청구하며, 다시는 이런 일이 재발되지 않기를 바라며 1인 시위를 이어갔다.

부검원인은 횡단성 척수염에서 전이된 시신경 척수염이다. 백신 접종 후 한 달도 지나지 않아 몇 번의 응급실을 간 후 죽음을 맞이한 것이다. 하지만 연관관계가 밝혀지지 않았다며 국가도 병원도 아무런 설명과 보상은 이루어 지지 않았다. 백신의 부작용이 의심스러웠지만 이에 대한 과학적 검증이 없었기 때문에 죽음을 받아드려야 했다.

"21년 올해도 이제 몇 시간만 지나면 끝나는구나! 올 해는 정말 다사다난 했던 시간을 보낸 것 같아"
"그래! 이렇게 코로나19 때문에 가족이 다 함께 격리된 것도 그렇고 … 언제 격리 해제돼?"
"난, 내일 해제될 거야"
"와우! 그래… 애들은 언제?"
"애들은 3.4일 뒤에 보건소에서 연락 줄 거야, 걱정 안 해도 돼"
"다행히 코로나19 바이러스를 이겨낸 거 축하해"
"이제 내년부터는 출근도 하겠네!"
"그러게… 빨리 밖에 나가고 싶어! 사람들도 만나고…"
"참, 뉴스에 백신 부작용 사례가 많이 나오던데? 기사 봤어?"
"아… 나는 1차만 접종했는데 당신은 3차까지 접종했으니 조심해!"
"그래 알았어."

"잠깐만! 이제 10초, 9초…. 3초, 2초, 1초 . Happy! New Year"
"근데, 새해가 밝았는데 왠지 실감이 안나. 그냥 시간안에 멈춰진 것 같거든"
"글치. 나도 그래. 격리가 아니면 여행이라도 갔을 텐데… 또 시작되었네!"
"암튼, 새해에는 좋은 일만 있길…"

　2022년 임인년 새해가 밝았다. 새해 아침부터 백신 부작용 뉴스가 또 나오고 있었다. 지금까지 백신접종율 그리고 향후 접종계획 등에 대한 권고 및 백신패스 도입 등으로 사회는 혼란이 가중되고 있었으며, 수 없이 많은 사람들이 바이러스가 아닌 백신 부작용으로 죽음을 맞이했다. 누구에게도 호소할 수도, 그렇다고 보상을 받을 수도 없었기 때문에 억울함을 억누르며 살아야 했다.
　자영업을 하는 가까운 친척 중 한 명은 폐업을 할 것이라고 연락이 왔다. 정부 보상도 없이 백신패스에 대한 도입과 의무화는 자영업자에게는 일을 하지 말라는 것이며, 생계를 포기하라는 것이다. 친척과 통화 중 힘겨운 듯 계속되는 한숨으로 삶에 대한 의지마저 잃어버린 듯했다. 1월 3일 아침, 오늘부터 애들도 오랜 격리에서 이제 해제가 된다. 이 기쁨을 전하기 위해서 이미 격리 해제되어 병원에 출근 중인 아내에게 전화를 했다.

"출근했지? 통화 가능해?"
"아, 잠깐만, 1월 중순쯤 응급실에 또 백신 부작용 환자가 왔는데…"
"심각해? 어떤 증상인데?"
"견갑골에서 심각한 통증을 느껴서 스테로이드 주사를 맞았는데, 백신접종 여부를 확인 안 했거든"
"그런데? 어떻게 지금은 괜찮아?"
"아니, 주사 맞고 일어났는데 다리에 감각이 없고 걸을 수 없다고 하네. 참 내가 연구 중인 환자 중 한 명인데… 더 심해지지 않았으면 해"

"그래, 가족들은 뭐하고 해?"

"원인이 무엇인지 알려 달라고 하고? 나이도 어린데 이런 현상이 발생할 수 있는지 분노하고 있어"

"그래서 진단명이 뭐하고 해?"

"알 수 없음, 그냥 백신 부작용인데 연관관계는 밝힐 수 없고…"

"엥? 그게 말이 되나?"

"횡단성 척수염이라고 하지만, 그게 아닌 것 같아! 상태는 좀 지켜봐야 알겠지만 더 안 좋아 질 것 같아!"

"백신 접종한 것에 대해 후회하고 있겠지, 분명해"

1월 21일, 아침 출근을 위해 분주하게 움직였다. 나도 이제 비대면 재택근무에서 정상 출근으로 변경되어 출근 준비중 또 뉴스를 접하게 되었다. 지난 주에 아내가 말한 환자가 어제 죽음을 맞이했다는 기사를 접하게 되었을 때 머리속에 공포와 혼란이 또 밀려왔다.

"별 거 아니라고 생각했겠지? 지난주에는?"

"그러게, 그렇게 빨리 원인도 모르게 전이되어 죽을 줄 누가 알았겠어?"

"무섭다! 정말 이거…"

뉴스에는 백신 접종 후 3주후 흉추 부분에 극심한 통증을 느껴 진통제를 투약했지만, 21일 새벽 3시 사망했다. 그 가족들은 주변 사람들에게 백신접종을 하지 말라고 시위하고 있었다. 백신접종을 하지 않는 것은 이기적인 행동이라고 할 정도로 정부를 믿었는데, 그 결과는 죽음으로 되돌아왔다. 내 주변에 이런 일이… 비슷한 사례가 많은데, 아직도 원인 규명이 어렵다고 한다. 무슨 이유일까? 작년부터 백신 접종 후 사망한 것으로 의심되는 사례는 1300건에 달한다. 하지만 이 중 방역당국으로부터 인과성을 인정받은 사례는 2건에 불과했다. 유럽의약품청 안전위원회는 드디어 아스트라제네카의 코로나19 백신 부작용으로 희귀성 염증인 횡단성 척수염을 추가할 것을 권고했다. 하지만 아직 우리 방역당국은 횡단성 척수염을 백신 이상징후에 추가할지 결론을 내리지 못하고 있다.

더 큰 문제는 백신 부작용의 인과성을 밝히는 게 유족의 몫으로 남는 경우가 많기 때문이다. 가족을 잃은 슬픔을 애도할 시간도 없이 백신 때문에 내 가족을 잃었다는 걸 입증하기 위해 직접 발로 뛰어다녀야 했다. 증거를 찾기 위해 백신접종 후 변화에 대한 인과성을 밝히는 건 너무 힘들었고, 건강했다는 증거와 죽음을 맞이할 때의 CCTV 영상까지 조사해야만 했다. 이건 분명 사고사가 아닌 백신에 의해 살해당한 것일지도 모른다.

아들이 갑자가 쓰러져 죽자, 가족들은 백신과 횡단성 척수염의 인과성을 밝히기 위해 직접 의학 서적을 찾았다. 청와대 국민청원 게시판에 '횡단성 척수염' '척수' 등을 검색해 유사사례를 찾아 정리했지만 전문가가 아닌 일반인으로서 한계가 분명 있었다. 전문가들은 백신접종 후 이상징후에 대한 인과관계를 피해가족이 입증해야 하는 구조가 잘못된 것이라고 지적했다. 그럼 누가 해야 할 것인가? 정부의 무차별한 백신접종에 대한 의사결정과 의무화는 일부 소수의 사람들을 죽음으로 몰고 갈 것이다.

검증이 안된 백신으로 글로벌 제약사는 부작용에 대한 책임을 지지 않는 조건으로 전 인류에게 배포하게 한 것이다. 사고가 나면 접종을 한 사람이 분명 책임을 져야 한다. 대의를 위해서 소수의 희생은 감수하자는 의미로 전 세계인을 대상으로 접종을 의무화했다. 또한 이에 대한 책임과 보상에 대한 부분은 어떤 문서에도 명시되어 있지 않았다. 실제로 3500명을 대상으로 진행된 연구에서 200개의 제각기 다른 증상을 호소하고 있었으나, 그 중에서 우선 순위를 선정해야 하는데 오랜 시간이 소요되었다. 보통 2.5년이라는 기간이 임상 2, 3상을 위해 소요되지만 코로나19 백신검증은 겨우 6개월 검증을 거친 결과를 인류에 적용한 사례였다. 미래는 어떻게 될까?

*

- 심장 쇼크와 급성 심근염 -

1월 말에 또 하나의 백신 접종 후 이상 사건이 있었다. 부산에 사는 먼 친척 중 하나가 모더나 백신 3차 접종하고 의식불명상태에 빠졌다. 이를 어찌할지 고민하다 정부의 대책 마련을 촉구하는 청와대 국민청원 글을 올리기로 했다. 청와대 국민청원 게시판에는 1월말 '3차 백신 접종 후 원인 미상의 심장 쇼크'로 글이 게시됐다.

'21.12월말 코로나19 3차 접종으로 모더나를 접종했는데, 일주일 동안 식욕 저하, 피곤함, 근육통을 호소했다. 그리고 2주일 후 부산에 있는 대학병원에서 서울에 있는 대학병원으로 이송됐다. 1월말 응급실에 도착했으나 신속한 응급처치를 하지 않아 그날 심정지가 왔고, 심폐소생술을 한 뒤 아직 의식이 없는 상태였다. 먼 친척이라 부모님이 한번 가보라고 해서 병원을 찾아가 상태를 자세히 보았는데 백신 부작용이 아니라 기저질환에 의한 심정지라고 말했다. 우선, 과연 그 말이 맞는지 모르겠다. 암세포와 같이 기저질환이 있다는 것은 인정하지만 백신 부작용에 대한 조사는 어렵다고 했다.

정부 보건복지부에서는 백신 인과성 조사하고 있으며, 곧 의식이 돌아올 것이라고 한다. 어처구니없다. 그리고는 백신접종에 있어 권고가 아닌 강요 아닌 강요를 했다. 호흡기 계통 의사들 또한 인과성 조사보다는 현재 밀려오는 백신 부작용 환자를 치료하는 것만으로도 너무 바쁜 나날을 보내고 있는 현실에서 누가 이를 조사하고 검증할 수 있을까? 인식이 없는 상태로 곧 돌아가시게 생겼는데…정부에서는 백신을 접종에 대해서만 이야기하지 말고 부작용에 대해서도 조사하고 검증해야 한다. 신뢰를 잃어버린 정부기관을 더 이상 국민들은 따르지 않는다. 오늘도 청와대 국민청원 게시판에는 코로나19 백신 접종과 관련해 부작용과 이상반응을 호소하는 청원이 잇달아 올라오고 있다.

아내는 3차 백신까지 접종하고도 아무런 이상반응이 없다. 대부분의 사람들은 아무렇지도 않은데 나는 왜 이렇게 심장을 잡는 듯한 통증이 오는 건지 모르겠다. 원래 체질이 약해서인지, 아니면 유전자가 열성인지는 모르겠지만 백신을 접종해야 하는데 못해 아쉽다. 한편으로는 검증되지 않은 백신이라는 생각에 접종하지 않을 명분이 생긴 것 같아 마음은 편하다. 하지만 사회에서는 백신 접종자와 미접종자를 구분하여 사회활동에 있어 통제하기 시작했다. 백신 미접종자들은 공공기관 및 여러 사람이 모이는 곳은 갈 수가 없다.

도서관/영화관/식당/마트/백화점 등등의 장소에는 출입 통제를 받았다. 이는 인간의 기본권과 자유권을 침해 받는 정책이었다. 물론 바이러스가 창궐하는 현실을 반영한다면… 더 이상의 감염을 막기 위해서는 불가피한 조치인 것은 부정할 수 없지만 이 선택으로 국가, 지역, 국민들이 분열되어 편가르기를 한다면 아마도 비이성적인 집단과 단체가 만들어질 것이다. 이런저런 생각으로 복잡한 하루일과를 마칠 때쯤 주변 동료가 백신 접종 후 급성 심근염에 걸려 고생하고 있다는 소식을 들었다.

"급성 심근염이 무엇인지 알아? 그거 심장이 정지되는 건가?"
"심근염의 첫 증상은 열, 피로, 근육통, 구토, 설사 등과 같은 감기 증상을 보통 의미해"
"내가 아는 것과는 차이가 있네!"
"우리 팀 옆에 있는 30대 후반 동료가 있는데, 백신 접종하고 이상반응이 있어서 병원에 갔는데… 의사가 급상 심근염 진단을 내렸다고 하네"
"그래, 요즘 그거 많이 걸리더라!"
"백신이 원인이지? 아닌가?"
"나도 잘은 모르겠는데, 아마도 백신 부작용으로 외국에는 보고되었다고 하더라. 그거 때문에 심장이 정지되어 갑자기 쓰러지기도 한데! 급성이면 그 동료도 갑자기 그런 일이 일어났을 거야!"
"많이 위험한 거야?"
"당연하지. 뉴스 안 봤어? 그걸로 죽은 사람도 한두명이 아닌 것 같은데…"
"왜 이렇게 백신 부작용이 많은 거야? 그래도 이 현상이 지속되지는 않을 것이라 믿어”
“엥! 백신 접종도 안 했는데, 그런 소리를! 난 호흡곤란으로 응급실 갔던 경험이 있어서 더 이상은 접종 못해”
“암튼, 이거 진짜 위험해! 우리 병원에 연구를 위해 진료중인 나이는 60대 후반 정도되는 할머니가 있는데, 작년 8월에 아스트라제네카 백신 2차 접종까지 하고도 아무 이상반응 없이 생활했는데, 그 해 10월에 병원 진료 중 화장실 간다고 하서는 쓰러진 거야! 그래서 응급실로 옮겨졌는데 ‘급성 심근염’ 진단을 받았거든. 그런데 그 이후로 그 증상이 반복되어 다시 병원에 갔어. 병원 가는 길에 다시 심정지를 겪었는데, 의식은 돌아오지 않아 심장이식 수술까지 했지”
“그래서 어떻게 되었는데?”
“결국 다른 장기가 파괴되었고, 의식마저 돌아오지 않았는데… 결국 지난 11월에 사망했어. 그 자녀들도 오열하면서… 잊지 않겠다고. 건강하게 지내던 어머니마저 이렇게 되어 모두 백신 접종 때문이라고 원망하고 있어”
“역시 백신 접종 안 하길 잘한 것 같아!”

    그 외에도 우리 주변에는 백신 접종 후 수많은 이야기들이 있었다. 다 말할 수는 없지만 내 주변에서 아픔을 겪고 있는 사람들을 보면 가슴이 아프다. 어쩌다 저렇게까지 해야만 했을까? 하는 생각이 뇌리를 떠나지 않는다. 특히 mRNA 백신은 인간의 유전자에 영향을 끼치지 않는다고 했지만, 시간이 지나갈수록 인류에게 큰 위협으로 다가올 수 있을지도 모른다는 느낌이 든다. 물론 과학적으로 증명되지는 않았지만 보통 사람의 직감이라는 것을 무시하지는 못한다. 이전 회사에 같이 다녔던 한 동료가 저녁식사를 위해 연락이 왔다. 코로나19 상황이라 모이는 것에 대해서 조금은 꺼렸지만 오랜만에 저녁식사를 하자는 제안에 나가지 않을 수 없었다.
    백신 패스 도입으로 백신 접종한 사람 혹은 이미 감염되어 완치자들만 식당을 이용할 수 있었다. 그리고 인원은 4인까지 제한되어 옛 동료들 중 1.2명만 만나자고 했다. 저녁에 오랜만에 치킨과 맥주를 먹으며 못 나누었던 이야기들을 나누었다. 코로나19 감염되어 격리된 이야기 그리고 대통령 선거, 정치 및 회사 이야기들로 시간이 가는 줄 몰랐다. 그런데 충격적인 사실이 뇌리를 스쳐지나 갔다. 그 동료 중 어린 여동생이 얼마전에 백신 접종 후 사고로 죽었다는 이야기를 들었다. 나이도 어린데, 왜 그렇게 허망하게 죽음을 맞이했을까? 죽는 것이야 말로 선택지가 없는데, 그 선택지를 본인이 선택하지는 않았을 것이며 분명 이것도 백신 접종이 원인이라는 생각이 들었다.

"요즘 어떻게 잘 지내지요?"
"말도 마요! 오늘 저번 프로젝트에 참여한 A군도 같이 오려고 했는데 여동생이 있는 거 알지요? 지난주에 백신 접종 후 무호흡으로 사망했어요"
"진짜요? 왜 이렇게 내 주변에 죽는 사람이 많은 건지 모르겠네요! 지난 달부터 동네사람과 친척 그리고 아내의 지인 등 다 백신과 관련 되어 있는 것 같네요"
"아하. 이번에 A군 여동생은 장애인 체조 선수인 것은 알고 있지요?"
"알아요. 지난 프로젝트 끝나고 회식할 때 A군이 얼마나 자랑했는데요"
"A군 여동생은 1차 화이자 백신 접종 후 약간의 몸살이 나타나서 병원에 갔어요. 근데, 병원에서 말하는 진통제를 먹고 증상은 사라졌는데 말이야. 백신 접종 후 3일째 되는 날 조금 어지럽다고 방에 들어가더니 더 이상 나오질 못한 거야! 그 여동생이 죽은 날이 바로 생일이라 맛있는 것 먹고 돌아온 후에 그렇게 된 것이라고 하더라구요"
"휴. 너무 가슴 아프네요. A군에게 많은 위로 해줘요."

백신접종 후 딱 3일만에 일어난 일이다. 이게 백신접종과 무관하다고 말할 수 있는가? 그 장애인 체조 선수는 본인이 백신을 접종하고 후유증으로 3일 후 죽을 것을 알고 있었을까? 아마도… 그렇게 생각한 사람은 없을 것이라 본다. 그러면 대체 왜? 무엇 때문에 이렇게 많은 사람들이 죽어야만 했을까? 지금도 백신 접종을 위해 고민하는 이들의 걱정과 고민은 추운 날씨에 나무가지처럼 봄이 오기를 기다리는 마음으로 움츠리고 있다. 마치 삶과 죽음의 경계에서 느끼는 허무함도 느낀다.

유족들은 사랑하는 가족을 먼 곳으로 보냈지만 백신과의 인과관계를 규명하기 위해 노력했다. 사망자 부검을 통해 백신으로 인한 부분이 밝혀진다면 그 억울함은 줄어들 듯하다. 하지만 부검이라는 것은 시신을 훼손해야 하기에 이에 따른 아픔을 또 감수해야만 했다. 또한 시신이 바이러스 검사 결과, 양성일 경우 영안실에 바로 안치할 수도 없다. 1.2일의 시간동안 상온에서 보내야 하고, 그 시간이 길어지면 백신과의 인과관계도 밝혀 낼 수 없었다.

"부검결과 들었어요?"
"아니요, 뭐라고 부검결과 인과관계가 있나요?"
"나도 스쳐 지나가다 들었는데, 백신과의 인과관계를 인정받을 수도 있다고 하네요"
"정말인가요? 부검의가 심장에 변색이 있어 심근염으로 의심이 된다고 했어요"
"확실한 건 좀 더 지나봐야 알 것 같네요"
"그런데, 이걸 증거로 정부에서 보상을 해 줄까요?"
"그런 법과 제도가 국회에서 통과되지 못하고… 아직 정치인들은 싸움만 해요...언제쯤 여야가 협의할까요? 국민들은 이렇게 애타는데 말이야"

A군은 백신 부작용의 인과성을 증명하고자 밤잠을 줄여가며 관련 자료를 살펴봤다. 또한 코로나19 이전 백신 부작용 사례를 공부하려고 대법원 판례도 찾아봤다. 하지만 의학적 지식이 부족한 상태에서 코로나19 백신과 연관성 있는 죽음을 밝히는 것은 불가능에 가까웠다. 백신 부작용으로 가족이 중증 질환을 갖게 됐다고 호소하는 사람들은 언제 벌어질지 죽음에 대해 불안해하며 하루를 살아가고 있었다. 퇴근 후 딸 아이가 학원을 다녀온 후 친구가 확진 되었다는 이야기를

들었다. 물론 그 부모님 그리고 동생까지도 다 확진 되어 격리 중이라고 말했다.

"빛나야! 학원 오늘 안 갔어?"
"응, 오늘 친구 중에 한 명이 확진 통보를 받아서 온라인 수업으로 변경되었어요"
"그래.그럼 그 부모님도 같이? 확진?"
"어. 맞아, 근데 상태가 안 좋은 것 같아. 그 친구 엄마가 격리 되기 전에 감기 증세가 있었다는데, 아직도 계속 힘들다고…"
"그래. 빨리 좋아져야 할 텐데. 친구는 어때?"
"아. 친구는 말이 없고, 친한 친구는 그 애 밖에 없는데 말이야"
"너가 위로 좀 많이 해줘!"
"알았어. 근데, 톡 보내고, 연락해도 안 받아. 휴."

그 일 이후 몇 일이 지났다. 회사 근무 중에 아내에게 연락이 와 생각해 보니 오늘도 딸 아이는 밀접접촉자로 격리 중이다. 그리고 PCR 검사가 음성인데도 불구하여 학원을 가지 못하고 집에 있어야 했다. 격리 생활은 확진 판정과 밀접 접촉자라는 이유로 계속 반복되고 있었다. 언제쯤 끝날지 모르는 이 환경이 너무 지겹고, 힘든 나날의 연속이었다. 바이러스에 감염되는 것도 힘들었지만 백신 부작용으로 사회생활을 하지 못하는 사람들도 그 아픔을 감내해야만 했다.

"오늘 친구한테 연락 왔는데, 엄마!"
"그 친구 엄마가 쓰러져 119 구급차를 타고 병원으로 호송되었다고?"
"엥? 진짜… 얼마 전까지 이상 없는 걸로 알고 있는데!"
"그게, 갑자기 심정지로 쓰러졌다고… 근데, 병원에 갔는데 코로나19 양성 환자라고 받아주지 않았다고 하더라"
"응급환자임에도? 말도 안돼. 그래서 어떻게 되었는데?"
"여기 저기 병원 찾아 돌다가 큰 병원으로 가는 걸로 이야기했는데, 조치가 늦어 엄마가 아직 깨어나지 못한데!"

"아. 이럴 수도 있구나! 아직까지 정신이 없다고?"
"응, 이거 정말 장난 아니야! 엄마."
"그럼 친구는 병원에 같이 있어?"
"아니, 확진 통보를 받아서 접근도 면회도 안된다고 하더라"
"그 애 엄마는 혼자서 병동에 아무도 없이 있는 거야?"
"힘들겠다! 정신이 빨리 돌아왔으면 좋겠다!"

　　실제로 여기 저기서 백신 부작용 그리고 양성 판정 환자로 인해 병원은 중환자실 자리가 없었다. 그래서 백신 부작용으로 병원을 찾는 사람은 제때 치료를 받을 수 있는 환경이 아니었다. 더욱이 중환자임에도 불구하고 환자가 지속적으로 발생하자 기존 환자를 일반 병실로 옮기고 중환자실에서 진료는 보는 등 의료 대응체계가 점점 무너지고 있었다. 또한 돈 없는 사람들은 병원비가 없어 집에서 치료하다 죽는 경우도 많았다. 정부의 백신정책에 대한 불만과 신뢰가 추락하는 등 실제 삶과 죽음 사이에서 많은 혼돈이 있었다. TV에서는 백신 접종율과 부작용에 대한 뉴스가 나오고 있었는데, 어렴풋이 작년 초생각이 났다.

"당신, 21년 초 대통령께서 한 이야기 생각나?"
"아마도 청와대 신년 기자회견 할 때였지! 코로나19 백신접종 시작되기 한 달 전 해외에서 발생한 백신 부작용 사례를 발표해야 하는 것 아닌가? 백신 안전성에 대한 국민의 불안이 높아지자 부작용과 관련해 정부에서 보상하겠다는 말을 해 놓고는! 지금 와서 연관관계가 없다고 하고, 어째 많이 불안하지"
"그러게! 분명히 정부로부터 보호받지 않고 개인이 피해를 보는 사례는 없다고 했는데…"
"말 바꾸기 한 거지 뭐? 정부가 전적으로 부담해서 백신접종을 무료로, 그리고 만약 부작용이 발생하면 정부가 그것을 보상한다고…안심하고 맞아 달라고 그렇게 이야기했는데…"
"이런 일이 한 두 번이야? 후."

"그 때 솔직하게 이야기했다면… 그 당시에는 힘들었겠지만 그 이후는 지금처럼 악화되지 않았을 텐데…쯧쯧"
"어쩔 수 없지! 뭐"

이 때까지는 바이러스에 걸려 죽는 사람도, 백신에 대한 후유증으로 고생하는 사람도 많지 않았다. 하지만 정부의 계속되는 권고와 백신패스 도입은 점점 부담으로 다가왔다. 왜냐하면 백신 1차만 접종하고 또 2차 접종 그리고 부스터 샷 그리고 4차까지 언제까지 끝나지 않을 면역체계를 백신에 의존하려고만 했다.

이에 국민들은 지치기 시작했다. 증상을 호소하고 있는데도 일률적으로 추가 접종을 강제하는 모습 때문에 더 큰 상처를 받은 사람은 이제 정부에 신뢰하지 않고 독단적으로 행동했다. 국민 공감대를 얻어 백신 접종율을 높여야 하는데 사회 및 정치적 이슈를 이용하여 밀어붙이기 행정적 절차만 강요한 것이 큰 실수였다. 또한 백신 부작용에 대한 조사 및 검증을 통한 보상 그리고 책임이 전제되지도 않아 일부 국민들의 원망은 쌓여만 갔다.

코로나19 백신 접종 이후 사망한 아들이 억울하다며 분통을 터뜨리는 부모, 그리고 아버지의 억울한 죽음을 알리고 인과관계를 밝혀달라는 아들 등 많은 청원들이 청와대 게시판을 가득 채우고 있었다. 백신이 안전하다는 말 때문에 대부분의 선한 국민들은 그 말을 믿고 백신을 접종했다. 특히, 외부에서 종사하고 대면 접촉을 주로 하는 직장인들은 백신 접종에 대한 선택권이 없었다. 백신을 접종하지 않으면 일을 못하니, 이들은 생계를 위해서라도 접종해야만 했다. 퇴근길에 저 멀리서 국회의사당 앞에서 백신접종을 거부하는 일부 단체가 모여 시위하는 모습이 보였다.

"정부의 코로나19 백신 접종에 반대하는 사람들이 아닙니다. 아들이 백신 접종 후 사망했는데도 우리 가족은 백신 접종을 모두 완료했습니다. 문제가 있으면 문제를 해결해야 합니다. 목소리를 내지 않으면 문제가 해결되지 않습니다. 이렇게 백신접종에 대한 거부 목소리를 내는 이유는 단 0.01%라도 부작용으로 고통받는 사람이 있다면 정부에서 책임 있는 모습을 보여야 한다는 것입니다."

　시위하는 모습은 처절하게 지쳐 있었으며, 아무도 그들을 보려고 하지 않았다. 국회 의사당 앞에 그 누구도 이에 대한 변경이나 해명을 하려하지도 않았다. 비록 그들이 백신이 아닌 이유로 죽어갔다 하더라도 이렇게 국민들을 궁지로 내몰아서는 안된다. 이는 보상금으로 해결되는 문제도 아니며, 진정성 있는 사과와 함께 연관관계를 밝히는 것만이 이들을 위로하는 것이다.

　슬픈 현실이지만 나 자신도 이 광경을 보고 그냥 지나쳤다. 독감주사와 같이 검증된 백신을 접종하는 것은 문제가 되지 않는다. 하지만 검증되지 않았으며, 검증 중 사고가 발생하였다면 이에 대한 보상은 충분히 이루어져야 한다. 주말 아침 독감이 유행한다는 기사를 보고, 독감백신을 접종하기 병원을 찾았다. 동네 작은 내과였는데, 코로나19 백신접종을 위해 대기하는 사람들이 많았다. 그 중 독감예방접종을 위해 기다리는 사람은 없었다. 기다리지 않고 의사와 면담을 하고 바로 접종했다.

"다른 기저질환이나 먹는 약 없죠?"
"네, 없어요. 선생님, 독감주사 맞으면 부작용이 코로나19 백신처럼 있나요?"
"독감은 몇 십년전에 개발되었고, 이에 대한 검증이 충분이 이루어져 걱정하실 필요 없어요. 지금 나이를 보니, 예전에 독감 예방주사는 많이 접종한 이력이 있죠?"
"네, 몇 년 전에도 접종하고, 어릴 때에도 주사 많이 맞았어요."
"그러면 전혀 걱정할 필요 없어요. 근데, 코로나19 백신은 달라요. 우리 의사들도 이것 때문에 백신 접종을 좀 꺼려해요. 왜냐면 나이가 많으면 상관없겠지만 어리거나 젊은 사람들은 더 오랜 시간을 살아가야 하죠. 근데 이게 지금은 아무런 이상이 없다가 몇 년 후에 지금까지 밝혀지지 않은 치명적인 부작용이 발생할 수도 있어요. 그건 아무도 모르는 거죠! 의사인 저도…"

"네, 전 이미 부작용 때문에 응급실에 간 적이 있어서 그 이후로는 접종 안하기로 했어요."

"그렇게 자기 몸은 자기가 챙겨야 해요. 누구도 자신보다 몸 상태를 잘 알지 못하니까… 그럼 오늘 하루는 심한 운동이나 목욕은 피해주세요"

"네 선생님, 감사합니다."

독감 접종 후 오는 길에 백신패스를 유아, 청소년까지 확대하겠다는 뉴스를 들었다. 조금 전에 이야기 나누었던 의사 선생님 말이 생각났다. 우리 아이들은 이제 초등학생인데 그럴 필요가 있을까? 아내에게 전화를 걸어 백신패스에 의해 아이들을 희생시키지 말자고 했다.

"그 뉴스 봤어?"

"응. 보고 있는데 근데 학원은 가야 하는데, 학원도 백신 패스를 적용하네!"

"이거 이래도 되는 거야?"

"모르겠어! 그런데… 맞는 건 어때?"

"엥? 난 반대! 부작용이 언제 생길지도 모르고 얘들은 굳이 접종할 필요 없을 것 같은데?"

"나도 그렇게 생각은 들지만, 또 수업도 못 따라가고… 친구들 하고 어울리지도 못하고 왕따가 될까 걱정되어서 그러지"

"그래도 부작용 생기는 것 보다는 나을 것 같은데! 안 그래?"

"그렇지? 좀 더 지켜볼까?"

"응. 좀 더 지켜보자! 이런 고민을 정부가 하는건지 모르겠어. 정책을 낼 때도 신중해야 하는데… 말이야."

"알았어. 상황을 좀 지켜보고 판단하자!"

"그래! 끊어"

사회적으로 합의한 백신패스 도입을 통해 전염병이 창궐하고 있는 상황에서 백신을 접종한 사람들만 생활할 수 있는 공간과 시간 등 제약함으로써 감염을 최소화하자 했다. 하지만 백신을 접종할 수 없는 사람들에 대한 다른 대안은 없는 것일까? 특히나 불확실한 상황에서 어린 아이들에게 이렇게 무모한 정책적 결정을 한다면, 그 미래는 암담해질 수도 있다. 공공이익과 기본권침해 사이에서 논란이 있는 방역패스를 두고 사회적 합의가 더 필요했다. 이에 보건복지부, 질병관리청 등 방역당국은 '21년말 국민불안해소를 위해 이상 반응에 대한 지원을 확대를 이야기했지만 그 지원은 지켜지지 않았다. 어찌될지 두고 보면 그 결과를 알 수 있지만 현재 고통을 받는 사람이 점점 증가했다. 10년, 30년, 50년 후에 우리의 삶이 어떻게 바뀔지, 그리고 무엇이 잘못되었는지 그 의사결정의 중심에 있는 사람 그리고 조직은 분명 그 결정에 따른 심판을 받아야만 할 것이다.

- 불규칙한 생리, 불임 -

결혼 적령기에 바이러스에 노출된 많은 사람들은 연애를 하기엔 사회적으로 제한된 것들이 너무 많았다. 만나는 것도 쉽지 않고 연애를 하는 것은 더더욱 힘들었다. 그런 현상들 때문에 가상세계에서 서로를 만나 의지하고, 사랑하는 법을 배우기 시작했다. 가상공간은 흔히 MZ세대들이 자주 활용하는 플랫폼의 한 영역이다. 그곳에서는 내가 생각하는 모든 것들을 할 수 있다. 현실 세계에서는 뚱뚱하고 못생긴 나인데, 가상세계에서는 날씬하고 예쁜 나로 바꿀 수 있었다. 그런 이유로 인해 특히 젊은 세대(학생포함) 가상세계에 이미 빠져 들어 그곳에서 생활하는 세상이 되었다. 코로나19 바이러스는 대면접촉을 차단했기 때문에 그런 일상이 이제 생활화되었으며, 젊은이들은 그곳에서 만나공연을 보고 쇼핑을 하는 패턴으로 생활 습관들이 변화하고 있었다.

특히 게임을 위해 접속한 성별, 나이 그리고 직업과 무관하게 만남은 이루어 졌으며 현실과 동 떨어진 게임을 같이 했다. 그리고 가상으로 제공되는 프로필을 통해 만나는 경우가 대부분이었기 때문에 서로에 대해 잘 알지 못할 뿐만 아니라 실제 모습을 숨기려는 경우가 많았다. 하지만 인류는 사랑을 통해 새로운 생명을 얻을 수 있으므로 가상에서는 이런 시도조차도 활발히 일어날 수 없었다. 따라서 인구 수는 계속 감소했고, 남녀에 대한 편입견도 점차 사라지게 되었다. 다만, 인류는 생존 번식을 통해 희열을 느끼지만 더 이상 개체수의 증가에는 큰 영향을 끼치지 못했다. 기존에 살아있는 개체들은 유전자 변이 및 의학의 발달로 인해 노화방지 및 생명연장은 이제 현실이 되었지만 개체수 증가 및 지속적인 생존을 위한 토대는 형성하지 못했다.

더욱이 바이러스와 백신의 영향으로 남성의 경우 정자수의 감소, 여성의 경우 생리가 멈추는 등 새로운 이상반응이 발생했다. 당연히 정자수가 줄어들고, 생리가 멈추는 현상들이 지속 발생하면 새로운 생명이 탄생될 수 없다. 특히 대한민국인 경우, 결혼도 하지 않고 출생률도 낮은 상황이라 먼 미래에는 국가의 존속여부도 확신할 수 없었다. 특히, 백신을 접종한 사람에게서 더욱 이런 현상들이 심하게 나타나고 있었는데, 인구의 85% 이상이 백신 접종자이다. 더욱이 고령층 접종율이 높지만 어린이와 청소년들의 전파가 심해져서 나이가 어리든 많든 모든 사람들이 접종하기를 정부에서는 권고하기 시작했다. 그 결과, 결혼을 하지 않은 미혼과 어린이 그리고 청소년에서의 백신 접종은 70% 이상을 넘어가고 있었다.

이대로 가면 우리나라의 미래는 없다. 백신 접종을 하지 않은 사람과 접종한 사람들 사이에서 새로운 변이가 생겨났고, 배속에서 세상을 기다리다 밖으로 나오기도 전에 유산되는 경우가 증가하고 있었다. 이처럼 백신과의 연관관계도 밝혀지지도 않아 어떤 이유로 유산되는지 알 수 없었다. 즉, 백신부작용으로 인한 증상을 실제 사례를 통해 검증해야만 했다. 이와 같이 소극적으로 대응해 왔던 정부를 더 이상 보고만 있을 수 없어 많은 저항단체와 학회 그리고 일반 시민단체들은 곳곳에서 시위를 이어가고 있었다. 만약 백신 부작용에 대한 조치가 없을 경우, 전 국민의 생존권의 위협으로 다가올 수 있기 때문이다.

아침에 눈을 뜨면 바이러스 감염되고, 백신에 의하 아파하는 그런 삶이 반복되고 있었다. 생존을 위해, 더 나은 미래를 위해서는 바이러스와의 전쟁에서 승리하는 것뿐이다. 하지만 검증되지 않은 백신을 접종한 이들은 스스로가 바이러스와의 승리에서 이긴 것 마냥 즐거워했다. 실제는 그 반대로 백신에 의해 생존을 위협받고 있었는데도 말이다. 우연히 집에서 가상세계를 통해 이동한 곳에는 미접종자들만 이야기할 수 있는 장소가 있었다. 일부 사람들은 서로에 대한 안부를 걱정하며 위안을 얻고, 삶의 평정심을 찾을 수 있어 좋았다. 그 중 키가 너무 커 위로 한참을 봐야 하는 한 어린 친구가 나에게 말했다.

"요즘 바이러스 부작용으로 죽은 사람들 몇 명이야?"
"내가 어떻게 알아!! 어제 사람들이 단체로 몰려들어 바이러스에 걸린 사람들을 죽이는 걸 보긴 했는데… 모르겠네"
"그럼! 음… 백신은 접종 안할거지?"
"개죽음을 당한다 해도 난 백신 맞지 않을 테니 물어보지도 마"

이렇게 미접종자들 사이에서는 백신을 접종하고 죽으나, 접종하지 않고 죽으나 똑같다는 생각으로 행동했다. 하지만 사회는 변질되어 미접종자들에게는 기본권을 침해하는 법적 제재들이 가해지고 있는 것이 현실이었다. 그렇다고 해서 백신을 맞은 사람들에게 특혜를 주거나, 또 다른 혜택을 주는 것도 딱히 없었다. 그렇기 때문에 정부라는 특권 계층은 점차 그 힘을 잃어가고 있었다.
우리 아파트 건너편에 사는 임산부가 구급차를 부른 모양이다. 다급히 구급차가 오더니 임산부와 보호자를 태워 병원으로 향한다. 하지만 그 주변 누구도 그들이 백신 미접종자인지 아닌지는 모른다. 만일 접종자라면, 임신이 되지 않았을 것이고 미접종자라면 병원에 들어가지 못할 것이다.
백신 패스를 활용하지 않고 구급차를 부른 것 같다. 어떻게 된 건지 결과가 궁금하다. 결국 어여쁜 생명이 태어나 이 세상을 밝혀 줄 것인지, 아니면 그냥 산모나 아기 모두 위급상황에 처했는지 모르겠다. 하지만 분명한 이 모두가 현실세계에서는 악몽이라는 것이다. 태어나자 마자 아기는 백신을 강제적으로 접종할 것이며, 면역체계가 없으면 아기는 죽음을 맞이한다. 물론 그 확률은 매우 낮지만 기본권을 침해하는 결정이었다. 이와 같이 권력이 있는 일부와 다수의 기득권은 이에 대한 정당성을 무기로 약자를 누르고 있었다.

"세상에 이럴 수가? 백신을 접종한 여학생 그리고 일부 여성들이 생리주기가 불규칙하다고 날리네"
"당신은 괜찮아? 3차까지 접종했는데, 혹시 몸에 이상 있어?"
"난 괜찮은데, 딸이 문제야"
"엥, 빛나는 그래도 백신접종 안 한 걸로 알고 있는데, 맞지?"
"어. 맞아. 근데 백신 접종하려고 했더니 이게 또 날리네"
"그냥 아직은 아닌 것 같아. 잘 못되면 본인이 책임져야 돼. 우리가 책임져 줄 수 있는 문제도 아니야"
"그건 알지만 학교에서 계속 의무화라는 구실로 강요하는 것 같아서"
"에이! 그건 걱정하지 마. 공부보다 건강이 더 우선이니까…"
"그렇지? 걱정이다"
"생리가 불규칙한 건 인류의 생존 문제와 직결된 건데! 쉽게 넘어갈 문제는 아닌 것 같아!"
"후! 당신, 생각도 충분히 이해돼! 이러지도 저러지도 못할 정책들… 내가 아니 내 딸이 그 피해자라고 상상하면 너무 끔찍하거든"
"그래 좀 더 지켜보자! 학원을 못 가더라도!"

방역당국과 교육부가 고3을 대상으로 코로나19 백신 접종을 강행하고 있었다. 고3 백신 접종한 학생 중 중증환자가 무려 50여명이 발생한 것으로 알려져 충격이다. 여기서 중증이란 두드러기나 어지럼증 등 비교적 가벼운 부작용이 아니라, 사지마비, 혼수상태 등 응급을 필요로 하는 위급한 부작용을 뜻한다.
교육부에서는 사망 사례 발생여부에 대한 질문에는 입을 닫고 있었다. 실제로 10.20대 사이의 코로나19 치명율이 0%라고 교육부는 이야기하고 있지만 결과는 그게 아니었다. 즉, 사망자도 없고 코로나에 걸린다 하더라도 그냥 감기처럼 지나가는 것으로 말했다. 이와 같이 말하며 정부에서 무리하게 백신 접종을 강행하고 있었지만 부작용이나 학생들의 선택권에 대한 상세한 설명을 하지 않았다. 이게 말이 되는건지 모르겠지만 백신접종의 과학적인 근거와 부작용을 사전에 공개하지 못한다면 이는 향후 큰 논란 거리로 남을 것이다.

　고3 백신 접종에 대한 온갖 명분을 들이대며 백신 접종을 안 하면 따돌리는 등의 분위기를 만들어온 언론은 부작용에 대한 보도를 하지 않았다. 모두가 알아야 하는 권리를 침해하는 권력과 언론에 세상은 분노했다. 그리고 백신의 안정성과 신뢰성 확보와 관련하여, 의료계는 아무런 증거를 보이지도 못했다. 괜히 걱정스러운 마음에, 살아갈 날이 더 많은 아이들에게 백신을 접종하게 놔둘 수 없었다. 그보다 더 위험한 것은 생리 불규칙 그리고 정자 수 감소로 인해 불임 사례들이 증가하고 있다는 사실이다. 작년 말에 결혼한 후배에게 전화를 해 혹시나 하는 마음에 백신접종 여부를 물었다.

"오랜만…백신 접종했나?"
"선배 벌써 했지요. 부작용 때문에 고생했지만 요즘은 좀 나아졌어요"
"제수씨도 잘 있지?"
"당연히 잘 있어요. 근데 요즘 몸이 안 좋아 보여서 걱정이예요"
"결혼한지 얼마 안된 신혼인데… 그러면 안되는데 잘 해줘. 혹시 2세 계획은 있어? 요즘 임산부들도 바이러스 때문에 스트레스 엄청 받던데… 암튼 좋은 소식 들려줘."
"아직은 계획에 없는데… 근데 요즘 서로 피곤하고 부부관계도 좋지 않아서 당분간은 건강 좀 챙기고 그 이후에 가질 생각입니다."
"백신 부작용에 불임도 있는 것 같아. 건강 잘 챙기고 다음에 또 봐"
"네. 조심이 들어가세요"

결국 그 후배는 불임이 되어 인공 수정을 통해 아이들 가질 수 있었다. 바이러스는 생존 번식에도 관여하고 있었으며, 백신의 부작용이 이처럼 일상 생활 속 소소한 부분에서도 큰 영향력을 주고 있었다. 그러면 인류는 어떻게 진화하며 생존의 영속성을 지켜 나갈 수 있을까?

"항상 규칙적이었는데… 이번 달 생리가 없네?"

"당신도 백신 부작용? 아니면 진짜 임신한 건 아니지?"

"당근 임신은 아니고, 이게 그럼 부작용인가? 저번에 뉴스 보니까 폐경이 지났는데도 생리를 하고, 생리를 할 시점인데 하지 않고 몸에 이상변화가 생기는지도 몰라"

"그래. 백신이 무섭긴 하네. mRNA 백신이 우리 몸에 어떤 영향을 주길래 생식기에도 이렇게 변화가 오는건지!"

"암튼, 요즘 이상하게 우울해. 생식기에 변화가 있어서 그런지… 기분이 좋지는 않네. 남자들은 생식기에 정자가 없어진다고 뉴스에 나오던데. 실제 연구에서도 백신 접종 후에 정자수가 많이 감소되었다고 하더라"

"아. 암울하다! 이러다가 바이러스가 인류의 씨를 말라 버리는 거 아닌지 모르겠다."

"그래도 기성세대는 그래도 좀 나아. 요즘 젊은 세대들이 문제지? 몸에 이상변화가 생기면 그게 다 자녀들에게 갈 텐데. 불임으로 고생하는 사람들도 많지만 실제 아기를 가진다 하더라도 몸에 이상변화가 어떤 영향을 끼칠 지 몰라. 생존을 위해 좋은 방향으로 진화되었으면 좋겠다!"

"세계보건기구나 백신제조사 그리고 정부에서 무엇인가를 숨기고 있는 것 같아. 공개하면 세상이 혼돈에 빠질 그런 것! 그게 무엇인지는 모르겠지만 아이들에게 백신 접종하는 것은 상황을 좀 더 지켜봐야 할 것 같아. 큰 문제가 있을 수도 있으니까…"

"암튼 우리도 조심하자! 애들도…"

"그래. 난 또 배가 아프네. 어제부터 계속 그러네! 또 화장실 간다"

"고생해! 밀어내기 한판"

- 뇌 손상과 이석증 -

코로나19 환자 중 12% 이상이 겪는 지속적인 후각감퇴나 후각이상 증상이 뇌 조직 손상을 알리는 조기 신호일 수 있다는 연구 결과가 나왔다. 코로나19 환자의 후각이상 증상이 지속되면 병원에 가서 뇌손상을 확인해 봐야 했다. 바이러스의 정체는 결국 뇌와 관계 있는 것일까? 예를 들어 햄스터는 인간보다 후각에 더 많이 의존하고 비강 감염에는 훨씬 더 취약한 것으로 알려져 있다.

인간도 마찬가지로 바이러스가 몸 안에 들어왔을 때 후각 수용체 형성이 저하되는 현상이 발생되었다. 후각 수용체는 냄새 분자를 감지하는 코 안쪽의 신경세포 표면에 존재하는 단백질을 말한다. 코로나19가 침입하고 이에 맞서는 면역반응이 나타나면, 후각 수용체 형성에 영향을 미치는 염색체의 DNA사슬이 활발히 개방되지 못해 유전자 발현을 자극하는 능력이 감퇴하는 것을 확인했다.

"햄스터나 그 외 유사한 동물군에 이런 부작용에 대해 실험했는지 모르겠네? 하아! 실험은 했는데, 결과는 좋았으니 백신이 승인되지 않았을까?"
"오빠. 그게 아닌 것 같아! 왜냐하면 만약 실험을 했다면 이런 부작용은 미리 예방할 수 있지 않았을까? 후각이 인간보다 훨씬 더 좋은 햄스터도 있고, 다른 동물들도 많은데 말이야! 안 그래?"
"글치, 실험했는데 그 결과가 부적격으로 나왔는데도 불구하고 승인했다면 이건 정말 문제인데… 나도 감염되고 나서 후각이 아직 안 돌아와"
"글치. 후각이 문제가 아니라 이게 뇌에 영향을 미친다는 거거든!"
"뇌에? 손상이 간다고? 그럼 나를 인식하지 못할 수도 있다는 거지? 무섭다…"
"당신도 조심해! 이거 백신 접종했다고 해서… 안심할 순 없어. 백신 부작용으로 많은 사람들이 머리가 어지러움을 겪고 있다고 하네"
"음… 왜 이렇게 부작용이 많은 거야! 정말 어떻게 세상을 살아야 될지 참 난감하네!"
"너무 걱정하지 말고. 또 다른 백신이나 치료제가 나오겠지!"
"후후후후후후. 한 숨 밖에 안 나온다. 정부 말만 믿고 순진하게 접
종한 내가 잘못된 거지 뭐!"
"그렇게 생각하지는 말고, 좀 만 더 상황을 보자!"
"그래 알았어. 얼마나 더?"
"그건 모르지! 옆에 그래도 내가 있으니까… 걱정하지 마"

햄스터는 이 현상이 짧게 나타났다가 원래대로 돌아갔지만 인간의
후각 조직은 그렇지 못했다. 이는 코로나19 환자의 경우 염색체의 유
전자 빌현 제어가 더 오래 교란된다는 것을 보여준다. 또한 후각 조
직의 신경세포 주변에 코로나19가 침투하면 T세포(면역세포)가 몰려
와 이들을 공격한다. 그리고 면역세포가 분비하는 사이토카인의 작용
으로 후각기능이 저하된다. 즉, 사이토카인이 면역 세포로부터 분비
되는 단백질 면역조절제의 역할을 하기 때문이다.
이런 현상은 코로나19가 후각 뉴런에 감염되지 않아도 자연스럽게
뇌손상에 의해 나타날 수 있다. 이 후각 반응이 뇌의 민감한 영역과
많이 연결돼 있다는 것과 비강에서 일어난 면역세포 반응이 뇌의 감
정이나 사고 능력에도 영향을 미칠 수 있다. 즉, 코로나19 환자의
후각상실이 다른 어떤 증상이 있을지 모르지만 뇌 조직손상을 알리는
신호일 수 있다는 것이다.
'22년 올 해가 시작한지 엊그제 같은데, 벌써 설날이라 사람들이 분
주하다. 이번 설에도 고향에 내려갈 수 있을까 의문이다. 작년에는 강
력한 정부의 통제에 따라 고향에 내려가지 않고 집에서 화상으로 차
례를 지내야 했다. 하지만 분명 작년보다 확진자가 증가됨에도 불구
하고, 백신과 치료제가 개발되었기에 사람들의 마음은 이미 고향을
향하고 있었다. 하지만 상황은 그리 녹녹치 않았다. 왜냐하면, 코로나
19는 변이를 일으켜 백신은 무용지물이었으며, 이에 따라 정부에서도
고향방문을 자제하기 시작했다. 가족들 모두 코로나19 확진, 완치되
었기 때문에 스스로 항체가 생겼다는 점은 다행스러운 일이었다.

"여보, 차주에 설인데 올해는 고향에 내려가는 게 맞겠지?"

"아무래도 작년엔 안 내려갔으니 올해는 가자. 우리는 항체도 있고, 별 무리 없을 것 같은데… 나이 많은 어른들이 걱정이네"

"그래, 이렇게 코로나19가 장기화될 줄 알았나. 벌써 2년이 넘어가네. PCR검사도 수십번은 한 것 같아. 코 구멍 찌르는 것도 이제 지겨워. 아프기도 하고"

"아직까지도 전 세계적으로 다른 변이로 바이러스가 줄어들지가 않아. 어떻게 작년보다 올해가 더 심각한지 모르겠어."

"그러게 말이야! 백신은 접종해도 감염되는데… 왜 맞아야 하는지도 모르겠고, 부작용 때문에 여기저기 병원에는 환자가 가득하고!"

"근데 아직까지도 후각에 이상 있어? 냄새를 못 맡아?"

"그런 것 같아. 이상하게 이게 오래가는 것 같아. 회사에 아는 지인은 확진 후1년이 지났는데도 냄새를 맡을 수 없다고 하더라"

"그게 사실이었구나! 바이러스가 뇌에 영향을 안 줄지 알았거든. 근데 그게 아닌 것 같아! 대부분이 뇌손상을 입으면 회복되는데 시간이 많이 걸리거든. 회복이 안되는 경우도 일부 있고, 그럼 뇌손상이 심해지면 기억 감퇴, 치매 등도 올 수 있겠네!"

"아. 정말! 알면 알수록 복잡하고 바이러스 영향이 큰 것 같아"

"모르겠어. 아직 검증된 것은 아니니까!"

"데이터가 좀 더 모이면 검증되겠네. 우리가 실험용 죄나 똑같네!"

"이놈의 바이러스 언제쯤 끝나려 나… 후! 함 숨 밖에 안 나오네"

　　국내 코로나19 바이러스 확진 후 완치했음에도 불구하고 나타나는 부작용 중 하나가 바로 이석증이다. 일상생활 중 심한 어지럼증을 느끼는 것인데, 단순 어지럼증으로 생각하고 치료를 보통 하지 않는다고 한다. 하지만 이 어지럼증은 재발 가능성이 높은 질환이라 주의를 기울여 했다. 선배가 일하는 청각질환 연구팀에 의하면 난청, 이명, 이석증을 일으킬 수 있다는 결과를 발표했지만 청각시스템과 정확히 어떠한 연관성이 있으며 어떤 부위가 손상되어 나타나는지 지속적인 검증을 하고 있었다. 또한 어지럼증이 외상이나 충격, 혈액순환 장애 등으로 발생할 수 있다고 했다. 우리 몸의 균형을 담당하는 귓속의 반고리관에서 이석이라는 조그마한 돌이 굴러다녀서 발생하는 것인데, 어떠한 이유로 반고리관의 벽에 붙어 있던 이석이 떨어져 나와 내부에 떨어져 어지럼증을 느끼곤 했다.

이는 주변이 빙글빙글 도는 듯한 심한 어지럼증이 수 초에서 1분 정도 지속되기도 하고, 머리를 조금만 움직여도 어지럼증을 느낀다. 심지어 누워 있는 상태에서도 주위가 돌아가는 듯한 증상을 느끼거나 증상이 심할 경우에는 눈 떨림, 메스꺼움, 구토를 동반하기도 한다고 했다. 최근에 이런 증상이 있었는데도 '그냥 괜찮아지겠지' 그냥 넘겼다. 심해지기 전에 병원에서 진료받기 위해 예약을 했는데 아내는 과거 이 현상은 없었지만 괜히 불안해했다.

"난 요즘 왜 이렇게 걸을 때 어지럼증 있는지 모르겠어? 당신은 괜찮아?"

"음…난 괜찮은데… 근데 얘들도 그런 현상이 있다고 하던데!"

"괜히, 울렁거리고 토할 것 같고, 어질어질한 현상이 가끔 일어나네"

"오빠 그럼 병원에 가봐"

"아. 병원은 예약했는데, 사람들이 많아서 바로 안된데. 많은 사람들이 이 병으로 진료받고 있나 봐"

"상열 아빠! 그럼 이것도 코로나19 후유증이지?

"바이러스인지 백신인지 그건 모르겠어. 암튼, 확진 후에 일어나는 건 동일한 것 같아. 이것 저것 때문에 가지 않던 병원을 몇 군데나 다니는지… 쯧쯧"

"돈도 없는데… 코로나19에 대한 병원비 지원도 안되고, 이렇게 여러 질병으로 병원비가 많이 나와 걱정이다. 이것도!"

"그러게 말이야. 대체 원인이 무엇인지, 빨리 속 시원히 밝혀지면 좋겠다! 정부에서 부작용에 대한 검사비용이라도 지원해 주면 좋을 텐데."

"당신 선배한테 연관관계 좀 밝혀 달라고 해봐! 그걸 검증하기 전까지는 지원불가 하다고 보건소에 그러더라"

"알았어. 선배한테 한번 문의해 볼 테니까 걱정은 그만! 이제!"
"후후."

　외부의 충격, 약물 부작용, 바이러스 감염 등으로 인해 이석증은 유발되었는데 별다른 치료를 하지 않아도 수 주 이내에 증상이 호전되기도 했다. 하지만 일상생활의 어려움을 겪을 수 있었는데 치료방법으로 머리의 위치를 바꿔가며 이석을 원래 있던 자리로 이동시키는 방법이다. 반고리관 위치에 따라 이석 치환술의 방법이 상이하기 때문에 전문가의 도움이 필요했다.
　증상을 완화하기 위해서는 머리를 크게 회전시키는 행동이나 충격을 주는 자세는 피하는 것이 좋다. 또한 부족한 혈중비타민D를 채워주면 예방 및 재발빈도가 감소하기 때문에 병원에서 진료받는 중에 의사는 자꾸 비타민D가 들어있는 음식을 많이 먹으라고 했다. 그리고 자세를 똑바로 하고 스트레스를 풀어주면 좋지만 별도 처방은 내려주지 않았다. 다만, 이게 코로나19에 의한 후유증인지에 대한 명확한 발병 사유가 밝혀진 게 아니어서 이에 대한 치료 보상은 어렵다고 했다.

- 근육통과 부정출혈 -

　코로나19 먹는 치료제를 복용하던 확진자가 이상증세를 호소했다. 복용을 중단했다. 치료제를 복용한 후 이틀날부터 극심한 근육통을 호소하기 시작했다. 결국 병원 의료진이 투약 중단을 결정했고, 약을 끊은 지 2.3일 뒤 증상이 호전됐다. 아직까지 국내에서 부작용 신고가 접수되지 않은 가운데 첫 복용 중단 사례가 나온 것이다. 다만 이번 사례가 코로나19 증상인지, 치료제 부작용인지 연관계는 밝혀지지 않았다.
　하지만 코로나19 확진을 받고 난 후 증상은 발열과 기침, 인후통도 있고 몸살 기운이 있었다고 한다. 치료제를 복용하기 전에 근육통이 조금 있었지만 복용 후 근육통이 심해졌다고 한다. 정부는 투약 연령을 60살 이상으로 낮추고, 공급 대상기관을 요양병원과 요양시설, 감염병 전담병원으로 넓혀 먹는 치료제 사용을 늘릴 예정이라는 뉴스가 나왔다. 소파에 앉아 있던 내가 뉴스를 보며 아내에게 말했다.

"코로나19 치료제가 세계보건기구에서 승인되었다고 하던데, 알아?"
"그거 알지! 우리 연구과제 중 유사한 치료제가 있거든. 근데 부작용이 많아서 일반 환자에게는 투여하지 않아"
"그래, 근데 이 치료제 부작용 때문에 시끌시끌하네"
"아마도 이게 중증 환자에게만 효과가 있고, 나머지 환자에게는 그다지 효능이 없을 거야"
"쯧쯧, 그러니까 치료제가 있지만 복용할 수 없다는 거네. 분명 신종플루가 유행하던 때와는 다른 것 같아. 그 때는 '타미플루'라는 치료제가 있어 감염된 사람들에게 배포하고, 격리 치료가 가능했지!"
"지금은 그게 어렵다는 거지? 그리고 기저질환이 있거나 고령인 중증환자에게만 효과가 있는 것이니 치료제로서의 역할을 하기 어렵겠네"
"그래도 치사율을 낮추어 주는 순기능이 있으니, 부작용이 있음에도 이를 보급하여 복용하고 있는 것 같아"
"그러네. 이것도 필요는 하네. 경증환자에게는 불필요할지라도…"
"아니… 그게 아니라 부작용이 있는데, 어찌 복용하라고!"
"나도 모르겠다. 근데, 정부에서 하라는 데로 하는게 맞을까? 의심… 또 의심이 드네?"

또 다른 부작용 사례로 부정출혈이 있었다. 화이자 백신 접종 후 한달 넘게 하혈을 하고 있었는데, 직장에서 일하면서 앉았다가 일어나면 의자가 피로 젖을 정도여서 일상생활이 힘든 상황이었다고 아는 친구 후배가 말했다. 병원을 수차례 찾았지만 원인도 모르고, 언제쯤 나을지도 모른다고 했다. 어떻게 하지? 걱정이다. 친구의 지인인 그는 백신 부작용으로 자신을 포함한 일가족 모두가 힘든 나날을 보내고 있었다고 한다.

그 아버지는 아스트라제네카 백신 2차 접종 후에 건강 상태가 점차 악화되다 한달 전 쓰러져 대학병원에 입원했다. 진단결과 패혈증으로 상태가 더욱 악화되었다. 목에 기도관 삽입으로 호흡을 이어가고 있어가고 있지만 병원비 때문에 이도 이제 그만해야 될 것 같다며 정부를 원망하고 있었다. 그 어머니도 과로로 쓰러져 더이상 간병을 할 수 없을 지경에 처했다. 이처럼 백신 부작용으로 한 가정이 초토화됐다. 부작용이 소수에게 일어난다고 하지만 생명의 존엄성을 이렇게 무시해도 되는 것인가?

난 이런 뉴스를 보며 주위 사람들에게 백신 접종을 말리고 싶다. 누구를 위한 백신 접종인가? 자신을 위해서라면 합당한 이점이 있어야 하는데, 그렇지 못한 사례가 한두개가 아니다. 책으로 편집하면 몇 권 분량은 나올 것 같다. 비참하고 원통해서 누군가에게 말할 수도 없는 심정은 그 누가 이해할 수 있을 것이며, 이를 위로해 줄 수 있을까? 친구 지인의 아버지가 죽기전에 했던 말이 뇌리에 스쳐 지나갔다.

"아들아! 말 할 수 없는 고통… 호흡도 안되고. 이렇게 죽는 걸까? 무슨 죄를 지었길래… 이렇게 아픔을 주는 걸까?"
"아빠! 조금만 참아봐요. 괜히 백신 접종한다고 좋아했네요!"
"으윽으윽… 으윽으윽… 나 …. 지… 금…. 너…무. 목… 이………"
"괜찮아요? 정신 좀 차려 보세요. 아빠… 흐흐흐흐흐흐흐."
"왜…. 나… 에…게…만?"
"흑흑흑… 으으으! 이흐이흐이흐…"

그렇게 말없이 친구 후배의 아버지는 백신 접종 후 몇일 있다가 세상을 떠났다. 누군가는 백신에 대한 불안감으로 접종을 못하고 있었지만 이를 인정해주지 않는 사회가 너무나 얄밉고 무서웠다. 백신 부작용에 의한 질병을 인정받기가 이렇게 힘들고, 정부에서 짐심으로 인정하고 사과하거나 보상을 해주지 않기 때문이다. 개 죽음이었다. 설령 보상을 해 준다 하더라도 사람의 생명과는 바꿀 수는 없다. 미접종자에는 백신패스를 통해 마트조차 못 가게 하여 접종을 강요하고,

이상반응신고 체계는 제대로 작동하지 않는 현실이 원망스럽다. 물론 전체를 위해 소수가 희생할 수도 있다. 하지만 그에 앞서 부작용이 있다는 것에 대한 조사, 인과관계에 대한 진실은 밝히는 것이 우선되어서야 하지만 실제는 그렇지 않았다. 또한 백신 접종 후 어쩔 수 없이 죽음으로 갔던 소수집단에 배려와 진심을 담은 사과와 보상이 절실히 필요한 시점이었다. 모두가 그렇게 힘든 시기를 보내고 있었다.

코로나19 백신을 맞고 길랭바레 증후군이 나타났다는 뉴스가 나왔다. 길랭바레 증후군은 신경계통 질환인데, 아직까지 질병처에서 코로나19 백신부작용으로 인정되지 않고 있다. 아직 코로나19 백신 부작용과의 연관관계가 검증되지는 않았지만 보통 허리 통증을 호소하다가 1.2주부터 다리부터 마비가 점점 올라온다. 심한 경우 호흡근도 마비되어 자가호흡이 불가능해질 수 있다. 잘 못 진단한다면 사망까지 이를 수 있는 무서운 질환이다. 감염 이후 발생하는 급성 다발신경병 마비가 특징이다.

자세히 말하면 하지에서 진행되어 상체 위로 올라오다 수개월에 걸쳐 사지 마비가 되는 희귀병이다. 전체 중 일부만 회복되는데, 25%는 호흡마비와 자율 신경기능 장애가 동반되며 20%는 장기적으로 심각한 신경계 후유증이 나타날 수 있다고 의사가 말했다. 또한 이 질병에 감염되면 5% 전후로 사망에 이를 수 있는 무서운 질병이며, 증상 발현 후 매우 빠르게 진행되어 전 세계 곳곳에서 계절과 관계없이 모든 연령과 성별 관계없이 급성으로 발병할 수 있다고 했다. 이 무서운 희귀병도 그렇지만 그 동안의 안부가 궁금하기도 해서 선배에게 연락했다.

"선배, 잘 지내지요? 요즘 연구는 어떻게 되고 있는지 궁금해서 연락드려요"
"잘 지내긴 한데… 친척 중에 희귀병에 걸려 고생하는 사람이 있어 걱정이야. 연구보다 이게 더 마음에 걸려. 치료제도 없을 뿐 아니라 원인도 모르니 참 난감하네!"
"그래요? 그게 무슨 희귀병인데요?"

"길랭바레 증후군이라고 있는데 혹시 들어 본적 있어? 갑자기 감기에 걸렸다가 나았는데, 걸음을 절뚝절뚝 하길래. 좀 시간이 지나면 나아지겠지! 하고 잊고 있었는데 그게 아래에서부터 마비가 온 초기 증상이었지"

"그거 저도 뉴스에서 봤어요. 안 그래도 그것 때문에 좀 물어볼 것도 있었던데… 그래서요? 지금은 상태가 어때요?"

"그게, 지금은 마비가 좀 더 진행되고 있는 것 같아! 사실 이게 감기처럼 호흡기 질환인 줄 알고 코로나19이기도 해서 PCR검사를 했는데… 마침 확진 판정을 받아서 집에서 재택치료를 받고 있을 때에 나타난 거야. 근데 신기한 것은 확진 되기 전 까지는 이런 현상이 없었다는 거야!"

"힘드시겠어요. 선배, 친척분은 백신 접종은 했어요?"

"했지. 근데 백신 부작용 리스트를 확인하니 길랭바레 증후군도 포함되어 있어서 놀랬거든"

"그래서 이것도 백신 부작용과 관련 있다는 말씀이신 거죠? 암튼, 빨리 완치되시기를 기도 드릴께요"

"맞아. 부작용 맞는 것 같아. 이 희귀병이 갑자기 올 수는 없어. 분명 무엇인가 있어. 나도 의학전문 기업에서 일도 하고 지금은 대학교에서 백신관련 연구 중이라 잘 알거든. 백신이 얼마나 유해한 물질인지, 어떤 현상이 일어날지도 모르고… 그리고 미래에는 어떤 변이를 일으킬 수도 있을 것 같아. 이런 현상이 전 세계 곳곳에서 발생하고 있거든"

"네. 너무 걱정하지 마시고, 편안히 생각하세요. 희귀병이라도 치료할 수 있는 방법이 있을 거예요"

"아! 그러고 싶다. 정말! 근데 그게 쉽지가 않아! 이 백신 부작용이 참 광범위하게 일어나고 있어… 추측할 수가 없거든. 걱정이다! 후."

"제 회사 동료 중에서 이 같은 증상을 보이는 분도 있어요. 꼭 이 증후군으로 단정할 수는 없지만 간헐적으로 마비 증상이 와서 병원에서 진료받고 있어요."

"그러게, 주변에 이런 증상이 많이 발생하나 봐! 뉴스에도 나오고…"

"그렇죠, 뭐! 더 이상 숨기지 말고 이제 정부에서 밝힐 때가 된 것 같은데… 아직까지 조용하네요!"

"음… 아직은 명확하지가 않으니까, 괜히 발표했다가 혼란만 더 가중될 것 같아서… 국민들 눈치 보고 있는 것 같아!"

"아쉽네요! 이렇게 된 사람들은 뭐가 되는지! 참"

"그냥, 눈 딱 감고 그냥 잊어! 너무 알면 힘들어져"

"어쩔 수 없죠. 그냥 알면서도 모른 척… 그렇게?"

"암튼, 난 이만 일이 있어 나중에 통해해!"

"그래요. 선배, 즐건 하루 되세요!"

주변에 이 길랭바레 증후군과 유사한 증상을 보이는 지인들이 많이 있었다. 우선 회사 동료인 김차장님도 간헐적으로 마비 증상이 와서 병원에 방문하니, 길랭바레 증후군이 의심된다고 했다. 하지만 심적으로 의심은 되지만 증상만 가지고 이 질병인지 아닌지는 확신을 할 수 없다고 했다. 얼굴 혈색이 좋지 않고 많이 힘들어 하는 모습을 볼 수 있었다. 40대 후반 가장이라 지금 이 증상이 반복되면 그 가족들은 더욱 더 힘들어 질 것이기 때문이다. 하지만 지금 현상황에서는 기다리는 것 말고는 다른 대안이 없었다.

변이 바이러스

'22년 2월말 바이러스는 델타에서 오미크론으로 변이되고 있었다. 이제 코로나19와 함께 살아가야 할 시점이 된 것 같다. 바이러스와 인류는 독립적으로 분리하여 살 수 없다. 전 세계인들이 코로나19로 인해 죽을 만큼 죽었다. 대략 올해 2월말 기준 전세계인 중 약 600만 명 코로나19로 인해 사망했다. 대한민국도 예외는 아니다. 2월말 기준 1,398명 작년 동월 180명 대비 약 9배이상 증가한 수치이다. 델타 바이러스는 치명율은 높지만 전파력은 약해서 많은 감염이 이루어지지 않았다.

하지만 오미크론 바이러스는 치명율은 낮지만 전파력이 강해 올해 1월 확진 22만명 대비 2월 확진 240만명으로 거의 11.12배 정도 증가하였다. 바이러스로 인한 확진에 대한 감염 증가폭이 크기 때문에 사망자의 절대치가 증가되어, 더 혼란을 주고 있었으며 백신 3차를 접종한다고 하더라도 오미크론 바이러스는 재감염 될 수 있었다. 이로써 백신 접종은 이제 아무런 영향을 끼치지 못했다. 결국 백신 패스를 중단하고, 모든 통제를 완화하기 시작했다. 이것이 위드 코로나로 가기 위한 '성장통'이었는지 모른다.

"자. 긴급대책 시작하겠습니다."

"보건부장관, 국정원장 어떻게 이렇게 코로나19 감염자가 증가했나요? 백신도 무용지물이고… 한번 설명해 주세요"

"대통령님, 저번에 말씀하신 백신 부작용에 대해 먼저 보고 드립니다. 우선 백신 부작용에 대해서는 세계보건기구나 백신제조사들도 인정하고 있습니다. 다만 그 부분이 어떤 질병을 일으킬지는 모두 관심있게 데이터를 모으고 있습니다. 분명한 것은 mRNA 성분의 백신은 향후에 유전자 변이를 일으킬 수 있다는 것입니다. 현재 백신접종율은 20세이상 성인기준으로 88% 이상으로 파악되고 있습니다. 만약 이게 만약 문제가 된다면 사회적으로 큰 논란이 될 것이며 국민들의 원성으로 정부의 신뢰를 잃을 수도 있습니다."

"그게 사실인가? 나도 백신을 접종했는데… 그럼 어떻게 하면 좋을까요?"

"우선 국민들에게 위드 코로나로 가기 위해서 어쩔 수 없는 결정이었음을 인정하는 것이 필요할 것 같습니다. 그리고 자연 항체가 만들어지지 않는다면 백신 접종을 계속 권장하는 수밖에 없습니다. 왜냐하면 mRNA 백신은 자연항체 생성을 저하함으로 스스로 면역력을 증가하며 증식하지는 못합니다."

"그럼 더욱 더 큰일이네요. 이 사실은 알리지 않는 것이 좋겠네요. 혼란만 줄 뿐 아니라 미래에 큰 재앙이 될 수 있음을 미리 인정하는 것과 똑 같은 거라서…"

"알겠습니다. 그리고 바이러스는 생성은 중국에서 독감 바이러스를 연구 중에 실수로 변이 바이러스가 동물로 전이되고 이게 다시 인간에게 감염되었다고 합니다. 그래서 중국 우한이 바이러스 진원지이며, 이에 따른 타국가들에 비해 빠른 전파에도 과감하고 빠른 통제가 되었다고 합니다. 하지만 다른 국가에서는 이 바이러스에 대한 정체를 몰랐기 때문에 이미 많은 사람들이 감염된 후 통제가 된 것으로 보여집니다. 그렇게 때문에 사망자도 급격하게 증가하였을 것으로 판단됩니다. 하지만 우한에서 발생한 바이러스에 대한 전폭적인 연구비 지원은 미국의 권력과 대기업 CEO, 록펠러 가문 등의 알 수 집단으로 인해 발병한 것으로 파악되었습니다. 즉, 그들은 이 바이러스가 무엇인지, 얼마나 빠르고 많은 사람들에게 감염될지 이미 알고 있었던 것 같습니다. 따라서 백신도 코로나19 바이러스가 발병 후 7개월만에 개발된 것도 이와 관련된 부분인 것 같습니다."

"아이고, 그럼 예상했던 게 맞나요? 이러면 이건 최악의 시나리오로 흘러가는 것 같은데… 아닌가요?"

"맞습니다. 대통령님, 아직 백신의 어떤 위험성이 있는지, 어떤 물질들로 구성되어 있는지 모릅니다. 분명한 것은 세계적인 권력자와 CEO 그리고 자산가들은 무엇인가를 얻기 위해 이 거대하고 치밀한 것을 계획한 것 같습니다."

"그래요. 알았으니 또 다른 정보 들어오면 보고해 주세요"

"네, 대통령님"

 청와대 정문 앞에는 1인 시위자들이 옹기종기 모여 백신 부작용에 대한 조사와 인과관계를 밝혀 달라는 모습들이 자주 보이곤 했다. 보건부장관, 국정원 등 고위 공직자들의 차가 청와대를 빠져나가고 있었다. 청와대 게시판에는 백신패스, 자영업자 보상 그리고 백신 부작용 등 그 민원들이 끊임없이 올라오고 있었으며, 이에 대한 답변을 서둘러 준비해야만 했다. 그리고 PCR검사에서 신속항원 검사로 양성 판정이 변경된 이후로 더욱 더 확산세는 증가하기 시작했다. 보통 이러면 거리두기를 더 강화해야 하나, 정부도 더 이상 봉쇄 정책을 할 수 없었다. 왜냐하면 백신 접종이 무용지물이기 때문에 봉쇄 정책은 의미가 없었다. 그래서 인원제한 및 거리두기를 완화하기 시작했으며 이로 인해 몇 천명에서 1만명을 확진자가 증가하더니 한달 후 이제는 하루 62만명까지 확진자가 발생하기 시작했다.

"어제 확진자가 62만명을 넘었다고 뉴스 나오네?"

"알아. 봤어!"

"이러면 우리나라는 어떻게 되는 걸까? 사망자는 하루 400명 이상인데… 전 세계에서 1등이네, 1등!"

"참, 어떻게 보면 한심스러워. 국가 정책자들은 이 사실을 모르고 이렇게 하는 걸까? 오미크론 바이러스가 치사율은 낮다고 하지만 이렇게 정책을 폐지하거나 완화시키면 분명 사고가 날 텐데 말이야"

"그러게. 하지만 이제 코로나19로 감염될 사람은 다 걸리고, 죽을 사람은 다 죽으라는 건지? 지금까지 백신 접종을 안하고 버틴 한 사람으로서 힘이 빠지는 것 같아."

"이렇게 하기 위해 2년동안 국민들을 통제한 걸까? 아쉽다. 이런 부분들을 국민들을 이해시킨 것 보다는 무엇인가를 숨긴 것 같은 기분이야"

"나도 마찬가지야. 이번 정책에 대해서는 누군가 책임을 져야 할 것 같은데… 괜히 국민만 피해를 본 것 같아."

"맞아. 가만히 있다가 국민들만 당하겠는 걸… 국민이 봉 인줄 아나!"

"이번 대선에서는 뭔가를 보여주자. 국민이 살아있음을… 그리고 진실을 알려주길 바라며 투표하고. 이번 정권 바꾸어야 해"

"근데 인물이 없네! 쯧쯧"

"암튼 난 너무 이번 정부에 실망해서 할 말이 없어"

"다가올 변이 바이러스로 인해 이런 상황이 또 발생하면… 지구에서의 생존은 더 이상 어려울 것 같아. 인류가 스스로가 이렇게 만들었기 때문에!"

"이거 참 어렵고 힘든 문제다. 피곤하다 그만 자자"

미국과 영국에서 또 변이가 발생했다는 뉴스가 나왔다. 이번에는 감염력 높은 오미크론, 치사율 높은 델타가 합쳐져 델타크론이 유행한다고 한다. 이 변이는 또 얼마나 많은 사람들을 감염시키고, 죽음으로 몰고 갈까? 궁금하다. 그 와중에 또 스텔스 오미크론 바이러스가 새로 발생한 뉴스가 또 나오고 있었다. 끊임없이 인간의 백신 속도보다 훨씬 더 빠르게 전이되어 전파되고 있다. 이 현상을 어떻게 설명할 수 있을까?

"참, 코에 걸면 코걸이고 귀에 걸면 귀걸이군."

"어찌 이렇게 변이와 변이가 만나 우성인 인자만을 가지고 합치는 지 참 대단한 바이러스인 것 같아. 인간의 DNA 변이 기술보다 바이러스 가 변이에 대한 민감도가 더 높은 것 같아"

"그러게, 이제 다 끝날 줄 알았더니, 그게 아니네"

"좀 더 기다리고 참아야 할 것 같아"

"그래도 우리 바이러스 종식을 보며 축배를 드는 날이 오겠지! 너무 걱정하지 마"

"그래 긍정적으로 생각하자. 이제 종식되겠지… 마음 편하게 가지자."

"변이가 너무 많이 기억하기도 힘들어. 그리고 내가 걸린 바이러스가 어떤 종인지 알 수도 없어. 만약 내가 델타에 걸렸는지? 아니면 어느 바이러스에 걸렸는지 말해 줄 수 없다! 그게 중요한 게 아니라 빨리 완치되는게 더 급하기 때문이야"

"난 델타가 유행할 때 격리했으니, 오미크론 바이러스는 감염될 수 있겠구나"

"그러게, 변이가 너무 많아 우리는 분명 다시 감염될 수 있을 것 같 아!"

"나도 그건 동감!"

"그럼 그 때까지 몸 살리자. 생존하는 그날까지!"

방역체계에 의심이 가기 시작했다. 결국 K방역을 앞세워 국민들에게 호소하는 정부의 태도는 돌연 태도가 변했다. 데이터에 의한 근거나 대안을 제시하기보다 국민의 희생에 의한 방역을 통해 이득을 얻고자 했던 것이다. 결국 '팬데믹' 종식에 있어 대한민국은 실패했다. 왜냐 하면 백신을 적기에 도입하지 못한 측면도 있지만, 고위 관료의 무지, 허세 그리고 우유부단함 때문에 상황을 반전시킬 수 있었던 여러 차 례의 기회를 모두 잃었기 때문이다. 이런 현상의 원인은 데이터 기반 한 판단 오류 및 일관성 없는 정책이 가장 크다. 결국 정부가 제때 백신을 도입하지 못했지만 실제로도 도입하지 않으려 했다. 이미 부 작용에 대해 잘 알고 있었기 때문에 늦장을 부린 것이다.

이에 대해 누군가는 책임을 져야 하는 것을 알기 때문에 서로 미루며 정치적 이슈로 활용했다는 것이다. 그리고 마지막으로 이 위기를 국민에게만 전가하는 것은 잘 못된 판단이며, 최악의 상황으로 가게 만들었다. 전 세계적으로 확진 환자 1위, 중증병실 부족과 사망자 증가는 국민 모두를 혼란스럽게 했다. 실제로 우리 국민처럼 백신 접종률을 포함한 마스크 생활화하기에 동참하여 적극적으로 실행한 사례는 없었다. 아무런 보상 없는 자영업자는 물론 말 잘 듣는 국민을 정부는 이용하기만 했다. 자영업자들의 피해는 눈덩이처럼 커져 더 이상 감당할 수 없는 상황이지만 더 이상의 지원은 없었다.

대한민국 국민들은 처절한 생존문제와 함께 바이러스와 싸워야만 했다. 언론에서는 위드 코로나라는 명분으로 자가격리 기간을 줄이고, 인원 및 제한시간에 대한 제약을 해제했다. 그리고 미접종자들을 제한시킨 백신패스도 이제 사라졌다. 이런 결정들이 어느 한순간 갑자가 일어난다면 국민들은 어떻게 생각할까?

만약 독감과 같은 것이기 때문에 이제 걱정할 필요가 없다면 독감의 전염성을 같이 설명해 줘야 한다. 독감은 전파력이 뛰어나지 않기 때문에 하루 감염자가 50만명 이상 되지 않는다. 그렇게 때문에 사망으로 가는 치사율이 낮다고 하지만 하루 3,500명까지 죽어가는 모습은 설명하기 어렵다. 이런 상황에서 정부의 방역정책의 근거는 무엇인지, 신뢰가 가지 않는다. 결국 나를 포함한 대부분의 국민들은 이를 국가를 안정적으로 통치하기 위한 정치적 도구로 밖에 볼 수 없었다. 코로나19 바이러스 종식이 언제 될지 모르지만 나의 소중한 가족, 친척, 그리고 동료들이 고통받으며 이에 희생되고 있었다.

몸 속의 세포에 공존하고 있는 박테리아나 기생충의 조종을 받게 될 가능성은 낮지만 새로운 변이에 의해 생성된 기생충들은 인간의 몸을 통제하려고 했다. 인간의 뇌에는 단세포 원생동물인 기생충 '아메플리아'가 생존하고, 뇌 신경계의 30.50%를 차지하고 있었다. 즉, 뇌 속에 알 수 없는 기생충이 점점 세력을 넓혀가고 있었다. 그 중 코로나19 백신의 mRNA에 기생하는 미생명체가 뇌신경을 파괴하며 오랜 기간동안 잠복기 형태로 생존하고 있었다. 백신 연구실에서 실험을 하다가 문뜩 저녁 늦게 선배에게 전화가 왔다.

"고양이와 공생하는 기생충이 증식을 위해 기생하는 거 알지?"

"아니, 모르는데요. 선배!"

"아하. 그게 이번 바이러스는 종식되지 않을 꺼야. 그냥 인류가 더 이상 생존이 어렵기 때문에 포기하는 거지! 왜냐하면 변이는 계속해서 나오고 있어. 이에 대한 대응을 위한 백신은 이제 없어! 또 개발해야 하는데 시간이 문제지."

"그렇죠. 변이 바이러스를 예방을 위한 백신을 개발하는 건 한계가 있다는 거죠?"

"그렇지. 그리고 변이 바이러스가 전파력은 강하지만 치사율이 낮다면… 코로나19와 함께 공존하는 수밖에 없는 거지! 뭐"

"바이러스와 함께 사는 건데… 이게 위험 하지 않나요?"

"위험하지. 예를 들어 기생충은 동식물 그리고 인간에게도 공존하는데… '아메플리아'가 인간의 몸속에서도 생존할 수도 있지. 초기 기생충이 쥐에서 고양이로 옮겨가는 듯했는데, 고양이를 키우는 사람이면 잘 알 듯이 고양이는 사냥을 잘하거든. 반면 쥐는 조심스러운 고양이를 피해 자주 숨거나 도망가지. 이런 상황을 극복하기 위해 '아메플리아'는 쥐의 신경계를 조종하며 진화했는데, 그 결과 쥐는 고양이의 소변 냄새를 피하지 않고 좋아하게 되었던 거야. DNA 유전체에 의한 변화로 인해 쥐는 고양이를 보고도 도망치지 않아 결국 많은 쥐들은 고양이에 의해 희생된 거지. 이처럼 유전자 조작에 의해…"

"이게 사실이면… 인간에게도 동일하게 그런 DNA 유전자를 심어 놓을 수도 있을 것 같네요. 뭐라고 해야 할지, 공상과학 영화에서 보던 일이 현실에서 발생한다고 생각하니, 참 무섭네요. 이게 바로 바이러스가 진화했다는 거죠? 선배!"

"응 맞아. 기생충이 어떻게 이 같은 행동변화를 유발하는지를 이해하면 공포 반응을 관장하는 뇌 영역에서 유전자가 어떻게 발현되는 것을 알 수 있었거든. 생화학적으로 방해하여 쥐를 용감하게 만들었지만 이로 인해 생존확률은 낮게 된 거라고 볼 수 있어"

"헐. 이 바이러스란 놈은 무서운 녀석이군요!"

"인간도 뇌 속에 '아메플리아'와 같은 방식으로 미생명체로부터 인류는 통제를 당하게 될 거야. 이처럼 통제를 받은 인간은 교통사고를 내거나 자살 그리고 몹쓸 병에 걸릴 확률이 높은 거지. 목적 달성을 위해 인간을 조종하는 널리 퍼진 매개체로 감기 바이러스가 있는데, 이와 비슷한 증상을 일으키는 바이러스 균이야"

이 외에도 바이러스는 기도에 증식하며 재채기, 콧물, 기침과 같은 증상을 유발했다. 이러한 증상들은 많은 사람들을 감염시키기에는 상당히 효과적이었다. 기침, 재채기 등의 침방울을 통해 공기중 호흡기로 감염됨으로써 인류는 자신도 모르게 다른 생명체가 몸 속에 들어왔다가 잠시 조종하고 나가는 대상이 되기도 했다. 인류는 자신의 유전자와 뇌신경을 통해 자기 자신의 신체를 완전히 통제할 수 있다고 생각했지만 외계에서 온 다른 생명체는 생존하기 위해 스스로를 변화시켜 갔다. 결국 인간의 뇌파를 통해 원격으로 인간을 제어할 수 있는 다른 방법을 고안했으며, 이에 대한 확산방안을 만들었다. 즉, '아메플리아'와 같은 DNA코드에 공존하는 바이러스를 통해 신체 각 기관을 통제하여 왔다.

이와 같이 코로나19 바이러스와 같은 사례는 인류에게 큰 영향을 미쳤다. 활발한 증상이 없어도 잠복기를 통해 활동을 중단하고 인간의 몸 속에 숨어 있을 수도 있었으며, 뇌신경을 파괴하여 신체의 일부분을 마비시키고 통제, 조정할 수도 있었다. 세포안에서 또 다른 변이 바이러스와 유전물질이 통합하면 mRNA로 전달되어 DNA형태로 치환되어 인류를 좀 쉽게 공격할 수 있었다. 또한 숙주 세포가 분열하여 DNA 두개가 복제되면 바이러스의 DNA도 복제되어 새로운 세포로 전달되었다. 그리고 인간의 뇌와 신체에서 공존하다 잠복기를 거쳐 새로운 숙주로 전파되어 지속적으로 인류를 감염시키고, 변이되어 인류를 지배하게 될 것이다. 과연 인류의 미래는 어떻게 될 것인가?

또 다른 지구를 찾아 떠난다

04

새로운 인류, 희망

바이러스 종식

　'22년 6월 이제 조금만 더 버티면 바이러스와의 전쟁은 종식될 것 같다. 하지만 또 가을에 새로운 바이러스 변이가 발생해 전 세계적으로 유행할 수도 있다. 나는 백신 미접종으로 인해 사회 생활을 자유롭게 할 수 없게 되었지만 그 법적 제한 속에서 나름대로 생존을 위한 처절한 싸움을 해야만 했다. 코로나19가 종식하기 1년전부터 이미 알고 있었다. 결코 바이러스는 일류가 살아가는 동안 제거할 수도 없고 인간이 살아가기 위해서는 일부는 필요하기도 하다는 것을… 하지만 인류에게 치명적인 바이러스는 반드시 종식되어야 하기 때문에 백신패스에 대한 기대와 열망이 아직까지 많은 사람들에게 인식되어 왔던 것 같다.

　코로나19 발생 후 2년이라는 시간동안 더 많은 변이 바이러스로 인해 국가는 통제되고, 또 통제된 사회구조는 빈부의 격차만큼 죽음과 삶의 경계를 명확히 했다. 또한 그 격차가 클수록 정부에 대한 신뢰를 점점 낮아지고 있었다. 신뢰는 일류가 생존하기 위해서는 꼭 필요한 도구이기 때문에 이를 잃어버린 국가, 사회는 지속적으로 생존할 수 없었다. 왜냐하면 국가의 주인인 국민과 정부와의 믿음이 없기 때문에 더 이상 국가로서의 존립 여부가 어려웠기 때문이다. 국민 없는 국가는 특정권력이 가진 자본으로 돌아가는 껍데기에 불과했다. 또한 권력을 행사할 수 있는 국가가 없기 때문에 반정부 시위는 전 세계 곳곳에서 일어나고 있었다. 인간은 망각의 동물이기 때문에 이런 것을 이미 다 알고 있으면서도 다수의 거짓된 판단으로 인해 신뢰를 잃어버린 사회가 되어 버렸다. 이 세상을 살아가기 위해서는 모든 사람을 믿을 수가 없었다. 옆에 있는 가족조차도…

　인류에게 크나큰 재앙으로 다가온 바이러스에 대한 기나긴 어둠의 시간이 지나갔다. 19년말 중국에서 발병한 코로나19 바이러스는 전 세계적으로 유행한 '팬데믹', 아마도 오랜 시간이 지난 후 지구의 몇 안되는 바이러스에 대한 역사로 기록될 것이다. '22년 3월, 백신을 무력화하는 변이가 대한민국에 전파되기 시작했다. 그리고 전파력은 강했지만 치명율은 저조한 오미크론 바이러스는 전 국민의 거의 25%가 바이러스에 감염되는 현실을 직면하게 되었다. 결국 정부는 코로나19와 함께 살아갈 수밖에 없음을 공표하고, 집단 면역을 통해 집합 인원 및 제한 시간 등의 규제를 풀기 시작했다.

"이제 거리두기도 없고, 인원제한도 없어졌어. 이렇게 해도 괜찮지?"
"응, 당연하지! 정부에서 이제 다 풀고, 위드 코로나라고 발표했지!"
"그렇지만 좀 찜찜한 부분도 있어. 아직 오미크론 영향으로 치명율은 낮지만 확진자가 이렇게 많이 나오는데… 정말 괜찮을까?"
"나도 모르겠어. 다만, 개인 마스크 사용은 제한적이지만 모든 통제를 해제한 것은 예상외 결정인 것 같아!"
"뭐! 발표했으니 이제부터는 자유다. 야호!"

코로나19 바이러스로부터 진정한 해방인지는 모르겠지만 뉴스를 보는 많은 국민들은 거리로 나와 마스크를 던지며 환호하기 시작했다. 그리고 갑갑하게 지냈던 2년이라는 시간을 보상받고자 쇼핑거리, 술집, 영화관 등 어디를 가든 사람들로 가득 차 있었다. 해방된 자유를 누르고자 친구, 친척 그리고 지인들과 함께 식사, 술 그리고 여행 등 지금까지 제한된 것들을 하기 시작했다. 오랜만에 전 직장의 동료에게 연락이 왔다. 본인이 이직을 해서 식사 한번 하자고 제안했다.

"이제 차장님인가? 아이구 정말 오랜만이야"
"그러게. 잘 살고 있었지? 그래. 진짜 이거 몇 년 만이야!"
"그래. 거의 2년만이지. 전 직장에서 다른 곳으로 이직했다는 소문은 들었어. 잘 된 거지? 제수씨도 잘 있고, 부모님도 건강하시지?"
"글치. 다 건강하고, 나도 코로나19 걸려서 고생 좀 했지. 이렇게 허무하게 바이러스와 같이 살아갈지는 생각 못했네."
"허허. 나도 작년말에 걸렸네. 가족 모두 걸려 다 같이 거의 한달 정도 격리 한 걸. 호호, 근데 생각해 보니 바이러스는 언제나 또 올 수 있고… 그래서 이제는 좀 안심이 되는데, 어때?"
"그러게, 내일부터 다시 마스크를 착용할지라도 지금 이 시간을 즐기고 싶어서 보자고 했는데, 이직한 곳도 이제 좀 적응이 되어서…"
"잘 되었다… 하하! 글치. 소중한 이 시간… 한잔해, 바이러스 종식기념으로 짠! 이직 축하하고!"
"그래. 오늘 내가 쏠 테니까 먹고 죽자. 이제 걱정도 없고, 더 이상 이런 비극적인 일은 없어지길 바라며… 건배"
"그러자고. 나도 술이 많이 고파서… 하! 좋다 술이 오늘 달다! 그려"
"다시는 이런 일이 없어졌으면… 짠!"

  2022년 9월, 코로나19 바이러스가 종식된 지 벌써 몇 개월이 흘러갔다. 그 동안 인류는 많은 희생을 감수하면서 바이러스를 피해 서로 단절된 세상에서 피해자처럼 살아왔다. 하지만 인간의 이기심은 끝없이 몇몇 사람들에게 흘러가 이를 악용한 사람들이 나타나고 있었다. 백신이면 모두가 다 해결된다고 하는 사람들, 이 백신으로 이익을 챙기기 위해 바이러스의 종식을 알리는 메시지는 거짓이었다. 아무도 그 부작용이 인류의 종말을 불러 일으킬 줄 예상한 곳은 어느 하나 없었다. 그 시기에 임시방편으로 승인했던 백신이 인류를 처절하게 괴롭힐 줄 몰랐다.

어떻게 살아가야 할 것인가? 암담한 미래는 소리 없이 다가오고 있었다. 마치 검붉게 타오르고 있는 노을처럼… 그런 미래를 상상할 필요도 없다. 이제 인류는 바이러스와 공존하는 세상에서 같이 살아가야 했기 때문이다. 서로를 만나면서 바이러스가 퍼지고, 그 바이러스는 변이를 만들기 때문에 새로운 법들이 제정되었지만 사람들과 접촉을 최소화하는 범위한에서 이동하는 것을 법적으로 제한했다. 백신을 접종하든 그렇지 않든 모든 사람에게 법적으로 제재를 가하겠다는 것이다. 이에 많은 국민들이 반대와 함께 반정부 시위가 이어졌지만 다수의 행복을 위해, 인류의 생존을 위해서는 어쩔 수 없는 결정이었다. 그리고 우리는 특별하게 접촉을 해야 할 상황이 아니면 비대면으로만 생활했다. 그러던 중 오랜만에 전 직장에서 주식투자를 즐겨 하던 후배가 전화가 왔다. 한 번 보자고 전화한 것은 아니고 고민이 있어 전화한 모양이다.

"형. 백신 다 맞았더니 이제 종식이래! 헐. 나 이제 어떻게 생활해야하지…? 재택근무도 이제 없어 회사 계속 나가야 돼. 그리고 무리한 투자로 인해 손실이 커 주식을 정리할 수도 없고!"
"빚내서 투자하는 시절은 끝난 거 알지? 바이러스가 종식되면 일상생활로 복귀하고 실업률도 줄어들어 이제 경제도 정상화로 갈 거야!"
"그건 알지만 긴 시간동안 코로나19환경에 적응이 되어… 이렇게 경제가 정상화된다고 하니까 좀 불안해."
"그래도 뭐, 2년동안 돈 많이 풀고 재택근무해도 월급 나오고… 만약 확진 되면 생활지원비 나오니까 괜찮았지"
"이제 그런 것이 없으니 불안하다는 거지!"
"그것보다 더 큰 문제는 경제 위기가 이제 곧 발생할 것 같아. 상황이 코로나19 환경에서는 문제가 없다가 많이 풀었던 통화를 회수하는 과정에서 보통 위기가 오더라고!"
"형. 진짜? 난 그럼 주식 빼야 해? 어찌해야 이 큰 손실을 복구할 수 있을까!"
"그냥 손실이 크면 기다리는 수밖에 없어."

"하루하루가 암울하다. 백신 접종하고 아직도 후유증이 있는 것 같은 데… 빚은 많고 물가는 올라 금리는 계속 올라갈 예정이고, 상환해야 할 채무는 증가해 더 이상 버틸 여력이 없네. 형. 만약 내가 파산하면 어떻게 해야 돼?"

"국가에서 일부 지원해주지 않을까? 모르겠다!"

"그러기 전에 주식은 그냥 손절하고, 빚을 일부라도 상환해야…"

"음… 잘 생각하고 판단해! 버틸 수 있으면 버티고… 그게 아니면 그냥 손절하는 것이 마음 편할 수 있어"

"암울했는데… 상담해줘서 고마워"

    바이오 기술은 인간의 생명연장을 위해 가장 중요하며 이를 활용한 질병치료 및 백신개발이 발 빠르게 진행되었기에 코로나19 종식이 가능했다. 바이러스 종식 후 또 다른 변이에 대한 두려움으로 비대면 온라인 접촉에 대한 요구사항이 더 많아졌다. 그로 인해 현실과 가상세계를 연결하는 루프가 개발되었다. 이는 일과 업무 그리고 생활하는 모든 것들이 가상과 현실에 동시에 발생하도록 할 수 있게끔 설계되었다. 그럼으로써 우리는 가상에서 일어나는 일들이 마치 현실에서 발생한 사실인 것처럼 착각하기도 했다.

    그런 세상이 올 줄은 불가 몇 년 전까지는 상상도 하지 못했다. 우리는 루프를 통해 시공간을 뛰어넘어 가상세계로 언제, 어디든지 갈 수 있다. 하지만 그 루프조차도 바이러스와의 전쟁으로 인해 사람들이 이동, 모이는 장소에서는 검열이 이루어졌다. 정부에서 이에 대한 백신패스를 도입하여 루프에 대한 제재를 가하기 시작했다. 따라서 더욱 더 미접종자들은 가상세계에서도 살아가기가 팍팍한 세상으로 변했다.

    이에 따라 도시는 사람들의 발길이 뜸해져서 황폐화되고, 세상은 다수가 아닌 '나' 위주의 세상으로 변화하기 시작했다. 집단이라는 개념은 가상속에서만 존재하고 힘들거나 외로울 때 가상세계에서 서로를 위로, 의지하며 살아가야만 했다. 백신접종한 사람과 아닌 사람과의 괴리감은 더 커져서 서로 신뢰하지 못하는 등 서로 싸우기만 했다.

가상세계는 이를 해결할 수 있는 소통창구로서 활용했고 서로를 안전하게 공존하기 위한 하나의 수단으로 인식하며 이 환경에 적응해갔다.

"여보, 바이러스가 종식된 지 벌써 몇 개월이나 지났네! 우리 지난 2년간 못 갔던 해외여행이나 갈까?"
"난 좋은데, 아직 괜찮겠지?"
"그렇지, 이제 다른 국가에서도 입출국시 격리가 다 해제되어 이제 자유롭게 다닐 수 있어"
"그럼, 좋지. 근데 요즘 항공권 구할 수 있어? 유가가 올라서… 비행기표 구하기가 어렵다고 하던데!"
"당근이지, 내가 또 이럴 줄 알고 저번에 미리 예약했지!"
"호호, 잘 했네… 가서 머리도 식히고, 푹 쉬다 오자고"
"그래. 신난다!"

과연 바이러스에 종식이라는 것이 있을까? 사람들은 이제 더 이상 바이러스에 감염되지 않을 것이라는 희망에 기대에 들떠 있었다. 하지만 약 100년전부터 경험한 사례를 보면 바이러스는 4.5년에 한번씩 새롭게 발생했다. 형체가 어떠하건 간에 우리는 그들과 함께 공존해야만 한다. 코로나19 바이러스는 좀 길고 강하게 다가왔지만 그 보다 더 강하고 독한 놈이 언제든지 발생할 수 있다는 것이다.
백신은 바이러스가 발생 이후에 개발되는 것이 약점이다. 그렇기 때문에 백신이 개발될 때쯤 거의 바이러스는 소멸되곤 했다. 하지만 바이러스로 인한 피해는 시간이 흐르면 흐를수록 크고 광범위해질 가능성이 크다. 왜냐하면 인간의 DNA 유전자가 진화를 거듭하며 우성화 되듯이 바이러스도 동일하게 그들의 방법으로 생존하기 위해 진화할 것이기 때문이다.
모든 인류가 진화하면 인간은 지금과는 전혀 다른 새로운 종이 될 수도 있다. 생존의지가 강한 놈이 살아남는…그럼 생존의지가 누가 더 강할 것인가? 아마도 살아 남는 놈이 강한 놈일 것이다. 바이러스? 인간? 보통 바이러스는 자기 숙주를 이용하고 버리기 때문에 더 강한 숙주를 찾아 이동하고, 안착하여 그 숙주가 바로 또 다른 바이러스가 될 것이다.

　어릴 때 좀비 영화를 많이 본 적이 있다. 보통 영화에서 좀비를 생성하기 위한 바이러스가 인간의 몸에 침투하여 인간은 면역력을 잃어버리고 뇌세포를 공격당하면 좀비처럼 살아있는 시체가 되는 영화였다. 곰곰이 생각해 보면 현실에서 충분히 일어날 수 있는 사건이다. 그들은 이성적 판단은 하지 않으며 공통되고 획일적인 행동을 통해 사람들을 공격할 것이다. 또한 이 바이러스에 감염된 사람들은 결국 진화하여 인류를 파멸로 이끌고 새로운 개체로 생존할 수도 있을 것이다. 이런 저런 생각에 마음이 싱숭생숭한데 어디선가 우크라이나와 러시아 전쟁 소식이 뉴스에서 들려왔다.

"여보! 바이러스가 종식되어 여행 갈려고 했는데 전쟁 뉴스가 들려오네!"
"봤어! 러시아가 결국 사고를 쳤네! 지난주까지 협상으로 해결할 수 있다고 하더니…결국은 우크라이나를 침공했네! 그려"
"그럼 우리 여행은?"
"나도 몰라! 조금 상황을 봐야 될 것 같아. 하필 폴란드로 갈려고 했더니… 이렇게 되어 버려서… 환불이 될지 모르겠네!"
"환불 안되면 그냥 가는 거지! 뭐"
"그 곳은 우크라이나와 접경지대로 마사일이 날라 올 수도 있는데… 안전할지 모르겠네! 한숨만 나오네. 후!"
"에이, 너무 민감하게 생각하는 거 아니야! 전쟁이야 금방 끝나겠지! 우리는 3개월 후에 떠나는 건데… 걱정 안 해도 될 것 같은데!"
"그래. 괜찮겠지? 그럼 좀만 더 지켜보다가…"
"그래. 그럼 예약은 그대로 놔 둔다!"

　전쟁은 오래 가지 못할 것이라 예상했지만 우크라이나와 러시아는 신냉전이라는 체계하에서 쉽지 않은 세계전쟁으로 변모하고 있었다. 이제 바이러스와의 전쟁에서 인류가 승리할 것처럼 예상했지만 또 다른 전쟁으로 돌입하게 되었다. 인간은 이기적이고, 탐욕적인 존재이기 때문에 목적을 이루기 위해서는 수단과 방법을 가리지 않는다.

이 때문에 수많은 사람들이 희생되었고, 스스로 새로운 삶을 찾아 그곳을 떠나야 했다. 인류는 이번 코로나19 바이러스와의 전쟁에서는 승리했지만 지속적으로 승리가 가능할지는 아무도 장담할 수 없었다. 언제 찾아올지 모르지만 코로나19 이후 바이러스와의 전쟁에서 승리하기 위해서는 바이러스에 취약한 자기자신을 잘 알아야 했다.

즉, 인간이 무엇으로 구성되어 있으며, 어떻게 생존하고 있는지 말이다. 인간을 구성하는 약 37조개의 세포수명은 며칠에서 몇 주밖에 안 될 정도로 짧아서 이 물질은 계속 순환하고 있다. 이 때문에 인간의 몸을 구성하는 원자는 우주 어디서나 관측할 수 있었고, 인류는 고유의 특징을 가진 원소가 아닌 자연의 동식물과 같은 유전 코드를 이루고 있었다.

유전코드는 생명이 존재하는 곳은 어디든 볼 수 있으며 고유의 영역처럼 보이지만 모두가 하나로 연결된 거대한 클라우드 시스템과 유사했다. 이 DNA유전코드에 바이러스가 침범하여 일부 통제하는 영역이 있었는데, 그 영역에서 두려움, 우울증, 자해가 점차 늘면서 정신질환이 유행병처럼 퍼지고 있었다. 이 정신질환은 인간을 이기적으로 만들었다. 인간의 탐욕은 과잉소비로 연결되고, 이에 따라 자연은 점점 파괴되고 있었으며 결국 재생 불가능한 지구는 자원을 빠르게 소진함으로 전 세계 곳곳에 오염이 점차 확산되어 지구는 점점 황폐화되기 시작했다.

지구의 평균 기온이 올라가는 지구온난화 현상은 전 세계적으로 일어나고 있었다. 이 현상은 기후 변화를 일으키는 원인을 제공했으며, 지구 곳곳에서 큰 재앙이 발생하기 시작했다. 지구는 태양에서 오는 가시광선 등의 짧은 파장의 복사에너지를 받아 약 30%를 반사해 우주로 되돌려 보내고 나머지 70%를 흡수해야 한다. 하지만 30%를 반사하지 못하고, 나머지 70%를 흡수하지 못하면 지구의 기온변화가 시작되고, 재앙이 될 수 있다. 이와 같은 메커니즘은 생명이 탄생하기 좋은 환경의 지구를 만들어 주지만 지구 내/외부 원인으로 인해 대기로 방출되는 온실기체의 양이 변화되면 지구 대기의 반사도의 변화를 야기할 수 있다. 이 때문에 빙하가 생성되고 대륙의 지형이 변화되는 원인이 되기도 했다.

18세기 영국에서 일어난 산업혁명 이후 석탄 등 화석연료사용시설이 급격하게 증가하고, 다양화돼 온실가스인 이산화탄소가 다량배출되면서 지구온난화 현상이 점점 심각해지고 있었다. 지구온난화는 기온이 상승하여 지구 곳곳에 많은 변화를 가져왔고, 최근 2년 동안 전세계가 코로나19를 겪으면서 인간활동이 지구환경에 얼마나 큰 영향을 끼치는지 알 수 있었다. 그 중 2020년에 초미세먼지의 농도가 낮게 측정된 것과 온실가스인 이산화탄소의 배출량이 감소한 것을 볼 수 있다. 하지만 이는 코로나19로 인해 나타난 일시적 현상이며, 그 이후 대기 중의 이산화탄소 농도는 실제 전혀 줄어들지 않았다. 급격한 기후변화에 따른 인류는 어떻게 생존할 수 있을 것인가?

원인은 이산화탄소가 대기 중 농도가 높아졌다는 것이다. 세계 인구수 및 이동의 증가에 의해 이산화탄소 배출량은 점차 큰 폭으로 증가했다. 배출된 탄소의 양은 토양, 바다, 식물 등 지구 내부의 다양한 형태로 저장되고 그 외 일부가 대기에 쌓여 '22년 현재 지구온도 1.5도를 넘어가고 있었다. 더 이상 빠른 조치가 없으면 큰 재앙이 10년 내에 올 수 있다. 이에 대해 파리협약에서 지구평균온도 목표를 전 세계국가들이 모여 협의했다. 하지만 이를 달성하기 위한 이산화탄소 농도감축, 탄소중립은 단시간의 이루어지기는 어려웠다. 따라서 지구 온난화에 따른 자연재해는 매년 그 횟수가 증가하고 있었다. 빙하가 녹기 시작하여 해수면은 조금씩 높아지고 있었으며 전 세계적으로 가뭄, 홍수, 폭염, 산불 그리고 해일등이 빈번히 발생하고 이에 따른 인명 피해가 지속되었다.

"뉴스에 지구 온난화로 해수면이 상승한데…기후 위기 진짜 심각해!"
"응 근데, 이거 바이러스와 관계 있는 것 알지?"
"알아. 코로나19 바이러스도 결국은 인류의 이동으로 인해 전 세계로 감염되었다고 볼 수 있겠! 만약 이동이 없었으면 '팬데믹'도 없을 것이고, 일부 지역에서만 감염되고 사라졌을 거야."
"난 그 관점과는 좀 다르게 봐. 이동보다는 바이러스가 원천적인 진화가 안되었을 거라 생각해. 왜냐하면 이전에 경험했던 흑사병, 독감, 신종플루, 에볼라 등이 동물에게 감염된 사례가 많았거든. 근데 그게 다 인류가 최상위 포식자로써 전 세계를 정복하기 위한 욕망, 탐욕 때문에 일어났던 것 같아. 만약 자연을 훼손하거나 정복하는 행위 그리고 최상위 포식자로써 동식물을 소유하고자 하는 욕망이 없었더라면 이런 바이러스에 감염되는 현상이 최소화되지 않았을까?"

"더 무서운 것은 이를 알고도 아무도 실행하지 않는다는 거야!"

"당연히 실행해야 하지만 생존하기 위한 여러 어려운 여건으로 인해 잘 안되는게 문제지"

"근데, 더 이상 하나뿐인 지구는 인류를 기다려주지 않아! 아마도 46억년전 인류의 탄생 이후 가장 큰 위기를 맞고 있는지도 몰라"

"바이러스의 종식이 어쩌면 인류에게 더 어려운 환경을 만들 수도 있을 것 같아"

"그래. 이제는 인류의 바이러스로 제한된 것들이 해제되면서 더 많은 이산화탄소를 배출하겠지. 이제 이 문제에 대해 주의 깊게 봐야 될 것 같아!"

"그렇지. 아마도 바이러스가 어쩌면 지구를 살릴 수도 있다는 거네"

"하하하. 그럴 수도 있겠네. 인류가 기후온난화의 주범이니까… 이를 멈추거나 제한한다면 기후변화를 조금 더 천천히 진행시킬 수도 있으니까"

"혹시 이 세계를 조정하는 거대한 권력자들이 이를 유도한 것 아닐까?"

"아… 음… 지구를 살리기 위해?"

"에이… 그건 아니다. 만약 그렇다면 그것도 좋은 방법은 아닌 것 같은데!"

"그건 모르겠다. 암튼 우리 집도 탄소배출권을 최소화하기 위해 노력해야 될 것 같아. 뭐부터 할까?"

"그래. 뭐든지 해보자"

국가, 기업 그리고 전 세계인들은 기후위기 자체를 최소화할 수 있는 노력이 필요했다. 일상생활에서 이산화탄소를 줄이자고 하는 것은 일상생활에서 쓰레기를 줄이는 것과 동일하지만 생활 속에서 실천하는데 있어 한계가 있었다. '22년 현재 경제활동은 탄소경제라고 불리는 화석연료에 아직 의존하는 구조를 가지고 있었다. 이처럼 이산화탄소 배출을 줄이려면 지금의 경제구조 자체를 바꾸어야 했다. 하지만 몇몇의 노력으로는 해결되지 않는 전 지구적 문제이기도 했기에 개인, 국가의 책임이 동시에 존재하며 서로 보완해야 했다. 한 그루의 나무를 심는 것도 온난화를 막는 실천방법 중 하나였다. 나무는 인간에게 없어서는 안 되는 산소 공급원이며 성인 한 사람이 필요로 하는 산소를 얻으려면 40년생 상록수림 한 그루가 있어야했다.

외삼촌은 경남 지리산 근처에서 홀로 벌을 키워 양봉을 하고 있었는데, 최근에 이상기후 때문에 갑자기 꿀벌이 사라졌다고 했다. 벌들은 도대체 어디로 간 걸까? 이 사건은 경남에만 국한된 것이 아닌 전국적으로 발생되고 있는 현상이다. 아인슈타인의 말에 의하면, 꿀벌이 사라지면 4년 내 지구가 멸망한다고 했다. 이 말이 사실일까? 다 죽은 것인지, 아니면 어디로 간 것인지 아직 밝혀지지 않았다. 봄이 오자 겨울 내 덮어놨던 벌통을 열어봤더니 텅 비어 있었다고 하는데, 주변에 벌이 죽은 흔적은 없었다. 더 큰 문제는 꿀벌이 사라지면 인간의 일상생활에도 영향을 줄 수 있다는 것이다.

주요 농작물이 꿀벌의 수분 활동으로 성장하는데 꿀벌이 없으면 성장하지 못해 결국 식량이 부족해질 수 있다. 100대 농산물 중 약 71%가 꿀벌을 매개로 수분을 한다. 당장 현재의 29% 수준으로 농산물의 생산량이 줄어들 수 있다. 이는 과일, 채소 등 생산감소로 인해 대 기근이 올 수 있다. 전세계적으로 이 현상이 발생하면 140만명 이상이 사망할 수 있다고 한다. 또한 농작물을 꿀벌 없이 인공수정으로 키울 경우 식량 가격이 크게 오를 수 있다. 그 때문에 점차 빈익빈 현상은 더 가속화될 것이며, 사회적인 혼란이 찾아올 수도 있다.

"엄마! 외갓집 삼촌네 괜찮아?"
"말도 마라. 그 곳에 벌들이 다 도망가서 이제 망했다 하더라"
"그래요. 어찌 정부에서 좀 보상도 없고?"
"그건 모르겠는데, 신청해도 못 받을 수 있다고 하네"
"살다가 무슨 이런 일이? 이게 몇 십년만에 일어난 일이라고 하던데? 원인은 무엇이래요?"
"그게 꿀벌 군집붕괴 현상이라나! 그거 무엇인지 알제?"
"군집붕괴 원인이 꿀벌응애인거죠? 뉴스에 나오던데 거의 대부분의 피해 집단에서 응애가 관찰되었다고 했어요."

"꿀벌응애는 꿀벌을 숙주로 삼는 기생 해충으로 양봉 농가는 살충제를 써 해충을 예방했는데, 양봉 농가가 이것에 대한 발생 자체를 알아차리지 못했다 하더라. 그리고 아마도 삼촌네도 꿀과 로열젤리를 생산하느라 적절한 시기에 예방을 못했을 가능성이 크지, 뭐! 그것도 있고 겨울인데 갑자가 날씨가 풀린 것도 원인이야. 음…나도 속상해! 한 번도 이렇게 벌들이 없어진 일은 처음 보거든"

"암튼 걱정이 많겠네! 우리도 외삼촌 댁에서 매년 꿀 사 먹었는데. 이제 못 먹겠네요"

"이제 꿀이 문제가 아니라 뭘 하고 먹고 살지가 고민이다"

"그렇죠. 저 대신 위로 많이 해줘요"

"그래. 알았다! 들어가라"

　예상치 못한 자연재해에 꿀벌까지 농민들은 한숨과 막막함으로 세상을 살아야 했다. 국가에서 이 부분에 대한 적극적 지원이 필요하지만 상황은 녹녹치 않았다. 코로나19 바이러스 2년 넘게 격리 생활비 지원 및 그 외 중소기업 등의 지원으로 재정지출이 과다하게 발생하고 있었기 때문이다. 그래서 국가도 더 이상의 병충해를 막고, 전 농가를 지원해 줄 수 있는 예산이 없었다. 이것 외에 전 세계 곳곳에서 지구온난화에 따른 이상 기후변화들이 속속 드러나기 시작했다.

　그 중 하나가 해수면 상승인데, 매년 한국 크기 얼음 녹고 있었다. 이제 이 기후재앙 막을 시간은 겨우 30년 정도 남았다. 미국 항공우주국에서 관측한 지구의 태양 에너지 흡수율이 10년전보다 두 배로 증가한 것으로 확인되었다. 지구가 가열되면서 극지, 고산지대 빙하는 급감하고 있다. 최근 40년 사이에 약 350만㎢ 감소했다. 해마다 한국 면적에 가까운 크기가 줄어든 것이다. 남극 대륙, 알래스카와 히말라야 등지 빙하도 각각 매년 평균 4,000억t씩 감소하고 있었다. 가로, 세로, 높이가 각각 100m인 거대한 얼음덩어리가 하루에 1100개씩 사라지는 셈이다. 전 세계 해수면은 지난 20년동안 평균 9.8㎝ 상승했다. 극한 기상현상도 잦아지고 있었다. 미국 애리조나주는 폭염이 지속되었는데, 낮 기온이 46도까지 오르고 저녁에도 38도를 기록했다. 또한 한파로 풍력 발전기와 가스 발전 설비가 얼어붙으면서 전력망이 마비되었다. 텍사스는 폭염으로 일부 발전소의 가동이 중단됐다. 지구온난화로 인해 시작한 기후위기로 인해 폭염에 극심한 가뭄까지 발생하고 있었다.

기후변화에 따라 인류의 응전도 강도와 속도를 높였다. 글로벌 정상 모임을 관통한 키워드는 '탄소 제로'였다. 산업혁명 이전 대비 지구 기온 상승 폭을 1.5도 이하로 떨어뜨리기 위해 2050년까지 온실가스 순배출량을 제로로 만들겠다는 것이다. 전 세계 미국을 포함한 유럽국가 정상들은 기후변화를 막기 위해 함께 노력하지 않으면 미래의 번영은 없음을 알렸다. 그리고 온실가스 배출 1위 중국 등 25국이 탄소 제로 동참을 선언했다. 탄소 제로는 환경 문제에 대응하는 의미를 넘어선다. 글로벌 산업 경쟁과 무역 구조 변화, 에너지 안보 및 첨단 기술 전쟁을 촉발시킬 수 있었다. 세계 각국은 대체에너지 개발, 석탄 발전소 폐쇄, 휘발유, 경유 차에 대한 퇴출은 물론 건물 냉난방에서도 화석 연료를 추방하는 시한을 내놓고 있었다. 단거리 비행기 운항을 금지하고, 육식 대신 채식을 권장하고, 탄소국경세 같은 무역 장벽도 세워지고 있었다.

'21년 7월쯤 천년만의 대홍수가 났다. 서유럽 폭우는 선진국을 거대한 흙탕물과 함께 모든 것을 빼앗아갔다. 최악을 가정해 만든 각종 재난, 재해 안전기준은 무용지물이 되었다. 또한 유럽 외 북미, 시베리아, 동북아시아 등에서 기록적 폭염과 폭우, 홍수, 산불이 동시다발하고 있었다. 그 중 중국의 '산시성'이라는 곳에서 폭우가 쏟아져 대규모 이재민이 발생하는 등 자연재해가 중국내 전력난 위기를 가져왔다. 이로 인해 중국 석탄 선물가격이 사상 최고치를 기록하여 많은 시설과 인명 피해를 보았다. 그 중 탄광 60곳이 폐쇄되면서 중국 전력난 심화에 이어 전 세계 시장을 뒤흔들렸다. 사실 이 모든 것은 인류의 지나친 탐욕과 욕심에 기인된 것으로 누구를 탓할 수는 없었다. 재작년부터 현재까지 일어났던 일이지만 그 기억이 생생하게 떠올랐다. 아버지가 지방에서 농사를 지으시는데 올해는 기후변화에 따른 이상현상이 없었으면 했다.

"아버지, 요즘도 농사 짓고 있어요?"
"아직 짓고 있다. 근데, 요즘은 날씨가 변덕스러워 이거 하는 것도 신경 쓰이고 남는 것도 없고… 그렇다!"
"그렇죠! 힘드시겠어요?"
"말도 마라. 작년에는 농사 다 짓고, 추수할 때쯤 비가 너무 많이 와서 농사 망쳤다. 이게 한 두 번도 아니고, 못하겠다! 이제… 나이도 들고."
"그러게요. 이제 좀 쉬세요. 그거 다른 사람한테 맡기고…"
"그래도 땅을 놀릴 수는 없고, 무엇이라도 해야 되는데… 쯧쯧"
"이제 연세도 있는데, 너무 무리하게 하지 말고 조심만 그냥 하세요?"
"그래야 하는데… 사람 욕심이라는 게 무섭다!"
"암튼, 요즘 기후변화 때문에 전 세계적으로 재앙수준이예요. 그러니 조심하세요!"
"그래 알았다!"

　　세계 각지에서 점점 강도를 더 해가는 극한 기상현상을 두고 국내외 전문가들은 온실가스로 촉발된 기후변화를 그 원인으로 지목했다. 기상청 기후예보은 북미지역은 고기압 정체로 인한 폭염이, 서유럽은 저기압 정체로 인한 폭우가 나타났다. 대기정체 원인은 다양하지만 장기간 정체가 발생하거나 과거에 유사한 사례가 없던 지역에서 정체가 된다면 기후변화와의 연관성을 고려해야 한다고 말했다. 대기는 정체되더라도 하루 이틀 사이에 그쳐야 하지만 이번처럼 길어지면 오래 머무르도록 만드는 외적 요소가 있어야 했다. 그동안 극지역이 기후변화의 직접적 피해를 받는 곳으로 알려졌지만 장기적 관점에서 보면 중위도 지역이 지구온난화로 인한 큰 영향을 받을 수 있다.
　　기후학자들은 기후변화는 이제 먼 미래의 일이 아닌 지금부터 인식하고 실천할 때라고 말했다. 무심코 자연이 던지는 경고를 생존 위기로 받아드려야 했다.　앞서 국내외 기업들에 강력한 온실가스 감축 의무를 부과하는 기후위기 대응 방안을 발표했지만, 유럽 환경단체들은 눈 앞에 닥친 위기를 막기엔 역부족이었다. 인간 활동으로 지구온난화가 발생한다는 사실이 증명되었기 때문에 더 강력한 대책을 요구했다. 기후변화는 비가역적이기 때문에 인류의 온실가스 배출 저감 노력은 중요하며, 그것을 행동으로 실행해야만 했다. 하지만 대부분의 국가 및 기업은 눈 앞에 이익을 위해 장기적인 이행계획에 대해서 암묵적으로 실행하기를 꺼려했다. 기업마다 탄소배출권 절감이라는 슬로건을 걸고 있었지만 이행하기 힘든 구조를 가지고 있었다. 내가 다니고 있던 회사도 이런 상황 때문에 손실이 눈덩이처럼 커지고 있었다.

"김대식 차장님, 올 해도 적자인가요?"
"그러게, 탄소배출권을 줄이기 위해 여러가지 투자를 진행한 결과 흑자임에도 불구하고 연결로 보면 적자가 되었네"
"어째요? 회사가 돈을 벌어야 하는데… 성과급 또 안 나오겠어요"
"에이! 그런 거 이야기할 때가 아니야. 코로나19 때문에 사실상 구조조정이 일어날 것 같아! 김과장도 조심해"
"그래요. 그건 처음 듣는 소식인데요?"
"암튼 그렇게 소문이 돌고 있어. 나도 자세한 건 모르지만 큰일이야."
"기후변화가 회사의 생존권과도 연결되는 것 같네요. 후."
"아무래도 지금은 기후변화가 워낙 심해, 이 국제적 규정을 위반할 때는 기업은 퇴출되는 것으로 결정될 거야. 그래서 울 회사도 울며 겨자 먹기로 이에 대한 투자를 한 거고"
"차장님 말 대로라면 기업이 생존하기 위해서는 이건 그냥 의무이군요!"
"맞아. 그래도 구조조정도 하는 거고!"

온실가스 중 가장 많은 비중을 차지하는 기체는 이산화탄소였다. 2019년 이산화탄소 농도는 410ppm였는데, 이는 최근 200만년간 전례 없는 수치였다. 이산화탄소 농도 증가는 0.5~1.3도가량 온난화에 기여한 것으로 분석된다. 다만 다른 온실가스 농도도 그에 못지않게 늘었다. 메탄가스는 최근 지구온난화에 0.3~0.9도, 이산화질소는 0.05~0.2도, 할로겐화합물은 0~0.3도 정도 각각 온도 상승에 영향을 미친 것으로 분석됐다. 이처럼 지구 온도 상승치는 1.5도에서 최대 2도 미만으로 제한하지 못하면 인류에 심각한 위협이 될 것이다. 이와 더불어 메탄도 온실가스 중 중요한 물질이다. 메탄은 폐기물이나 축사, 돈사에서 많이 배출되지만 대기 분포나 배출량 관련 정보가 매우 부족해서 얼마만큼 영향을 주는지 정확히 알 수 없었다.

프랑스에서는 와인용 포도 재배농가가 극심한 가뭄으로 와인을 찾아볼 수 없었다. 지난 30년간 기온이 2℃이 상승하며 포도 맛이 바뀌고 있다. 포도의 당도가 지나치게 높아져 기존보다 훨씬 단 와인이 생산되었다. 농가에서는 기존과 같은 맛·품질의 와인을 생산하기 위해 예전에 담가 보존 중인 와인을 꺼내 섞고 있는 상황이라고 했다. 또한 예멘의 기후변화로 꿀 생산량 급감하였다. 우리나라에서 꿀벌이 사라진 것처럼 양봉농가들은 채밀에 어려움을 겪고 있었다.

올해 양봉농가의 꿀 생산량은 평년 4분의 1수준으로 감소했다. 때 아닌 강우로 꽃이 모두 져버린 탓이다. 최근 몇 년 동안 예멘은 극심한 가뭄이 이어지다 갑자기 비가 내려 꽃이 개화기가 아닌 시점에 피고 낙화하거나, 정상적인 개화기에 폈다. 폭우에 일찍 져버려 채밀이 제대로 이뤄지지 못하고 있었다. 이는 기후변화 때문으로 밝혀졌다. 최근 예멘은 30년 동안 기온이 0.5℃ 높아지고 강수량은 29% 상승하는 이상 수치를 기록하고 있었기 때문이다. 기후변화가 급변하게 된 과거에는 인류는 어떻게 생존했는지 궁금해서 박교수님께 찾아갔다.

"교수님, 전 세계적으로 발생하는 홍수, 가뭄, 산불 등을 막을 수 있는 방법은 없나요? 너무 자주 그리고 극단적으로 발생하고 있어서… 심각한데요. 경제적 타격은 물론, 인류의 생존을 위협하고 있는 것 같아요"
"그러니까… 기후변화로 대해서 인류는 대응하는 수 밖에… 자연은 이미 인류에게 많은 경고를 주고 있었죠! 그런데 이제서야 인류는 이 위협을 인식하고 대응하려 하지만 그것도 잘 안되고 있어서…"
"그럼, 이제 어떻게 해야 할까요?"
"이미 파괴된 자연은 어쩔 수 없다고 하지만 앞으로 지구환경을 더 이상 파손하면 안될 것 같네요."
"그래도 지구가 생존 가능할까요?"
"인류가 지금까지 생존했던 것만큼… 우리 자신을 믿고 실행하는 수밖에는 해줄 말이 없네요."
"네. 암울하지만… 현실적인 답변 감사합니다."

　호주에서 '19년초에 발생한 산불이 5개월째 지속되고 있었다. 기후변화의 속도가 빨라지면서 대형 산불의 빈도도 늘어나고 있었기에 모두가 긴장해야 했다. 이와 마찬가지로 '20년초에 캘리포니아에서 미국 역사상 최악의 산불이 발생했으며, '21년에도 동일한 지역인 캘리포니아에 대형 산불이 지속 발생했다. 우리나라에서도 '22년초 거의 한달 동안 산불로 인해 거의 동해안 지역의 살림은 모두 파괴되었다. 이처럼 매년 최악의 산불로 인해 많은 손실과 희생이 따라야 했다. 그 외 다른 지역인 터키, 그리스, 스페인 등 유럽에서도 대형 산불을 아직 겪고 있다.
　2003년부터 위성 센서로 대기 데이터를 관측해 왔다. 전 세계 산불을 모니터링하고 탄소 배출량을 분석하고 있는데, 해가 거듭할수록 탄소 배출량은 점점 증가했다. 남미와 중남미 지역은 '21년 초부터 극심한 가뭄과 이상 건조 현상이 이어졌으며, 그 영향으로 '22년에 큰 산불이 발생했다. 특히 아르헨티나와 파라과이는 역대급 산불을 겪었다. 아르헨티나에서 발생한 산불은 수십 년간 산불 중 최악의 규모였으며, 파라과이의 피해도 막대했다. '20년에 EU 국가들 모두 통틀어 배출된 이산화탄소 양보다 산불로 배출된 탄소의 양이 2배 이상 높았다. '21년에는 산불로 배출된 이산화탄소는 무려 6,450Mt이다. 이와 같이 엄청난 양의 탄소가 나오는 탓에 산불은 또 다른 기후변화의 가장 큰 원인중에 하나가 되었다.

"하늘도 무심하시지. 저 산에 살고 있는 사람들 좀 봐! 모든 걸 잃어버린 저 기분은 말로 표현할 수 없을 꺼야! 근데, 언제쯤 동해안 언제쯤 산불이 멈출까?"

"거의 한달전에 처음 뉴스를 봤는데, 아직 불타고 있는 거야?"

"계속 타네, 타고 또 타고… 인공위성에서도 연기가 보인데!"

"어째! 내 가족이 저 곳에 살고 있다고 생각해봐! 가슴이 메어진다."

"근데, 발화원인이 뭐래?"

"아하. 비가 안 와서 건조하기도 하고, 결정적인 것은 누군가 앙심을 품고 산에 불을 지피고 도망쳤다고 하던데!"

"참! 이렇게 자연을 이용해 계획적으로 인류를 죽일 수도 있구나!"

"코로나19 바이러스처럼?"

"어. 그렇지! 똑 같은 경우라고 봐도 되겠네!"

"어떻게 하든 인간의 탐욕이 부른 인재이니까… 막을 순 없었을까?"

"아마도, 한번 벌어진 일은 그 만큼의 희생이 따르는 것 같아! 자연도 그렇고 인류도…"

"다 불타고 남은 곳에서 그대로 복구하기까지 오랜 시간이 걸릴 텐데. 잘 적응하며 살겠지?"

"아니, 그 보다 자연이 파괴되면 인류에게 혹독한 재앙이 될 걸!"

"후, 한숨밖에 안 나온다. 회사에서도 언론에서도 다 기후변화에 대한 대응밖에는 답이 없네. 어찌 살아야 할지 고민이네! 그려"

"잘 되겠지! 뭐… 어떻게 되든 난 당신을 믿어!"

"어깨가 무거운데… 얘들은 어디 갔어?"

"모르겠네! 밖에 비가 너무 많이 오는데… 우산은 가지고 갔는지 모르겠네!"

"이번엔 홍수인지 모르겠어. 어제 하루 동안에만 100mm가 넘게 왔지… 다행이 산불이 진화되어 다행이지만…"

　

　과거보다 탄소 배출이 늘어나면서 지구의 온도가 높아졌고, 그 영향을 받아 산불이 자주 생기고 있었다. 그 원인인 산불이 엄청난 이산화탄소를 배출하기 때문에 다시 또 지구의 온도를 높였다. 즉, 악순환이 되어 꼬리를 물고 반복되고 있었다. 이처럼 기후변화로 인해 앞으로 전 세계적으로 산불이 더 빈번하게, 그리고 더 강하게 발생할 것이다. 이 현상은 해수면에서도 나타났는데, 카리브해 일대 산호초가 하얗게 변해 죽는 백화현상이 심각하게 나타났다. 이는 해수면 온도상승으로 인한 온난화로 시작된 것으로 육지만큼 해양도 기후변화가 심각한 상황이었다.

지구 해안전역의 해수면온도를 분석한 결과 1세기 넘게 온난화가 진행돼 산호초 생태계가 교란되고 있었다. 해양은 육지에 비해 기후변화로 인해 생태계 변화가 적은 것으로 알려져 있지만 지구온난화로 인해 산호가 하얗게 변하는 백화현상이 바다속에서 발생했던 것이다. 아마도 이 현상 때문에 코로나19가 발생했는지도 모른다. 지구라는 큰 울타리에서 모든 것들은 연결되어 있었으며, 인류가 이 지구의 포식자이기 때문에 이런 현상들이 가속화된 것 같다.

무차별한 자원개발과 산업화로 기후변화가 발생했고, 이로 인해 산불, 해일, 가뭄, 홍수, 해수면 상승 등 자연 재해가 끊임없이 발생했다. 그리고 결정적인 것은 인류 최대의 경쟁자 새로운 바이러스의 출현도 쉽게 일어났다. 그렇게 시간이 흘러 지구라는 큰 울타리에서 인류는 어쩌면 퇴출될 수 있음을… 반드시 기억해야 한다. 코로나19 감염자는 최대로 나왔지만 더 이상 모임인원이나 영업시간에 대한 제재는 할 수 없었다. 왜냐하면 대부분이 백신을 접종했으며, 더 이상 제재를 할 수 있는 명분이 없었기 때문이다. 그래서 거의 2년만에 동창회 모임을 하기로 했다. 대학교 선후배가 다 모이는 이 모임은 정말 오랜만에 잡은 모임이었다.

"지금이 몇 시야? 지각이다… 벌금! 어이 반갑다! 친구야! 잘 지내지?"
"어. 그래 잘 살고 있지. 난 코로나19 한번 걸려서 고생 많이 했다!"
"나도인데… 이제 대부분 걸리지 않았나?"
"아마도… 그런 것 같아! 애들도 잘 있고?"
"잘 있지! 요즘 학교 정상화되어 바쁘네. 얼굴 볼 수가 없어!"
"근데, 이 바이러스는 그렇고, 회사에서 요즘 기후대응 때문에 난리도 아니다! 요즘 왜 이렇게 일하기 힘드냐! 정말."

"뭐 때문에? 말해봐!"

"아하… 탄소배출권 문제로 회사마다 관련 보고서를 작성해야 하는데, 이 부분을 줄이는게 쉽지가 않네! 그렇다고 손해를 보면서 이렇게까지 해야 하는지도 모르겠고!"

"좋게. 생각해! 지구온난화 문제는 인류에게 진짜 중요한 과제인데. 안 그래?"

"맞아. 지구는 인류의 터전인데, 이를 잃어버리면 안되는 건 맞는데, 회사에서 너무 이런 것 때문에 스트레스를 주니까… 힘드네! 허허"

"그런데 인류가 지금까지 너무 자연을 훼손하고 파괴했지. 산도 그렇고, 바다도 그렇고! 모든 것이 인간 소유물인 것처럼 행동한 것 잘 알면서…?"

"참, 할 말없다. 나도 동감! 이제부터 어쩌지?"

"우리 동창회 모임도 했는데… 대기업, 중소기업 등 다니는 선후배에게 탄소배출권(ESG) 경영에 대해 설명이 필요한 것 같아."

"스트레스 받긴 하지만 내가 도울 테니 같이 한번 해보자. 대학교, 기업 그리고 모든 기후변화에 영향을 끼치는 것들에 대해 함께 대안을 찾아보는 건 어때? 나 얼굴 봐. 빨갛지? 술 먹고 이야기하는 거니까 … 아님 말고!"

"그래, 알았다! 한번 해보자! 내일이면 잊어버릴 것 같은데… 암튼 오늘도 그렇게 하는 걸로! 콜!"

2037년

2033년, 한반도를 관통하는 고속철도가 개통되면서 서울에서 평양까지 35분, 모스크바까지는 10시간이 소요되었다. 중국, 러시아, 유럽의 관광객들이 열차를 타고 와서 서울과 평양을 함께 방문하는 관광 프로그램이 시작되었다. 동남아와 일본에서는 목포와 부산까지 배로 이동한 후 서울-평양-베이징-모스크바를 거쳐 유럽까지 다녀오는 수학여행 프로그램이 인기를 끌고 있었다.

동북아 교통의 중심이 이제 한반도로 바뀌었고, 세계는 이제 일일생활권으로 어디든지 루프를 이용하면 갈 수 있었다. 또한 현실세계가 아니더라도 가상세계에서 업무와 여행 그리고 놀이를 즐길 수 있었으며, 점차 현실보다는 가상에서 보내는 시간이 많아졌다. 가상세계는 현실에서의 자기 단점을 보완해 줄 수 있었으며, 자신이 하고 싶은 일들을 모두 아무 제약없이 할 수 있었다.

"상열아! 가상세계에서 같이 놀래?"
"음… 난 지금 현실이 좋은데… 몇 개의 시뮬레이션을 돌리는 거야? 누나! 너무 바쁘게 사는 거 아냐?"

"아니, 그건 아니지만… 난 전쟁에 남자였던 것 같아! 남자로 사는게 좋아. 가상세계에서 어여쁜 여자와 결혼도 했는 걸!"

"에이! 진짜야? 내가 요즘 많이 안 놀아줬더니… 결국 사고 쳤네! 아이고!"

"그 정도까진 아닌데… 나도 모르겠다. 사실 가상이랑 현실이랑 이제 차이를 모르겠어. 거의 내 감각과 생각이 동일하게 반응하거든. 사실 난 이 현실이 싫어! 돈도 벌어야 하고, 결혼도 해야 하는데… 팍팍한 삶이 만만치 않네"

"누나! 이제 철 좀 들어야 하는 거 아니야? 나이가 몇 살인데…"

"그래도 난 이게 좋아! 하하하"

"메타에 접속한 가상세계 가입자수가 10억명을 넘었으니, 이제 여기가 현실이라고 봐도 될 것 같기도 하고… 나도 계속 접속하다가 방금 전에 로그오프 했지만…. 누나는 너무 중독이야"

"상열아! 그게 아니야. 나도 일할 때는 못하다가 여유 시간이 있으면 접속하는 걸… 너무 그러지 마!"

"그래. 오해해서 미안! 암튼 난 지금은 시간 없어. 일하러 가야 돼"

"그럼 좀 있다 집에서 봐!"

2037년, '22년말 코로나19 바이러스 종식된 지 벌써 15년이 지나 갔다. 그 사이에 많은 인류를 위협하는 바이러스는 4.5년에 한번씩 찾아와 많은 사람들을 괴롭혔다. 하지만 전 세계적 '팬데믹'은 코로나19 이후 아직 발생하지 않았다. mRNA 백신의 효과는 일반적인 감기에는 큰 영향을 주지 못했다. 하지만 전 세계인들이 백신 접종한 후 알지 못한 면역체계가 형성되어 더 이상 호흡기관련 바이러스가 인류에게 위협을 주지는 못했다.

하지만 그 보다 더 문제는 지구 온난화로 인한 지구의 온도가 점점 상승한다는 것이었다. 현재 온도 2.5도, 한계점을 넘긴 지구는 자체적으로 온도를 상승시키고 있었다. 이제 더 이상 온도를 낮출 수는 없기 때문에 이 현상이 악화되지 않게 이 온도를 유지해야 인류가 생존할 수 있었다. 전 세계 각 정상들은 기후변화에 따른 회의를 분기

별로 진행했으나, 그 성과는 크지 않았다. 각 국가들의 정치적 이슈 그리고 권력, 기득권들의 반대에 의해 아직까지 협의가 되지 않고 있었다. 그러던 중 홍수, 지진, 가뭄, 해일 등 기후변화는 점점 더 심하게 인류에게 다가왔다. 일부 국가는 해수면 상승으로 인해 육지가 바다가 되었으며 이로 인해 타 지역으로 이동해야만 했다. 급격히 증가한 이주민들이 자신이 생활하는 터전이 없어짐에 따라 기후변화가 없는 곳으로 이동하기를 원했다. 하지만 권력, 자본이 없는 이들은 가고 싶어도 그곳으로 갈 수 없었다.

이런 상황이 지속적으로 발생함에 따라 세계화는 점점 없어지고, 개별 국가들의 보호주의가 더욱 더 가속화되었다. 그리고 좋은 지역의 땅을 차지하기 위해 글로벌 패권전쟁이 지속적으로 발생하고 있었다. 지리적 위치와 큰 기후변화에 의해 많은 피해를 입어 다른 국가를 침범하기 시작했다. 이에 따라 미국을 중심으로 한 유럽연합은 이를 저지하기 위한 동맹을 맺고, 이념이 대립되는 국가간 간헐적 전쟁이 끊임없이 발생하고 있었다. 미국은 다시 글로벌 패권을 가져오기 위해 '21.22년에 사용한 백신에 대한 음모론이 돌기 시작했다. 인류가 상상치 못한 숨겨진 바이러스의 정체가 다시 수면위로 오르고 있었다. '21.22년 그 당시 10대들이 30대 성인이 되어서야 그 부작용이 현실화되고 있었다.

"국정원장님, 요즘 이상한 소문이 있던데 혹시 그게 사실인가요?"
"네, 국무총리님 그게 말입니다… 알 수 없는 유전자 변이가 일어난 것 같아요"
"그게 무슨 말씀인지?"
"네. 새로운 변이가 생겨 사람들이 좀 이상하게 변한다고 합니다"
"어떻게 변하는데요?"
"말로 설명할 수 없지만 정신은 멍하게 어디를 응시하다가 갑자기 돌발행동을 하는데… 그리고 저녁만 되면 사람들, 불특정 다수를 공격한다고 하네요."
"그게 무슨 병인지… 파악된 게 있나요?"

"아무래도 이게 mRNA 백신과 관련이 있다고 합니다. 그 병을 앓고 있는 사람들에게서 mRNA가 과다 분출했어요. 그리고 갑자가 코피가 나고, 온 몸이 뇌의 통제를 받지 않고 움직인다고… 조사되었습니다."
"그 환자들은 언제부터 그 증상이 있었나요? 그리고 이게 감염이나 치사율이 얼마나 되는지 알 수 있나요?"
"아니요. 아직까지 초기라서 그 감염이나 치사율은 시간이 더 필요할 것 같습니다."
"네, 상황을 지켜보고 보고해주세요"

시공간의 위치를 파악하여 이동이 가능한 기술의 발전때문에 지구 내 어디든 일일 생활권이 되었다. 그래서 시공간의 이동기술인 루프라는 것을 이용하면 사람과의 접촉을 최소화하여 이동이 가능했다. 하지만 루프에 탑승하기 위해서는 루프패스와 같은 개인신분 증명과 같은 것이 필요했다. 왜냐하면 루프탑승 후 갑자기 사라지는 현상이 발생해 이를 최대한 방지하고자 하는 정책이었다. 그리고 루프는 가상화폐로 결재하는데, NFT 검증이 된 코인만 사용할 수 있었다. 따라서 NFT 코인이 없는 사람은 이용할 수 없었으며 이를 얻기 위해 무엇이든 해야 했다.

게임을 하든, 막노동을 하든지 상관없었으나 NTF 코인을 얻기 위해서는 이에 대한 자기검증을 해야만 했다. 즉, 유전자검사를 통해 열성인지, 우성인지를 가려내어 실제 우성인자를 가지고 있는 사람은 더 많은 NFT 보상을 받을 수 있었다. 하지만 우성인자는 그만큼의 DNA구조를 사회에 환원해야만 했다. 그리고 열성인자를 가진 사람들은 노동, 게임 등을 통해 코인을 얻을 수 있었다. 하지만 그 코인에 대한 가치가 낮아 활용도가 떨어졌다. 그 중 유전자검사를 위해 mRNA 유전자에 대해서도 검사하는 중 변이가 일어남을 알게 되었다. 바이러스인지 백신인지 모르겠지만 그 구조가 변이되어 루프에 대한 인증이 되지 않았다.

인증 받지 못한 사람은 루프를 이용할 수 없었기 때문에 유전자 변이가 자신에게 발생했는지 여부를 미리 검사했다. 이처럼 미확인 생명체에 대한 확산과 두려움이 점점 커져갔다. 코로나19 바이러스가 종식된 지 벌써 15년이 지났지만 아직 그 존재에 대한 실체를 몰랐지만 이 루프 기술의 발달로 인해 전 세계적으로 공개되기 시작했다. 이 시공간은 현실이 바로 가상이 되고, 가상은 현실세계가 될 수 있는 그런 세상이 되었다. 바이러스 또한 진화를 거듭하며 거대한 생명체를 위협하는 세력이 되었다. 일부는 인공지능 알고리즘과도 결합하여 인류를 생존권을 위협하고 있었다.

"여보, 올해 나이가 몇이야?"
"아. 작년에 퇴직할 때 57세니까… 58세네"
"벌써, 좀 있으면 환갑이네. 축하해!!"
"엥? 아직 난 젊은데…노인 아니거든. 축하할 일은 아닌데? 안 그래?"
"그렇지. 이제 애들도 다 커서 떨어져 나가고 해서… 적적하네. 동물이나 하나 키울까 해서… 어때?"
"좋지! 어떤 동물? 개, 고양이? 햄스터 같은 것도 좋은데!"
"고양이 보다 조그마한 강아지가 좋을 것 같아!"
"그래 강아지 보러 가자. 나도 요즘 동물 키우고 싶었거든"
"근데, 얘들은 요즘 뭐하는지 잠잠하네. 무슨 일이라도 생겼나?"
"무소식이 희소식이지. 아마 잘 살고 있을 거야."
"그렇지, 연락이라도 자주 하지!!"

　세상은 많이 바뀌어 얼마전부터 집에는 인공지능 로봇과 클라우드 집단지능 서비스가 등장했다. 그리고 그들은 집안 일은 물론이고 인간이 처리하기 어려운 일들까지도 알아서 척척 해냈다. 그리고 모든 것들이 연결되어 마치 무선으로 전송되어 생각하는 것은 말하지 않아도 실행되는 시스템으로 변화되었다. 그래서 굳이 누군가에게 말할 필요도 없이 스스로 생각하는 것을 전송하면 서비스나 주문이 이루어졌다. 하지만 인공지능은 인간의 지지자에서 조금씩 인류를 통제하려는 경향이 생기기 시작했다.
　인간 스스로가 나약한 존재이기에 누군가에게 의지하려는 경향이 강해서 생겨난 집착 때문인 것 같았다. 이렇게 로봇과 같이 이야기하다 보면 하루가 빠르게 지나가곤 했다. 뉴스에서 알 수 없는 괴질에 걸려 스스로 자살한 사건이 나왔다. 무슨 힘든 일이 있기에 저토록 힘들게 살다가 죽었을까? 한편으로는 다행이다 싶었지만 나이가 들어 생각해보니 측은한 마음이 들기도 했다. 언론에서는 원인을 모른 체 죽어가는 사람들이라는 주제로 영상이 나오고 있었다. 그 때 막내 아들 상열이에게 전화가 왔다.

“엄마! 집에 별 일 없지?”
“없지. 전화해도 통화 안되던데… 넌 무슨 일 있어?”
“아. 그게… 말도 마! 사람들이 조금씩 미쳐가고 있는 것 같아. 지나가는 사람들 붙잡고 시비 걸고, 욕하고 난리도 아니야!”
“그게 무슨 말이야?”
“아하…친구가 괴질에 걸렸는데 좀 이상해! 그래서 밖에 나오라고 해서 술집에 갔는데. 그 친구가 갑자기 멍하니 있다가 코피가 나는 거야. 그래서 그 친구 몸이 안 좋은 것 같아 병원에 갔지. 근데 그 곳에서 사람들을 막 물기 시작했는데… 광견병 같기도 하고. 모르겠어!”
“그래서 병원에서 진료는 봤어? 괜찮은 거야?”
“아니… 모르겠어. 약간 스트레스가 많이 쌓여서 갑자기 정신을 잃은 것이라고 하는데… 그건 아닌 것 같거든. 그 친구 아직 의식없이 그냥 멍하니 있어”
“그럼, 그 친구 부모님 부르고 넌 집에 가”
“아! 그 친구엄마한테 연락했지? 이 친구 어떻게 해야 하지?”
“그 곳이 어디야? 아빠 그쪽으로 보낼 게”
“그럴 필요는 없는데… 암튼 난 여기 상황을 좀 더 보고 집에 가께”
“그래 알았다. 몸 조심하고, 일찍 들어가”
“알았어요. 엄마!”

통화 이후, 그 친구는 어떻게 되었을까? 이유도 없이 자살했다고 한다. 무슨 일이 있었길래 그렇게 젊은 나이에 생을 마감했을까? 아마도 자신의 의지가 아니라면 누군가의 의해 살해당한 것이다. 그렇게 믿고 싶을 뿐… 실제 상황은 조사를 해봐야 알 수 있었다. 1.2시간쯤 흐른 뒤 다시 막내 아들에게 전화가 왔다.

"허억억억… 엄마! 친구가 죽었어요"
"어쩌다 그렇게… 울지 말고 천천히 말해봐!"
"아하, 친구가 멍하니 있다가 사람들을 위협하는 행동을 보였는데… 깨물려고 하고 계속 입으로 나물나물 무슨 말을 하고 싶은 것 같았는데… 결국 옆에 있는 간호사 팔을 물었는데!"
"그래, 그래서? 간호사 팔은 괜찮고?"
"안 괜찮지! 친구와 간호사 팔에서 피가 나고… 허공에 피가 날리고. 장날 시장 같은 분위기? 음 상상만해도 끔찍해!"
"결국 친구는 병원을 탈출하기 위해 병원입구를 향해 달아나기 시작했는데, 그 때 보안요원에서 저지당하며 격렬한 몸싸움을 했거든. 결국 그렇게 하다 날카로운 것이 찔려 피를 토하고… 또 토하고… 결국 시퍼렇게 겁에 질린 얼굴을 하고는 숨을 참더니 그냥 자살했어"
"그래… 원인이 뭐래? 무섭다!"
"너도 그런 병에 안 걸려야 하는데…차주에 죽음 사유하고, 원인에 대해 드러날 거야. 그때 보면 알겠지!"
"그래 알겠다. 넘 상심하지 말고… 이제 집에 가서 쉬어! 친구 일은 잃어버리고…"
"나… 나… 때문인가… 슬퍼"
"아니야… 너 때문이 아니야. 자책하지 말고"

　아들의 친구는 원인을 알지 못한 괴병에 걸려 억울한 죽음을 당해야 했다. 하지만 이런 사건들이 전국적으로 여러 건수가 보고되기 시작했고, 이를 언론은 알리기 시작했다. 검은 양복을 입고, 선글라스를 쓴 남자들은 무엇인가에 대해 속삭이듯 쉬쉬하는 모습을 보였다. 분명 증거를 조작하고 있는 듯 유가족에게 무엇인가를 건네고 사라졌다. 부검결과는 일반적인 정신병으로 판정이 났고 아무런 일도 없는 듯

사건은 시간이 흘러감에 따라 묻히기 시작했다.

"아들아! 어떻게 모든 사건이 전국적으로 똑 같은 정신병으로 죽을 수가 있지, 정말 이해할 수 없어"

"엄마, 친구는 분명 정신병이 아니야. 내가 그 눈빛이 아직 기억나. 뭔가 멍하니 알 수 없는 고통 그리고 통제를 받는 느낌이 들었어"

"그래! 그럼 그걸 밝혀야 하는데… 아무도 관심이 없는 것 같은데 아빠가 아는 의사 선배가 있는데 한번 물어볼까? 부검결과에 대해서…"

"그럴 수 있겠어요? 만약 부검결과가 언론에서 나온 것과 다르면… 억울한 친구의 누명을 벗길 수 있기를 바래요!"

"아빠가 한번 알아보마! 그런 식으로 죽은 것은 억울하지… 원인도 모를 괴병이라니 지금 유전자 지도를 바꾸고, 검증하는 시대에 괴병의 정체를 모를 수가 있나!"

"당신이 좀 알아보고 이야기 좀 해줘요. 나도 궁금하네…"

나는 바로 대학교에서 연구실에 연구원으로 있다 교수가 된 선배에게 전화를 했다. 그리고 그 교수의 제자들인 의사들에게 연락을 해 부검결과에 대해 알아보기로 했다. 어쩌면 이 방법 밖에 할 수 있는 게 없었다. 그리고 몇 일이 지나 충격적인 소식을 들었다. 그 사실을 알고 난 후 선배는 말을 잊지 못했다. 15년전에 백신에 대해 연구하던 그 선배가 말한 것들이 기억났다. 선배는 한참 허공을 바라보다 한숨을 길게 쉬었다.

"그 때 이후로 백신에 대한 미생명체에 대한 연구는 접어야 했다. 국가 정보원에서 사찰이 나와 연구실의 모든 자료를 태워버렸거든. 그 때 기억이 날지 모르겠네… 15년전 코로나19 확진으로 격리되어 있을 때 연구실에 불이 난 사건, 그 때 이미 그 연구는 더 이상 할 수 없었지! 15년이 지난 지금 그 결과가 나오는 듯해서 가슴이 아프네. 그 연구에서 난 분명히 미생명체를 봤거든. 그게 설사 미생명체가 아닌 다른 것이라도 직감적으로 이게 백신에 같이 투여되어 있는 게 마음에 걸려 잠을 못 잤지!"

"선배, 그 때 기억나요. 그 사건 이후로 그럼 연구는 접었던 거예요? 나한테는 연구 계속진행 한다고 했는데? 그리고 그 미생명체가 지금 젊은이에게 나타난 현상과 무슨 상관이 있어요?"

"그게 그 미생명체는 바이러스의 껍데기야. 실제로 mRNA 백신은 바이러스에 대한 메신저 역할을 하며 동일한 항체를 기억하게 함으로써 면역반응을 생기게 만들거든. 그런데, 그 껍데기 안에 있는 mRNA가 DNA구조를 변화시키고, 변이를 일으켜서 우리 뇌의 신경계를 통제한 거야! 그래서 전국적으로 젊은이들이 죽은 원인이 바로 신경계를 통제함으로써 정신이 없어 보였을 가능성이 커. 그리고 뇌에서 모든 장기와 신체를 통제하는데, 이를 모두 마비시키고 오로지 후각과 미각만을 남겨 놓았지. 그리고 피 비린내를 맡아 그 부분을 공격하고 성향을 가진 이들로 만들었지! 무섭다…정말 어떻게 이렇게… 그리고 더 이상한 것은 모두가 같이 행동을 취한다는 거지!"

"그럼 그 미생명체가 mRNA 껍질을 까고 나와 뇌로 침투하기까지 15년이나 걸린 건가요? 이게 어떻게 현실이 될까요? 그럼 그 때 백신에 이를 투여한 사람들이 알고 그런 걸까요?"

"그건 모르겠어. 하지만 분명한 것은 그 당시 어린 아이들은 백신의 부작용을 알고 있음에도 불구하고 접종을 했다는 거지! 그 뿐 아니라 모든 국민들이 3차, 4차까지 백신을 접종하며 이에 대한 미생명체를 강하게 만들었다는 거지. 이게 단기간에는 신체나 뇌에 이상 없는 것 같아도… 시간이 흐른 뒤 이렇게 무서운 질병이 될지 몰랐네!"

"선배, 그 당시에도 이 부작용으로 간헐적으로 죽은 사람이 많아요. 그 사람들은 면역이 약했기 때문에 죽은 것이 아니라 너무 강해서 도리어 이 껍질에 대항하다 죽은 것 같아요. 그 때 제가 백신 부작용 때문에 접종 못한 걸 생각하면… 지금도 화가 나요. 많은 사람들이 검증되지 않은 백신을 접종했죠! 정치와 권력 그리고 기득권의 의견에 따라 모두가 반발도 하지 못하고 그렇게 살아야 했다는 거죠! 돈, 권력 없는 힘없는 약자들 말이예요."

"그 때는 그랬지. 우리의 의학이 딱 그 수준만 했으니까… 그리고 알 권리는 있으나 쉬쉬하던 그 때였지. 그리고 국가 정보원은 이를 수상히 여겨 그 때부터 이것에 대한 비밀 프로젝트가 진행된 것 같아."

"장례식장에서 그 국정원 사람들 봤어요. 검은 양복에 선글라스… 그 사람들 뭔가를 주고 급히 사라졌는데 아마도 보상금을 주고 사건을 덮은 것 같아요"

"과연 그럴까? 이게 소수의 사람만 죽고 사는 문제가 아니라 전 국민이 다 그런 거라고!!! 잘 들어. 지금 이 상황은 굉장히 심각해!"

"그럼 다 죽을 수도 있다는 거죠? 백신을 접종한 사람을 대상으로… 후후! 한숨이 절로 나오네."

선배에게 전화가 왔다. 젊은이들의 사망한 이유가 신경세포의 파열에 의한 정신분열이었다는 것이다. 그 신경세포는 15년전에 발생한 mRNA 백신에 의해 DNA 유전자구조에 의해 체내에 남아 있었으며, 새로운 바이러스가 출현할 때마다 mRNA는 그것을 기억하고 강해졌다고 한다. 그리고 극도의 스트레스나 신경작용이 일어날 때 이는 폭발해서 모든 뇌를 파괴하여 신체기능을 마비시키는 역할을 했다고 한다. 도저히 믿을 수 없었다. 사실 백신은 우리나라만 접종한 것이 아니라 전세계인 국가에서 의무화한 정책이라 전 인류의 70%이상이 접종을 했다. 그래서 만약 그게 사실이라면 전 세계에서도 이런 현상이 발생해야 했다.

"국정원장님, 세계보건기구에 연락해 봤나요?"

"아니요. 보건부장관님"

"뉴스에 나온 사건들 모두 봤는데, 이걸 어떻게 설명하실 건가요?"

"아! 그건 이미 정보원들 시켜 입 막음은 했어요. 근데, 지금부터 산발적으로 발생하는 것은 이제 저희가 통제할 수 없어요."

"그럼, 이를 어찌할까요? 세계보건기구에 같이 컨퍼런스 콜이라도 진행합시다."

"네. 그러지요. 그런데 이 부분은 굉장히 민감하기 때문에 비밀로 해주세요. 그리고 저희 쪽 정보에 의하면 전 세계 곳곳에 이 현상이 발생하여 사망한 사람들이 나오기 시작한 것 같습니다. 원인 모를 괴병에 죽은 사람들…"

"자, 전화 연결합니다!"

"띠리링, 띠리링. 연결되었습니다."

"안녕하세요. 사무총장님, 요즘 괴질을 호소하는 사람들과 그로 인해 사망한 사례들에 대해 알고 있나요?"

"네. 저희도 주의 깊게 보고 있어요."

"15년전에 mRNA 백신이 문제를 이제서야 일으키는 것 같은데, 어떻게 해결할 방법이 있는지요"

"지금 현재로서는 방법이 없습니다. 사건을 지켜볼 수밖에 없어요."

"이 많은 사람들이 죽는데도 가만히 볼 수밖에 없다는 거죠? 진짜 좀 비처럼 변할 수도 있겠네요… 정말 이걸 어찌 인간이 개발한 걸까요? 사무총장님, 그 당시 백신 제조사들에게 이 사실을 알려 다른 방안이라도 찾아야 하는 것 아닌가요? 너무 무책임하는 것 같은데… 부탁합니다."

"네, 장관님 이미 그렇게 조치했습니다. 기다려 보시죠?"

  다국적 기업으로 성장한 글로벌 제약사들은 이미 오래 전부터 계획되어 왔던 것들에 대해 논의하고 있었다. 그 논의 대상에는 글로벌 제약사 외에도 전 세계 영향력 있는 기업들의 투자자들이 다 참석해 있었다. 여기서 논의되는 사항은 이미 오래전의 투자를 받아 진행되어 온 건으로 비밀리에 회의는 진행되었다. 그 중 한 명은 우리가 너무나도 잘 아는 기업의 회장이었다.

"자, 투자자께서 다 모였으니, 회의 진행하겠습니다. 오늘은 15년전에 배포한 백신에 대한 부작용 및 사망사례에 대한 것입니다. 결국 그 당시 문제가 없을 것으로 판단했지만 이는 인체에 치명적인 문제를 발생하고 있습니다. 하지만 여러분께서 얻고자 하는 인체에 대한 신비, 유전자 지도의 비밀은 풀렸습니다. 또한 노화를 방지하기 위해 어떤 DNA 변이를 가져와야 하는지 15년간의 데이터를 통해 검증되었습니다."
"지금 회의를 소집하신 이유가 노화 방지에 대한 검증을 설명하기 위해서인지, 아니면 그 백신이 15년이 지난 지금 치명적인 문제로 인해 죽어가는 사람들을 어떻게 할 것인가에 대한 논의하고자 하는 것인지, 분명하게 이야기해주세요"
"오늘 안건은 2가지 해당됩니다. 지속적으로 투자로 인해 글로벌 제약사로 전세계 부를 독차지한 것에 대해서는 감사합니다. 하지만 이 부분이 인류의 생존에 영향을 주고 있어, 이에 대한 이야기를 하고 싶습니다"

  회의는 오랜 시간 지속적으로 논의하고 있었으며, 중요 사안에 대해 의사결정을 하고 있었다. 그러던 중 회의장 오른쪽 구석진 곳에서 앉아 있던 중년의 남자가 말했다.

"다들 제가 몇 살처럼 보이나요?"
"40 중반에서 50대 초반 정도로 보여요. 나이가 어떻게 되세요?"
"저도 이제 좀 있으면 100세가 되어 가네요. 아직까지 건강하게 살아가는 이유는 DNA유전자 변이를 통해 가능한 것 같은데… 시간이 지나도 피부에 대한 노화가 오지 않아서 좋네요."
"그렇군요. 건강하게 된 이유가 무엇인가요? 사실 15의 백신에는 뇌에서 분비되어 전 신체기관에 영향을 주는 노화에 대한 부분을 mRNA에 숨겨 접종하게 만들었죠! 그리고 그 뇌세포에 분비되는 것을 억제하고, 모든 신체기관이 지속적으로 세포분열을 하게 됨에 따라 신체도 늙지 않고 그 상태를 유지하게 되었죠. 그 연구가 없었더라면 이렇게 되지 못했을 겁니다. 다들 공감하시나요?"
"네. 하지만 그건 알고 있지만 그것이 치명적인 뇌손상을 일으킨다면 … 그리고 다수가 그걸로 사망한다면 그 부분은 막아야 되지 않나요?"
"이제 더 이상 막을 수는 없습니다. 이미 15년전에 백신 접종으로 우리 몸속에 이미 다 침입했으니까…"
"그렇지만 현재 바이오 기술은 많은 진보를 거듭했어요. 유전자 치료를 통해 그 바이러스 또한 막을 수 있을 것 같은데요. 아닌가요?"

"유전자 치료법은 바이러스에 T세포에 종양이 일어나는 유전자를 배양하여 다시 몸 속에 다시 넣는 거죠. 그럼으로 인간의 유전자를 변이 시켜 치료하는 거죠. 하지만 이번 건은 인류에게 해로운지, 이로운지 모르는 것을 투여하여 실험한 경우라서… 시간이 지난 후 유전자 변이가 생길 수도 있고, 아닐 수도 있는데… 유전자 변이가 생기긴 했는데 안 좋은 쪽으로 변이가 일어난 것 같군요."

"그럼 이제부터 치료제를 만들면 되지 않나요?"

"그렇게 하기엔 시간이 너무 없어요. 지금도 많은 사람들이 알 수 없는 괴질에 걸려 고통받고 죽어가고 있으니까요. 하지만 노화를 일으키는 좀비 세포를 억제, 제거해서 수명을 연장했다는 것에는 박수를 보내고 싶네요"

"여기서 포기할 수는 없지요! 방법이 있을 겁니다."

바이오 산업은 빅데이터와 인공지능 그리고 로봇산업의 발달로 인해 기하급수적으로 발달하였다. 실제로 유전자 치료방법 중 체내 유전자 치료는 희귀 질병을 치료하도록 조작된 DNA를 감염된 환자에게 직접 투여함으로써 많은 환자들을 자연적으로 치료할 수 있었다. 바이러스는 세포에 기생하는 성질이 있어서, 이를 이용하면 질병이 생긴 부위의 세포로 질병을 치료하도록 조작된 DNA를 쉽게 전달할 수 있다. 디지털 트윈으로 불리는 기술을 활용해 가상으로 수많은 실험을 통해 적절한 치료방법을 개발하여 이를 인류에 적용시키기도 했다.

또한 유전자 가위기술을 이용하여 원하는 DNA 부분을 정교하게 잘라내어 악성 유전자를 조작하여 치료하였다. 이 치료법들을 활용해 종양이나 암을 조기에 예방할 수 있었다. 이와 더불어 암시장에서는 우성의 DNA가 활발히 매매되기도 했다. 일반인들은 구하기 힘든 슈퍼항체를 절대권력과 부를 축적한 사람들은 쉽게 DNA는 구매하여 생명을 연장하는 수단으로 활동하기 시작했다. 이 때문에 가난한 사람은 더 빨리 죽고, 부자는 더욱 더 오래 생존한다는 것이 이때부터 명확하게 드러나기 시작했다.

2042년

2042년 10월, 바이오와 나노&가상기술의 발달은 모든 것들을 변화시켰다. 인공지능은 점점 진화되어 모든 동식물에 지능을 부여하여 서로의 생각을 읽을 수 있도록 했다. 그들의 주파수 기준으로 인공지능과 대화하여 생존하기 시작했다. 인공지능에 의하면 외계 생명체에 의해 박테리아 유전자가 발생했으며, 이는 지구상에 모든 동식물에 영향을 주었다. 이 박테리아 유전자는 다른 생명체를 조작할 수 있는 힘을 가져서 숙주를 바꾸어 가며 자신에게 유리한 환경에서 생명체의 신경계와 생리학을 통제하기 시작했다.

이를 알지 못한 인류는 mRNA 백신의 영향으로 많은 인류가 사망한 것으로 착각했던 걸 뒤늦게 알게 되었다. mRNA의 영향도 일부 있었지만 가장 큰 원인은 지구가 생성된 이후 오래전에 충돌했던 외계 박테리아 때문이었다. 그 원인 모를 박테리아는 기후 변화가 일어나기 전까지 지구의 하부 깊숙이 숨어 있었다. 하지만 인류가 무차별한 자연에 대한 파괴와 산업혁명이라는 큰 과업아래 이루어진 정책이 결국은 지구 하부에 있던 박테리아를 깨운 것이다. 이 원인이 바로 지구 온난화이다. 인류는 기후재앙을 막기 위한 탄소정책 수 십년전부터 전 세계국가를 대상으로 계획하고 실행해 왔다. 하지만 이 정책의 실패로 인해 지구 온난화가 점점 심해졌으며, 지구 온도는 4도가 넘어 빙하는 거의 찾아볼 수 없었다. 빙하기 녹아 해수면은 잠겨 일본의 2/3가 잠겼으며, 대한민국의 일부분도 해수면 상승으로 잠기기 시작했다. 대륙이 바다가 되고, 바다가 대륙화 되는 기이한 현상들이 발생함에 따라 인류가 알지 못한 박테리아가 서서히 모습을 드러내기 시작했다.

백신에 들어 있었던 미생명체는 바로 외계 박테리아의 일종이었다. 그 당시사람들은 별 것 아니라고 인식했지만, 그들의 유전자 지도의 비밀을 알게 된 후부터 인류는 공포를 느끼게 되었다. 즉, 이 외계 박테리아는 mRNA 백신의 껍데기에 숨어 있다가 오랜 잠복기를 가졌다. 그리고 드디어 인간의 뇌속에서 발현되어 또 다른 숙주로 전이되고 있었다. 숙주에서 분리된 미생명체는 뇌에 침투하여 이를 지배하려고 했다. 그들은 결국 백신이라는 예방적 mRNA로 침투하여 인류를 뇌를 통해 우리 몸을 구성하는 모든 부분들을 통제하고자 했던 것이다.

이것으로 인류는 서로 죽이고, 죽이는 그런 무서운 존재가 되어 인류의 67%가 사라졌다. 그 미생명체인 박테리아는 마치 광견병과 유사한 증상을 보였다. 이는 빠르게 발병하여 입에 거품을 물고, 물을 무서워한다. 그리고 공격성과 신체적 마비현상으로 높은 사망률과 보인 것도 이와 비슷하다. 인간이 인간을 물어 뜯어 서로가 감염되고 이것을 반복해 결국 사망까지 이르게 되었다. 최초의 박테리아로부터 감염된 인간은 그 미생명체로부터 뇌세포 신경계를 넘겨주고, 그 다음 신체에 대한 통제권을 줌으로써 자신도 모르게 그런 행동을 자행했던 것이다.

"엄마! 5년전에 죽은 내 친구있잖아. 그 원인이 이제야 밝혀졌네요"
"그래, 어제 인공지능 로봇이 알려주더라"
"그럼 또 얼마나 희생이 남겨진 걸까? 세상 사람들이 또 그 박테리아의 습격에 노출되어 있거든. 생존해야 하는데…"

"밖에 나가지 말고, 집에 있어. 밖에는 온통 감염된 사람들이 밖에서 돌아다니고 있어."

"근데 아빠는 어디 갔어? 어제부터 안 보이던데…"

"그게 말이야. 빛나 데리러 루프를 이용하러 갔어!"

"엥? 누나가 어디에 있는데?"

"이 지구 반대편에 무언가를 밝히기 위해 갔는데, 소식이 없네. 그래서 아빠가 동일한 루프를 통해 그 곳으로 갔어"

"그래요. 그럼 언제 올지도 모르네. 후후… 제발 무사하길…"

"아들아. 잘 들어. 감염자들은 더 이상 인간이 아니야. 아마 눈이 풀려 있을 것이고 아픔도 못 느껴. 그 미생명체인 박테리아가 조정하고 있으니까… 어디를 가든 이 점 기억해"

"네, 알았어요"

　2043년말 대한민국은 합의를 통해 한반도 전체를 관세와 규제가 없는 자유무역지대로 선포하였다. 공동정부를 통해 새로운 첨단기술이 적용된 스마트시티가 완공되었다. 역사상 가장 큰 사업으로 전 세계의 자본과 인재가 몰리는 매력적인 공간으로 전환되었다. 세계 최초로 Level5기준의 자율주행차가 하늘위로 운영되기 시작했으며, 남북한은 바이러스와 백신 그리고 괴질에 대해서도 상호 협조아래 긴밀한 협조가 이루어지고 있었다.

　미국과 중국 그리고 일본의 패권다툼은 다른 국면을 맞이하고 있었다. 남북의 공동정부 구성으로 인해 새로운 시대의 동북아 패권으로 부상하기 시작했다. 이에 따라 전세계에 거점을 두고 동북아 주요 도시를 잇는 자율주행선박이 운항중이었으며, 한반도가 이제는 유라시아 대륙과 태평양 해양을 연결하는 세계에서 가장 매력적인 복합 물류의 허브이자 지식 네트워크의 거점으로 변신하였다.

　이 외에도 유전공학, 나노기술, 로봇공학의 알고리즘을 통해 인간과 생명이 새롭게 정의되었다. 이 융합공학으로 우리는 생물학적 몸과 뇌의 한계를 극복할 수 있었다. 즉, 인류는 운명을 지배할 수 있는 힘을 얻었으며, 죽음도 제어할 수 있게 되었다. 그 괴질의 바이러스가 출현되기 전까지… 아무리 과학기술이 발전했지만 인간의 욕망과 조절할 수 없었다. 그 기술 이면에는 이 세상을 정복하고자 하는 욕망과 더 좋은 지구를 만들겠다는 것이 같이 공존하고 있었다. 지구온난화의 실패로 인해 이상기후 현상이 전 세계적으로 지속적으로 발생해 많은 사람들이 흔적도 없이 사라지는 일들이 비일비재 하였다. 그리고 대기오염으로 인해 미세먼지는 동식물이 살 수 없을 정도로 항상 마스크를 끼고 생활해야 했다. 뿐만 아니라 저탄소 정책을 위해 건립한 원자력 발전소는 잦은 기후변화로 인해 파괴되어 주변환경은 방사선으로 오염되어 있었다. 그곳에서는 더 이상 방사선에 피폭되어 새로운 종의 생명이 태어나기도 했다.

"이 세상은 이제 돌아갈 수 없는 길을 걷고 있는 것 같아! 이 지구가 병들어 가고 있는 것을 느껴. 되돌릴 수 없을까? 아빠!"
"빛나야. 그만하고 이제 돌아가자! 엄마가 기다리고 있어"
"올해 빛나가 34살이지? 그래 한창 때인 것은 알겠지만 이런 환경에서 더 이상 연구를 진행하는 것은 무리야…"
"아빠! 이 지구를 살리고 싶어요. 남극에 있는 빙하는 이제 다 녹아없어 졌어요. 그리고 그 곳엔 열대야가 진행되기 시작했어요. 또한 자기장이 파괴되어 대기가 정체되어 있어요. 이번에 남극과 북극탐사를 위해 심해 1만m 아래까지 내려갔는데… 모든 생명체가 죽어 있었어요. 그 아름다운 환경이 파괴되고, 새로운 미생명체가 그 곳에 가득… 원인도 모를 그 미생명체가 어디에서 깨어난 것 같아요."
"이 지구 꼭 살리길 나도 기도하마! 하지만 지금 너가 가지 않으면 더 이상 가족은 볼 수 없을 거야. 나도 이제 나이가 들어서… 마지막으로 우리가 행복했던 시간들을 생각하며 가족과 함께 있는 건 어떠니? 빛나야"
"네, 엄마가 어디 아픈지, 무슨 일이 생긴 거예요? 알았어요"
"그래. 그럼 내일 루프가 열리면 그쪽으로 이동하자"
"네. 아빠! 그럼 오늘은 내 기후변화에 대한 연구중인 것 마무리하고, 낼 루프 앞에서 뵈어요"

그 당시만 해도 지구가 더 이상 파괴되지 않을 것이라고 확신했었다. 왜냐하면 아직까지 생존을 위한 활동들이 여기 저기서 활발이 이루어지고 있었기 때문이다. 하지만 과학기술이 발달하면 할수록 인류는 오만해지기 시작했다. 기후를 조정, 통제하여 비를 내리게 하여 가뭄을 해결하는 등의 긍정적인 조치는 지속되지 못했다. 반대로 이를 악용하여 타 국가에 홍수를 발생하여 타국가의 영토를 초토화시키거나 가뭄을 발생하게끔 해서 그 곳에서는 살 수 없는 환경을 만드는 등의 인재를 인류 스스로가 자행했다.

자국 중심주의와 민족주의로 인해 글로벌 패권전쟁이 다시 시작되었으며, 이런 기후변화의 영역까지 전쟁무기로 사용하는 안타까운 일들이 전 세계 곳곳에 일어났기 시작했기 때문이다. 이와 같은 자연적인 기후변화와 동시에 인위적으로 이를 악용하는 사례로 인해 전 세계 지형이 바뀌기 시작했다. 일본 영토는 점차 가라앉기 시작하여 이제 거의 1/3 영역에서만 사람이 생존할 수 있었다. 그리고 중국과 미국 또한 오랫동안의 패권전쟁으로 인해 알 수 없는 가뭄과 홍수, 그리고 태풍, 지진이 인위적으로 지속적으로 발생했다. 그 결과, 미국과 중국 일부 영토에서는 더 이상 인류가 살아가기 어려운 영토로 점차 변화하기 시작했다.

그 외에도 세계보건기구는 바이러스와의 전쟁을 20년전에 선포하고, 이에 대한 연구를 지속적으로 진행해 왔다. 바이오 산업의 발달로 인해 인공지능을 활용하여 유전자 지도의 비밀을 풀었다. 그 결과 인류는 바이러스에 대한 면역력을 높일 수 있었으며, 노화를 미리 예방하는 등의 신약들이 출시하기 시작했었다. 그리하여 나를 포함한 모든 늙은 이들은 150세까지는 살 수 있는 또 한번의 기회를 얻을 수 있었다.

하지만 그 희망도 잠시… 새로운 괴질이 몇 년 전부터 발생하여 많은 사람들을 괴롭히고 있었다. 기존의 DNA 유전자지도와 면역력으로는 해결되지 않는 새로운 몸 속의 알 수 없는 미생명체의 출현으로 인해 많은 사람들이 사망할 수밖에 없었다. 아직까지 인류는 그 정체를 파악할 수 없었고, 일부 의료전문가들은 오래전부터 인류를 관찰해 온 것 같다고 했다.

이미 오래전부터 인간의 몸에 침입하여 숙주로써 뇌신경을 통제하고 지배할 수 있는 바이러스가 온 몸을 장악하고 있었던 것이다. 그 바이러스의 출현으로 인해 몸에 감각이 없어지는 등 뇌신경세포가 파괴되었으며, 이로 인해 육체적 고통이 없어졌다. 이는 바로 인류의 뇌를 통제하고 지능을 무력화시켜 육체적으로 아무것도 할 수 없는 뇌사 상태로 만든 것이다.

하지만 바이러스로 인해 장악된 육체는 식욕과 성욕 등에 대해서는 반응했으며 본능적으로 누군가를 공격하기 시작했다. 피냄새가 진동을 하고, 온 몸에서 뼈 마디가 부러지고 돌출하는 현상이 일어나더라도 그들은 그 공격을 멈추지 않았다. 통제된 뇌가 무력화되거나 파괴될 때까지 그들은 생존했다. mRNA 백신에 의해 변이된 괴질바이러스의 생존의지는 인간을 무력화시켰으며 그 숙주가 파괴되면 또 다른 숙주로의 이동으로 그 수는 기하급수적으로 증가하기 시작했다.

"엄마! 저 밖에 사람들 좀 봐요. 서로가 서로를 공격하는데, 너무 잔인한 것 같아요. 배가 고픈 것도 아닌데, 서로를 먹으려고 해요. 그리고 저쪽에서는 이상한 행동을 하기도 하고… 왜 그럴까요? 마치 정신이 나간 사람들처럼…"
"그래! 너 친구가 죽은 그 상황이 이제 모든 사람들에게서 나오는구나.그 현상… 비밀은 꼭 밝혀져야 하는데… 말이야"
"엄마! 도저히 무서워서 잠이 안 와요. 아빠와 누나는 소식 없어요?"
"어. 어제 전화 왔는데, 조만간 루프를 타고 여기로 온데. 근데 여기도 안전하지 않아 걱정이야"
"아. 그래요. 루프에서 내려서 집까지 오려면 시간이 많이 걸릴 텐데… 괜찮을지 아니면 우리가 가야 되는 것 아닌가요?"
"음… 기다려보자. 상황을 보고 여기까지 오기 힘들면 우리가 가든지, 지원요청을 할 때가 있을지 모르겠다."
"엄마. 알았어요. 그럼 오늘은 쉬고, 내일 다시 이야기해요"
"내 다리… 다리가 안 움직여! 다리가 마비된 것 같아"

"네. 무슨 일이예요? 갑자기, 조금 전까지 아무 이상이 없었는데…
혹시 밖에 있는 괴질에 감염된 거 아니죠?"
"몰라! 난 오늘 밖에 나가지도 않았는데…. 집 안에 키우는 햄스터와
함께 있다가 손을 물렸는데… 설마?"
"에이! 몇 년 전에 친구도 같이 사는 강아지인가, 고양이한테 감염되
었다고 했어요. 근데, 감염원을 정확히 파악은 못했지만… mRNA 백
신 변이 바이러스가 동물에 숨어있다가 다시 인간에게 전파되는 그런
현상이 있었던 것 같아요."
"그게 정말이야? 상열아, 그렇다면 나도 괴질에 감염되었을지도…"
"에이. 설마 엄마는 아니겠지! 그게… 음! 요즘 워낙 많이 감염자가
나와서 저렇게 밖에 있긴 하지만…. 아빠한테 전화해볼게"
"아이고! 난 저쪽 방에서 격리하고 있으마! 너무 걱정하지 마"
"네. 엄마, 좀만 참아요. 병원에 연락하고 있어요…괜찮아질 거예요"
"알았다. 난 눈 좀 붙일 게"

 아침이 밝았다. 흰머리가 촘촘히 머리를 감싸듯이 흩어져 나이가 훌
쩍 든 엄마와 청년 상열이는 밤새 밖에서 시끄러운 소리에 한숨도 잠
을 이룰 수 없었다. 그 중에도 아빠와 누나에 대한 걱정이 가득해 보
였다. 하지만 더 이상 이 현실을 지켜볼 수 없었다. 얼마의 시간이 지
났을까? 아침부터 폭음소리가 저 멀리서 들리기 시작했다. 새로운 무
기를 장착한 인공지능 로봇은 의식을 잃고 서로를 죽이는 인간들을
하나씩 처단하기 시작했다.
 하지만 어떤 이유로도 인공지능을 갖춘 로봇은 인류를 죽일 수 없
게끔 프로그램 되어 있었다. 상열이는 그 이유가 궁금해졌다. 지금은
전시상황으로 정규전에 대비해 발령하는 데프콘 5를 발령하였고, 이
에 대한 통제권을 상실하자 데프콘 4, 3을 연이어 공포하였다. 따라서
전군에게 무기가 지급되고, 부대가 편성되어 100% 민간인들이 충원
되었다. 그 민간인 군인 중 하나가 로봇이었다. 이 전투로봇을 조정,
통제하는 군은 인간을 임의로 죽일 수 없었다. 하지만 이렇게 쉽게
죽이는 것을 보면 우리가 모르는 무엇인가가 분명히 존재했다.

"국방부장관, 데프콘 2에서 1로 격상한 거 맞죠? 이제부터 어떻게 하실 건가요?"

"네. 대통령님, 상황이 악화될 줄 아무도 몰라서⋯ 우선 감염자들의 경로를 완전히 봉쇄하고 이야기해야 될 것 같습니다. 전시 상황이 아니면 군이 나설 수가 없습니다. 이해해 주십시오"

"정보원장, 당신은 뭐하고 있는 거예요? 어떤 바이러스나 괴질인지 아직까지 파악 중 인가요?"

"네. 대통령님, 그게 아직까지 파악 중입니다. 다만, 이 바이러스는 백신의 변이로 인해 나타난 것이며, 미생명체가 인간의 뇌신경과 각 신체기관의 장기를 장악해 기존 뇌세포는 죽거나 그 기능을 하지 못하고 있습니다. 그 기능을 하기 위해서는 mRNA 변이에 대한 슈퍼 항체를 가진 면역자가 있어야 합니다. 그렇지 못할 시에는 모든 사람들에 전파될 것으로 판단됩니다."

"만약 그 항체를 가진 사람이 없다면, 그것을 막을 방법은 없다는 건가요?"

"네, 그렇습니다. 우선 전시사항인만큼 전 지역이 통제되고 있고, 모든 국민들을 대상으로 항체여부를 조사하고 있습니다."

"언제쯤 완료 가능한가요?"

"네. 대략 3.4일은 걸릴 것 같습니다. 최대한 빠르게 진행하고 보고 드리겠습니다."

"이미 감염은 다 된 거지요? 과거 그 시절 기억이 떠오르네요. 그 당시 비서실장인 시절 그 사실을 알고도 대통령님께 보고 못했죠. 미래에 이런 상황이 발생할 줄 알았다면 그렇게 하지 말아서야 했는데, 후회되네요."

"감염은 이제 시간문제입니다. 3.4일이내에 슈퍼 항체를 가진 사람을 찾아내지 못한다면 더 이상 희망은 없을 것 같습니다."

"심각한 상황이군요. 사실 그 당시 이에 대한 연구를 진행한 교수와 연구원이 있었는데⋯ 그 사람들에게 찾아가 대안을 한번 같이 논의해 보시죠?"

"네, 대통령님, 그들이 아직 생존하고 있다면 찾아서 여기로 데리고 오겠습니다."

"국방부장관, 전 지역에 전시상황으로 통제가 되지 않으면 무력행사를 진행해도 됩니다. 그리고 K-로봇을 이용해 군 인명피해를 최소화하고, 이미 감염이 진행되어 전 국민에게 위협이 되는 상황이면 즉각적인 조치를 취하도록 하세요."

"네, 전국에 군 병력을 배치하고, 감염자가 더 이상 활보하지 못하도록 통제하도록 하겠습니다."

"그럼… 자, 그럼 각자 자리로 가서 통솔하시고, 상황보고를 2시간 단위로 해주세요."

"네, 알겠습니다."

군과 경찰 그리고 정부는 감염자를 통제하기 위해 힘쓰고 있었다. 하지만 감염자에 대한 통제는 그 외 감염되지 않은 사람들까지의 생명과 재산을 빼앗아 전국은 무법천지로 변하기 시작했다. 힘과 권력이 있으면 이 모든 상황을 회피할 수 있었으며, 로봇의 공격으로부터 자유롭게 빠져나갈 수도 있었다. 급하게 선배에게서 연락이 왔다. 선배는 그동안의 회사경력과 연구성과를 인정받아 백신 연구학회의 회장으로 취임해 있었다.

"진성아! 나다. 살아있지?"

"선배, 나 아직 살아있지요. 어떻게 지내요? 요즘 감염자가 많아 너무 혼란스러운 것 같은데… 지금 어디에 있어요?"

"그래. 다행이다. 나도 이제 나이가 들어서 어디로 가지도 못하고, 지하 벙커에 숨어 있다. 이 벙커는 내가 이런 상황이 올 줄 알고 오래전부터 지금 사는 빌라 밑에 만들어 놓았지. 여기는 레이다에도 걸리지 않고, 폭탄이나 테러에도 괜찮지!"

"아. 선배. 진짜 대단하네요. 그런 생각을 과거에 했다는 거지요?"

"그렇지, 다름이 아니라 이번 괴질은 몇 년 전에 감염된 코로나 바이러스 백신으로부터 변이된 것은 알고 있지?"

"네, 저번에 선배가 미생명체가 있다고 한 부분이 이것이죠?"

"맞아. 그 때는 가설이었지만… 이게 현실이 되었네!"

"그럼 대안이 있나요? 사실 저도 딸이 지구 반대편에 있어서 루프를 통해 오늘 여기 대한민국에 들어왔어요. 그런데, 더 이상 전 지역이 통제되어 집으로 갈 수가 없어요."

"그렇구나! 어디에 있는데? 내가 그쪽으로 데리러 갈까? 사실 그 때부터 백신접종을 하지 않았는데, 코로나19 바이러스를 무력화시키고 더 이상 변이가 생기지 않은 항체를 발견했는데… 그게 바로 당신이야!"

"네! 정말인가요? 그럼 저는 그 괴질에 감염되지 않는 항체, 즉 자연면역이 있다는 건가요?"

"그렇지. 그렇게 볼 수 있지. 사실은 말이야. 자네의 혈액이 급히 필요해. 항체를 대량으로 만들어야 하거든. 인류를 구원한다고 생각하고 협조해 줄 수 있겠나? 이 정부 비서실장과 국정원장에서 연락을 받고 급히 연락한 거야"

"음… 그 전에 집으로 큰 딸 빛나를 무사히 데려가야 하는데, 그것부터 해주면 좋을 것 같은데… 가능한가요?"

"물론이지. 당신 가족들 모두 안전한 곳으로 이동될 거고… 모두 혈액검사를 통해 유전자 지도를 분석할 거니까 걱정 안 해도 돼"

"알았어요. 그럼 선배, 부탁 하나만 해요"

"내 가족의 안전을 위해, 만약 무슨 일이 발생하면 책임을 져야 합니다. 그리고 제가 희생하더라도 제 가족들은 타지역으로 이주하는 것을 약속해줘요."

"그래. 약속할 테니, 안심해! 그럼 지금 어디에 있나?"

"지금 부산에 있는 루프 게이트 앞입니다."

"바로 그쪽으로 가겠네!"

선배의 말은 다급하게 들렸다. 하지만 이리저리도 하지 못하는 상황에서 이 제안은 신선한 충격을 주었다. 내가 슈퍼항체 보균자라고? 이해되지 않았지만 선배의 말이니까… 믿을 수밖에 없었다. 다급하게 걱정된 마음으로 서울에 머물러 있는 가족들에게 전화를 했다.

"여보! 잘 있지…? 나 이제 부산 루프 게이트를 통과해 그 근처에 있어! 둘째는 잘 있고? 첫째 빛나는 나랑 같이 여기에 잘 있어!"

"어어. 잘 있지! 난 여기서 움직이지도 않고, 조용히 숨어있어. 언제 누가 들어올지 몰라서… 걱정이네! 근데 여기에 올 수 있어? 지금 뉴스에서 데프콘 1이 발령되어 전시 상황인 것 알지? 아마도 어디를 가든지 통제될 거야"

"그래. 지금 그런 상황? 어쩐지 군인들이 여기도 엄청 들어서 포위하고 있어. 그 쪽 상황은 어때?"

"여기는 포탄 소리도 들리고… 사람들이 미쳐서 스스로를 물고 뜯고… 볼 수가 없어. 너무 잔인해. 뇌가 없는 사람처럼 웃기도 하고, 울기도 하면서 미친 사람들 같아"

"당신하고, 둘째는 감염 안 된 거 확실하지?"

"어. 맞아. 이상하게 우리에게는 그런 현상이 없어! 왜 그런지 모르겠지만 아마도 백신과 연관된 것 같은데… 아니야?"

"맞아. 백신 맞아. 근데, 당신은 백신 접종을 했잖아! 그 당시 3차까지 접종한 걸로 알고 있는데… 아닌가?"

"그 당시 나만 접종했지. 그런데 그게 무슨 상관이야? 이상하게 나도 머리가 어지럽고 피곤한 현상들이 있어. 그리고 요즘 깜빡깜빡해서 물건을 어디 놔두고도 기억이 안나!"

"그게 말이야! 잘 들어. 이 괴질의 원인은 백신이야. 2021년 그 때 기억나! 검증하지 않은 코로나19 백신 말이야. 그 때에는 감염자가 폭증하여 검증되지 않은 백신을 승인했지. 그 결과가 20년이 지난 지금 나타나게 된 거야. 하지만 너무 걱정할 필요는 없어. 모든 사람들에게 이 현상이 발생하는 건 아니니까!"

"정말이야? 어쩐지… 그 때 한창 음모론이 돌고 있었는데… 그게 맞는 말이었구나!"

"암튼, 지금까지 이상 없는 걸 보면 당신도 전 세계인 중 3%에 포함되는 것 같은데… 국정원에서 아마 집으로 당신과 둘째를 구출하기 위해 갈 꺼야. 알고 있으라고! 그리고 나도 여기서 바로 국정원에 있는 벙커 기지로 갈 예정이니 나중에 봐"

"알았어! 빛나 잘 챙겨주고 몸 건강히 좀 있다가 봐!"
"그래. 알았어"

 아빠의 전화통화가 끊기도 전에 드론 형태의 UAM(Urban Air Mobility, 도심 항공 모빌리티) 소리가 밖에서 났다. 그 소리에 모든 감염된 모든 사람들이 모여들기 시작했다. 혹시나 하는 마음에 겁이 나 밖을 바라보지 못했고, 집안에서 조용히 대기하고 있어야 했다. 그리고 정보원들이 창가 쪽에서 안으로 들어와 엄마와 나를 엄호하며 구출작전을 벌였다. 잠시 창가 위에서 대기하고 있는 UAM에 엄마와 나는 로프를 타고 올랐다.
 하늘엔 검게 그을린 연기사이로 먹구름이 저 멀리 보이기 시작했다. 그와 동시에 부산에서도 UAM를 이용한 정보원들의 구조활동이 시작되고 있었다. 수많은 사람들이 구원의 손을 뻗쳤지만 아무도 그들을 돕지 못했다. 우리 가족이 선택을 받은 사람이라고 해야 할까? 묘한 기분이 들고, 그 곳에 남겨진 사람들에게 미안한 감정이 들었다. 그들과 같은 사람인데… 누구는 감염되어 수많은 사람들이 죽어가는 모습을 그 아래는 지금도 일어나고 있었다.

"제수씨, 잘 왔어요? 무사하지요?"
"네. 저는 괜찮아요. 남편과는 어떻게 통화하셨나요?"
"아. 네. 지금 여기로 오고 있을 겁니다."
"근데, 이게 무슨 일인지 알고 있으세요? 사람들이 미치기 시작했어요. 그리고 공격까지… 인간이 아닌 괴물의 몰골로 변해가는 걸 보니 너무 무서웠어요. 어떤 생각도 없는 듯 눈에 초점도 없이 어디가 가는 것 같았어요. 그리고는 고통을 못 느끼듯이 자살하고, 서로를 물어 뜯어 죽였어요."
"진정하시고요. 그건 인간이 아닌 바이러스가 인간을 숙주로 조정하고 통제하고 있는 것 같아요. 그리고 그들은 자신이 생존하기 위해 다른 숙주를 찾아 또 다시 감염이 이루어지는 거구요."
"네… 이게 바이러스 때문인가요? 바이러스면 해결할 방법이 있지 않나요? 바이오 기술의 발달로 지금은 바이러스 예방을 위한 백신을 즉각적으로 개발하고 사용할 수 있게끔 한 것 같은데… 아닌가요?"

"네. 맞아요. 근데 이게 말입니다. 지금 바이러스가 침투한 게 아니고… 20년전에 이미 인간의 몸속 세포에 잠재되어 있다가 지금 깨어난 겁니다. 오랫동안 잠복기를 거쳐 인간 세포의 하나가 된 거예요. 인간 세포는 반복적으로 세포분열을 통해 증식하면서 성장하고, 노화가 진행되는데요. 이 세포는 아마도 노화 세포라고 불리는 좀비처럼 죽지 않고 증식도 하지 않으며 인간의 뇌신경을 조정, 통제하여 모든 신체기관을 마비시킨 거죠."

"그런데 그게 왜 인간 몸에 침투가 된 건가요?"

"참. 이야기하면 복잡한데… 그 당시 제수씨는 백신 접종했나요? 그게 인간에게 침투한 mRNA 백신이었지만 이게 시간이 지나면서 점차 또 다른 변이를 만들게 되었죠. 인간이 바이러스 침입을 예방하고자 했던 게 도리어 인간을 면역체계를 무너지게 만들었네요. 그 뿐만 아니라 부작용으로 뇌신경을 통제하기 시작했어요. 결국 면역력이 약한 사람은 급발작을 일으켜 죽게 되었죠. 하지만 대부분의 사람들은 면역력이 있음에도 불구하고 새로운 바이러스를 인식하지 못하게 되었죠. 그러니까 병이 있음에도 불구하고 바이러스를 인식하지 못하게 되니까… 이 시점을 통해 이 변이는 인간의 신체 기관 모두를 지배하게 된 것이라… 제수씨가 보던 그 몰골과 정신병이 모두 그 결과로 나타난 거죠!"

"그게 사실이라면… 저도 3차까지 백신을 접종했는데, 어쩌죠?"

"아마도 제수씨에게 잠재된 변이 백신에서 생성된 바이러스에 대한 저항력이 있는 것 같네요. 그게 무엇인지는 모르고… 그래서 이렇게 남편분과 같이 모시게 되었습니다."

"혹시, 둘째는 그 당시에 백신 접종했나요?"

"아니요. 저희 집에서 한 사람은 저 밖에 없어요."

"그렇군요. 그럼 지금까지 이 괴질에 저항력이 있는 사람은 몇 안되는데… 제가 알기로는 남편분도 1차까지는 백신 접종한 걸로 알고 있는데! 맞나요?"

"아! 맞다. 부작용이 있어서 더 이상 접종을 멈추기는 했지만, 접종했어요."

"그럼 두 분 모두가 백신 접종으로 mRNA 백신에 대한 미생명체가 침투한 것은 맞네요. 그리고 지금 아무런 이상반응이 없는 것으로 보아 이에 대한 저항력을 가진 항체가 생성된 것 같아요. 실제 그 당시 백신 접종한 사람들 대부분이 괴질에 걸리는 현상이 있어서…"

"네. 맞아요. 몇 년 전에 괴질 환자가 처음 뉴스에 나왔을 때 다른 이유 때문인줄로만 알았어요. 저 아들 녀석 친구도 그로 인해 죽었거든요. 그리고 그 이후로 많은 사람들이 아무도 모르게 죽어갔죠. 설마 하는 마음에 죽음에 대한 사후부검을 진행했고, 그 원인이 뇌세포의 파괴였어요."

"그게 언제 일어났던 일이었나요?"

"그게 아마도 5년정도 된 것 같아요. 그 이후 세계보건기구, 보건복지부 등의기관에서 괜찮다는 이야기만 들었어요. 지금 되돌아보면 그게 사실이 아니었던 것 같네요."

"네. 그 때부터 정부기관과 국정원은 데이터를 수집하기 시작했죠. 부작용인지 아니면 다른 괴질의 원인이 무엇인지 등이요. 근데, 그 사실을 밝히기 너무 어려웠어요. 왜냐하면 어디서 침투했는지 모르는 괴질로 많은 사람들이 죽어갔으니까… 그리고 그 괴질은 뇌세포를 파괴함으로써 모든 신체기관을 통제했으니까 아무도 그 원인을 알 수 없었죠. 그런데 지금 그 원인이 밝혀진 것이라! 너무 걱정하지 마세요"

"네. 알겠습니다. 무섭네요! 그게 원인이라는 것이… 누가 그런 짓을?"

"밝혀지지는 않았지만 그 당시 권력과 기득권이라고 볼 수밖에 없을 듯해요. 예를 들어, 바이오 기업에 투자자한 알지 못한 자금들의 주체, 권력기관의 최고 위치에 있었던 사람들이 계획적으로 의도된 것 아닐까요?"

"음… 충분히 그럴 수 있겠네요. 예전에 뉴스에서 그런 보도를 본 것 같아요. 돈과 권력을 모두 가진 사람들이 소망하는 것은 젊음과 영원한 생명이라는 것을… 그렇다고 이런 식으로 전 세계인을 대상으로 이렇게 하는 건 아닌 것 같은데… 아닌가요?"

"그렇죠. 잘 못된 일이죠. 하지만 그 연구가 인류에게 노화에 대한 유전자 비밀을 푸는 역할도 했죠. 그리고 모든 사람들이 질병에 대한 면역을 유지하면서 더 오래 살 수 있는 그런 순기능도 있었던 거죠. 그렇다고 그게 그 사람들을 잘했다고 말 할 수는 없어요. 하지만 투자를 통해 바이오 산업을 이렇게 발전시켰다는 것에는 긍정적이라는 거죠. 물론 지금은 그 때의 잘못된 의사결정에 의해 고통받고, 많은 사람들이 죽어가고 있으니… 그 죄값을 받고 있다고 해야 하나!"

"전 세계인들이?? 그 사람들이 받아야 하는 것 아닌가요? 죄 없는 모든 사람들이 이런 식으로 변한다면 이 세상의 진정한 정의는 없는 것 같아요. 어떻게 처벌할 방법이 없을까요?"

"네. 아마도 없을 것 같아요. 그들은 막대한 부를 통해 가상을 즐길 수 있는 세상을 만들었지요. 그리고 그 틀을 현실에 접목하여 '아미고'라는 천상세계인 유토피아를 건설했어요. 그 곳에 가기 위해서 많은 사람들은 죽음을 무릅쓰며 괴질과 싸우고 있을지도 모르죠. 그리고 그 곳에는 절대적 부와 권력 있는 사람들이 이미 안착하고 있으니까… 어떻게 할 수 있을까요?"

"아… 한숨밖에 안 나오네요! 남편은 언제쯤 도착해요?"

"조금만 기다리면 도착할 거예요. 그럼 좀 있다가 남편분과 같이 봬요. 좀 쉬세요."

하늘은 시커먼 먹구름 사이로 검붉은 비가 내리고 있었다. 딸과 함께 UAM에서 내린 후 다급하게 아내와 아들이 있는 곳으로 이동했다. 어찌 날씨가 그런지 분위기가 좋지 않았다. 주변으로 정보원들로 둘러싸여 자유롭게 주변을 돌아다니지도 못했다. 지하 벙커는 지상 10층보다 더 깊은 곳에 위치하고 있었다. 한참을 내려가다 멈추었을 때 긴 복도사이로 철창이 하나 나왔다. 그 곳엔 크게 1급 보안이라고 적혀 있었으며, 홍채를 통해 인증을 받아 내부로 들어 갈 수 있었다. 10분쯤 흘렀을까 미로 같은 통로를 계속 걷다 보니 누군가의 말소리가 들려왔다. 그 소리가 아내와 아들이라는 것을 직감적으로 감지할 수 있었다.

"자, 어서들 오세요."

"선배, 오랜만이에요. 나이가 이제… 많이 들었군요. 이게 몇 년 만인지? 너무 오래되어 얼굴도 잊어버리겠네요."

"그렇지. 나도 바빠서 연락 자주 못했네. 그려"

"당신은 언제 여기 온 거야? 몸은 좀 괜찮아? 상열이는… 괜찮지?"

"아하. 조금전에 왔어요. 빛나야 넌 아픈데 없어?"

"네. 없어요."

"선배, 이렇게 전 가족이 다 모이기도 힘든데… 대체 무슨 일이 있는 거예요"

"전화로 대충 이야기한 것 같은데… 자네 그리고 가족들이 이렇게 괴질에 감염되지 않고 버티는 걸 보면 아마도 mRNA 백신이 만들어낸 바이러스에 대한 면역력이 있는 것 같아! 아직 좀 더 검사를 해 봐야 알겠지만 이 항체를 가진 사람이 없거든. 그래서 자네를 포함한 가족들을 여기로 모셔오게 된 거네"

"그런데 그게 사실인가요? 전 꼭 영화에서 나오는 일들이 지금 발생하고 있는 것 같아서… 받아들이기가 너무 두렵네요. 그리고 전 나이가 들어 항체가 있는지도 모르겠고, 우선 괴질은 발생하지 않아 다행이긴 해요"

"그래! 나도 확신할 수는 없는데 검사 한번 해보자! 만약 괴질에 대해 뇌세포가 얼마나 복구가 되는지 실험해보면 그 결과를 알 수 있겠지?"

"네, 우리 가족 모두에게 실험하는 건가요?"

"가족 중에는 백신을 접종하지 않은 사람부터 1차 접종 그리고 3차까지 접종완료한 사람까지 모든 경우의 수를 실험할 수 있을 것 같아!"

"네. 선배, 저희도 실험을 감수하며 이 실험에 동참하는 것만큼 대통령님께 이 소식을 전해주세요."

"그래 알았어. 충분한 보상이 주어질 것이고, '아미고'에 들어갈 수 있는 특권도 주어질 거야. 이건 인류를 구원할 수 있는 실험이니, 최대한 빠르고 신속하게 진행할 거니까… 가족의 안전은 내가 보장할 테니 걱정하지 말게"

"네, 그럼 빨리 진행하러 가요. 애들아 빨리 저쪽으로 이동하자!"

　진성과 그 가족들은 실험을 위해 응접실에서 지하로 더 내려 간이 실험실로 향했다. 그 곳은 여러 캡슐과 로봇으로 구성된 진료도구가 놓여 있었다. 한참을 바라보다 가족 모두는 캡슐로 들어가 깊은 잠이 들었다. 그리고 하나씩 순서대로 검사를 진행하기 시작했다. 얼마의 시간이 흘렀을까? 그들은 눈을 떠 캡슐에서 벗어나 서로의 안부를 묻기 시작했다.

"실험은 대성공이야! 자네 가족들은 항체들이 지난 20년 동안 생성된 것 같아! 어떤 이유인지는 몰라도 20년 전에 감염된 바이러스에서 백신의 부작용과 미생명체에 대한 유전자 코드를 인식한 것 같아. 그리고 그 유전자 코드에 대한 면역체계가 세포에 인식되어 변이가 발생하지 않은 것 같아. 아주 드문 확률로 항체가 생긴 것 같아 다행이야"
"그래요. 선배, 잘 되었네요. 혹시나 하는 마음에 걱정했거든요. 많은 사람들을 도울 수 있어 다행이예요."
"고맙네. 자네 덕분에 항체를 이용한 치료제를 만들 수 있게 되어서!"
"저보다는 제 가족에게 고마움을 표시해야 할 것 같아요. 생존해줘서 고맙다고…"
"암튼 좀 쉬고! 치료제에 대한 대량 생산이후 보급할 때 다시 보자고"

　이렇게 전 세계인에게 괴질에 대한 치료제를 보급할 수 있었다. 치료제를 접종한 사람들은 정신을 되찾았고, 마비된 신체기관이 다시 정상적으로 생활할 수 있게끔 되돌아왔다. 하지만 치료제에 대한 투여를 했지만 심장쇼크로 인해 사망하는 사람들도 발생했다. 치열한 괴질과 치료제의 전쟁이 이 때부터 시작되었다. 그 이후 3개월 동안 전 인류의 2/3이 죽게 되었다. 치료제가 늦게 보급된 것도 있지만 이에 대한 즉각적인 조치가 없어 스스로 자살한 사례가 더욱 많았다. 그동안 시체 썩은 냄새 때문에 잠을 이룰 수 없었고, 그 시체들의 양은 한반도를 가득 채울 만큼 많았다. 생명과 죽음의 경계에서 살아남은 이들은 스스로에게 위안을 느끼며, 죽은 사람들을 위해 기도했다.

이 괴질 바이러스에 의한 죽음은 인류의 폭발적 증가와 관련이 있었다. 기후변화에 따라 지구의 최상위 포식자 증가는 결국 식량부족 현상을 일으켰으며 서로를 잡고, 먹고, 먹히는 그런 관계가 지속되어 그 무렵 3.4억 인구가 굶주리다 사망했다. 이들 대부분은 열대, 아열대 지방의 가난한 국가에서 살고 있는 소수 민족들이었다. 이들은 배고픔을 견디지 못하고 인간을 포함한 모든 동식물을 잡아먹었다. 그들은 스스로를 '좀비'라 불렀고, 대체 식량을 확보하기 위해 점차 주변 국가들을 침범했다. 이는 결국 좋은 기후 조건에 있는 대륙을 확보하기 위한 전쟁이 시작되었는데, 이것이 바로 기후대전이라 명명했다.

22년전, 코로나19 발생이후 많은 사람들이 바이러스로 인해 목숨을 잃었다. 지속가능한 순환법칙에 의해 지구라는 큰 집이 버틸 수 있는 개체 수는 한정되어 있지만 최상위 포식자인 인류의 폭발적 증가로 인해 더 이상 자정작용을 잃어갔다. 결국, 지구를 살리기 위해서는 자연 재앙과 바이러스를 통해 개체 수 70% 이상을 정리해야만 했다. 2045년 또 다른 바이러스의 창궐은 이 개체 수를 줄이기 위해 누군가에 의해 창안되었다. 결국 태양 에너지를 얻으며 생존하는 모든 개체들은 기후변화에 따른 태양 에너지의 부재에 따라 식량 부족이 발생했고, 이에 따른 에너지의 고갈로 인해 스스로 자멸했다. 또한 변이 바이러스에 의해 알 수 없는 질병에 걸려 죽는 사람들이 폭증하기 시작했다.

기후변화에 따라 온실가스 절감을 이행여부를 철저하게 점검했다. 자국의 이익을 우선시하기 위해 이를 이행하지 않은 국가는 고립되었다. 이런 사태는 전 세계를 신냉전과 분열로 이끌었다. 지구에서 핵전쟁은 더 이상 일어나서는 안되지만 이 세계 패권을 차지하기 위해, 여러 국가는 하나의 연합으로 뭉쳤고 그 나머지는 고립될 수밖에 없었다. 결국 기후대전에 의해 연합국가의 핵 무기는 고립된 국가를 침범했고, 그 결과 많은 사람들이 죽음을 맞이하면서 인구수는 점차 감소하기 시작했다.

2077년

지구 온도 6도, 더 이상 지구는 자정작용을 잃어버렸다. 더 이상 온도를 낮추지 못했고, 시간이 갈수록 해수면과 지층의 변화로 인해 온도는 지속적으로 증가했다. 더 이상 동식물은 지구에서 살 수 없는 환경이 되었으며, 전 세계 대륙의 2/3가 사막으로 변했다. 일부 물은 남아 있지만 실제로 전체가 사막화가 진행중이었다. 사막화 된 땅에서 살아남을 수 있는 방법은 물을 어떻게 하면 구하는가에 달렸다. 이처럼 지금은 어떤 가치 교환수단으로 물만큼 중요한 것이 없는 상황이었다. 바이러스는 더 이상 인류를 위협할 수밖에 없는 환경에 놓여 졌다. 그만큼 많은 사람들이 기후변화와 바이러스로 인해 사망했으며, 이에 따라 바이러스는 또 다른 진화를 일으켰다.

이제 숙주를 통한 감염되는 것보다 유전자 변이를 일으켜 생존한 아이들 몸 속에 숨어 있었다. 그래서 인류는 기존 형태와는 다르게 변이되었다. 예전에 공상과학 영화에서 나오는 E.T와 같은 형태로 변해왔다. 물론, 호흡기는 없어지고 그 대신 다른 기관이 호흡기를 대신하게 되었다. 백신은 더 이상 인류를 구원할 수 있는 예방수단이 되지 못했다. 따라서 인류는 자연면역을 스스로 생성하며 뇌와 신체를 지켰다. 결국 전 세계의 3%만이 생존할 수 있는 그런 환경이 만들어졌다. 그리고 권력자들은 새로운 세상을 만들었다. 지각의 변화로 인해 대륙은 하나가 되었으며, 그 대륙 거의 대부분이 사막으로 변해 지구의 대륙에서는 어떤 활동도 할 수 없었다. 그래서 몇 십년전부터 하늘위에 '아미고'라는 지상낙원을 설계하고, 구축하기 시작했는데, 그 결과 지금은 천상의 세계인 그 곳에 가기를 모든 지구인들은 원하고 있었다.

 그 지상 낙원인 '아미고'는 깨끗한 환경의 공기와 물 그리고 먹을 것들 것이 무한으로 제공되었으며, 지구가 없어진다 하더라도 화성 이주계획을 통해 이들을 이동시킨다는 대안까지 준비되어 있었다. 결국 이 곳에 가기 전 세계 사람들은 뭐든지 했다. 낮에는 사막 한 가운데서 막노동을 했고, 저녁이면 추위에 떨며 먹을 것을 찾아다녀야 했다. 그 곳에 가기 위해서는 가상화폐와 물이 있어야 했다. 일을 한 대가로 인식되어진 DNA유전자에 코인이 적립되고 일정량의 물이 지급되었다. 하루하루가 저축할 수도 없이 그렇게 먹고 사는 것만 해야 했다. 일상의 지옥을 벗어나기 위해 모든 사람들은 그 곳에 가기를 갈망하였으나, 인원과 나이제한이 있어 고령층은 지원할 수조차 없었다.
 선발대상은 바이러스, 박테리아가 없는 깨끗한 DNA를 가진 인간이었으며, 지원을 위해 일정 부분의 코인과 물도 필요했다. 세상은 점점 우리가 알 수 없는 방향으로 흐르고 있었다. 빛나는 지구가 불타오르는 이 어려운 환경에 살아남았다. 무서운 괴질의 바이러스에도, 기후변화에도 생존한 사람은 몇 명 되지 않았다. 파괴된 도시의 흔적 사이로 사막 중심에서 길을 잃었으며, 그 곳에서 막노동을 통해 하루하루를 살고 있었다.

"오늘은 어디서 물을 구하지?"
"몰라. 가상화폐도 다 떨어지고, 물은 어디서 사지? 더 이상 물이 없으면 못 살 것 같아! 그리고 목이 찌릿한 게 아마도 감기에 걸린 것 같아!"
"그래. 내가 구역B에 가서 좀 구해볼 테니, 좀 참아."

"고마워, 누나"

　백신의 부작용으로 인해 인류는 큰 재앙을 맞이한지 벌써 30년이 지나갔다. 이로 인해 인류는 줄어 들어 전 세계의 1%만이 생존하고 있었다. 하지만 그 끝은 알 수 없다. 언제까지 그 생명을 유지할 수 있을지, 새로운 인류가 탄생할 것인지 아무도 모른다. 신이 있다면 그에게 물어보고 싶다. 인류에게 왜 이런 고난을 주고, 다시 새롭게 시작하는 이유가 무엇인지? 하지만 인간이라는 고유의 본성, 탐욕과 불신만 없었더라면 조금 더 권력 그리고 명예, 탐욕을 버렸더라면 이런 폐해는 없었을 것이다. 아름다운 지구가 그 세력에 의해 파괴되고 있을 때 누구도 모두가 파멸의 길로 갈지 몰랐다. 하지만 인류의 종말은 새로운 시작이다. 생명은 다시 그 곳에서 부활한다. 바이러스가 언제 어디서나 존재하듯, 생명도 꺼지지 않는 등불같이 언제 어디서나 다시 피어나고 있었다.

"여보! 생명, 그 이름은 어디서나 존재할까?"
"아니야… 백발인 나도 인간이라는 정체성, 자존감으로 살아가는데… 후후! 그 수준을 조금만 낮추어 생활했다면 이렇게 되진 않았을 텐데"
"그게 후회돼?"
"아니… 그건 아닌데. 그냥 마음이 답답해! 어제의 내가 오늘 그리고 내일의 내가 되는 것은 당연한 것 같지만… 다를 수도 있거든"
"그러니까… 사람은 항상 변하지! 음. 겉보다는 속을 볼 수 있어야 해"
"힘들지만 난 이 생활에 더 만족해!"

　흰 머리카락만큼이나 머리속이 복잡하고 어지러웠다. 일어나 보니, 주변에 사람이 아무도 없었다. 어떻게 된 일인지 알 수 없지만 저녁에 무엇인가를 먹고 잠을 빠진 것 같다. 하지만 심한 두통과 소화가 되지 않는 것처럼 답답하다. 이 기분은 무엇 때문일까? 내 가족 그리고 주변에 있던 사람들은 어디로 간 걸까? 무엇인가 잘못된 건 알지만 그리 오리 걸리지 않을 것이라 생각했다. 하지만 집이라는 공간이 거짓같이 느껴지고, 뉴스에서 나오는 사실들을 믿을 수 없다. 다시 눈을 크게 떠 뉴스를 보았다. 긴급 상황이라고 말하고, 어떻게 대처하라는 말은 하지 않은 체 빨리 대피하라고만 이야기했다.

폐허로 변한 도시 한쪽 건물 너머로 세워진 얼룩진 탑을 보았다. 아무도 지나다니는 사람이 없이 고요하다. 세상에 혼자 남은 듯한 기분이 든다. 저 끝에서 무엇인가 몰려오고 있었다. 군용트럭과 낡은 승용차 몇 대가 멈추어 이리 저리 살펴본다. 무엇인가가 있는지 계속 찾고 또 찾는다. 숨어서 한참을 바라보다 군인 한 명과 눈이 마주쳤다. 이제 큰일이 일어날 것만 같다.

하지만 서로에 내해 잘 못 인지한듯 다시 고개를 돌려 수색을 시작한다. 시체를 찾는 것 같은데, 그것을 찾아 가야 하는 이유는 알 수가 없다. 하늘은 먹구름만 가득하다. 저 멀리 태양이 보이기 시작한다. 이 때다 싶어 달려 그들이 없는 곳으로 도망쳤다. 그들이 없는 곳에 도달한 후 한숨을 쉰다. 하지만 그 기억을 지울 수가 없다. 솔직히 말해 그것이 기억인지, 꿈인지 알 수 없지만 현실이 아니길 간절히 기도해 본다. 혼자인 것이 외로워 그 기억을 더 회상하고 있는지도 모르겠다. 인류의 모습은 서로 뒤엉켜 합쳐질 때에는 알 수 없는 생명체와 같이 변화되어 왔다. 하지만 일부 우성 유전자를 가진 인간은 마음속으로 그리던 형태로 그 모습이 진화되어 신인류가 탄생한 것이다.

내 나이 97세 그 때의 일이었다. 이제 죽을 만큼 살았지만 노화 유전자의 정복을 통해 생명 끈이 더 연장되었다. 이제는 대부분이 150세까지는 살 수 있었다. 하지만 인류는 바이오 기술의 발달에 따라 더 오래 살 수 있었지만 그보다 더 중요한 환경이 죽어갔다. 이제 그 시간이 얼마 남지 않은 듯 내 주변의 강과 바다는 다 말라 없어지고, 오로지 흙과 먼지가 세상의 전부가 되었다.

"아버지! 태양활동에 이상징후가 발생하기 시작한 것 같아"
"빛나야… 뭔가 이상현상이 있어?"

"네. 이상해요. 태양은 11년 주기로 활동하는데, 활동이 극에 달하는 극대기에는 흑점이 많이 나타나고 태양의 북극과 남극에서 자기장이 바뀌는 시점에 재앙이 지금까지 왔거든. 그게 이제 닥칠 것 같아요"

"그래. 그래도 너가 기후변화에 대해 제일 전문가이니까 그게 맞겠지! 그럼 어떻게 해야 돼?"

"아버지! 이건 지구가 빙하기가 된다는 거예요. 다시 엄청난 한파가 올 것 같아요. 지금까지 지구 온난화로 인해 가뭄과 홍수 그리고 사막화가 진행되어 왔는데… 이제는 태양활동의 변화에 따라 전혀 새로운 재앙이 지구에 닥칠 것으로 예상되네요."

"후후. 내가 너무 오래 살았나! 이 사건은 아마 17세기에 일어난 미니 빙하기가 떠오르네. 역사책에만 봐 왔는데, 이게 현실이 되다니… 걱정이다. 이 현상으로 인류가 전멸할 수도 있지?"

"상황을 지켜봐야 알겠지만 현재 1% 생존한 인류마저 살아가기 어려울 것 같아요."

"아. 심란하구나. 이제 어디든 갈 때도 없는데, 이런 현상이 발생한다고?"

"다른 대안이 있을 거예요! '아미고'와 같이 지상낙원을 만든 인류인데… 이것 때문에 멸종하면 안될 것 같아요."

"그렇지. 그래. 그럼 그 때를 준비할까!"

　살아있다는 것 자체가 행운이었다. 태양의 활동이 시작되면 언제든지 지금까지 인류가 이룩한 문명을 한 순간에 파괴할 수 있는 힘을 가지고 있기 때문이다. 왜냐하면 태양은 엄청난 열과 에너지의 원천으로, 표면온도는 5500도를 넘고 초당 3800억MW에 다시 10억을 곱한 만큼의 에너지를 생산하기 때문이다. 태양은 지구에 있어 가장 큰 에너지원이며, 축구공에 비유한다면 지구는 하나의 점으로 표현할 수 있었다. 이와 같이 태양계의 중심으로 지구에 빛과 열 그리고 다른 에너지를 제공하여 지구에 다양한 생물들이 생존할 수 있도록 해줬지만 지구와 태양사이의 거리가 점점 가까워지고 있었다. 이에 따라 자기장에 영향을 끼쳐 극이 바뀌는 현상이 발생하고 바다가 끓어

오르며 땅이 녹는 현상들이 전 세계 곳곳에서 일어나고 있었다. 이런 태양활동이 지속된다면 지구는 불바다가 될 것이다.

"뜨거워, 너무 뜨거워. 바로 볼 수도 없고! 밖에 나갈 수도 없어… 이제는"

"아버지, 정신 차리세요! 조금만 더 참으로 물을 마실 수 있어요!"

"그래. 상열아! 빛나는…? 엄마도 잘 있지?"

"네. 잘 있어요. 그런데 이제 정말 준비해야 될 것 같아요. 여기 땅 밑 방공호도 이제 더 이상 못 버틸 것 같아요"

"그래! 여기에 생존한 사람들이 아무도 없어?"

"기억이 안나요. 저쪽에서 소리가 들리긴 한데… 이동하기가 너무 두려워요. 뭔가 있을 것 같기도 하고…!"

"에치, 홀록홀록! 좀… 더…. 잘 살펴봐!"

"네. 아버지, 여기서 나가야 하는데… 밖에는 오존이 파괴되어 불바다가 된 것 같은데… 생명체가 있을지 모르겠네요"

"아마 화성으로 이주를 위해 준비했던 사람들은 하늘 어디인가 있을지도 몰라! 그 때 화성탐사에 참여했거든. 그리고 탐승권을 받았는데 … 지금은 연락이 안되어 어떻게 진행되고 있는지 몰라!"

"네. 지구 전 대기권으로 S.O.S 구조전파를 보낼까요? 여기까지 구하러 올지는 모르겠지만…"

"그래, 빨리 보내 봐! 나도 이제 나이가 들어 움직일 수가 없네. 아들아! 만약 내가 잘 못 되더라도 남아 있는 가족을 부탁해"

"에이… 그런 말 하지 마세요. 같이 여기를 살아서 탈출할 테니까…"

"아들! 고맙다. 엄마와 누나도 찾아봐!"

"네… 저쪽으로 한 번 가볼 테니 조금만 기다려요"

태양풍이 아니더라도 이미 지구는 온난화의 영향으로 6도를 넘어가고 있었다. 그러던 중 태양의 이상변화로 인해 온도는 점점 높아지고 있었다. 이제는 살아가야 할 집과 주변이 모두 불타고 있었으며, 지하벙커에는 일부 지구인들이 이 살인적 기후변화를 피해 피신해 있었다.

하지만 그 지하에도 바이러스와 함께 인간이 살 수 없는 환경으로 점점 변하고 있었다. 우리 가족은 밖에서 안으로 피신할 때쯤 흩어졌는데… 어디에 있는지 생사를 아직 확인하지 못했다. 이 환경에서 인간은 살 수 없기 때문에 태양으로부터 멀리 떨어진 곳으로 이주하거나, 태양의 위치를 다시 제자리로 위치하는 수밖에 없었다. 인류는 더 안전한 곳으로 이주하기 위한 목적지를 지정해야만 했다.

"태양이 가까워지고 있는데… 그냥 가만히 보고만 있을 거야?"
"빛나야. 그럼 아빠가 무엇을 할 수 있을까?"
"그런 건 아니지만 뭔가 해야 할 것 같아서…"
"지구온난화에 대한 범세계적으로 합의를 했지만 아직까지도 탄소배출권에 대한 약속을 지키지 못하고 있어… 이미 지구 온도는 6도, 이제는 가만히 놔두더라도 자연스럽게 지구에 생명체는 사라지고 말 것을… 알고 있지?"
"아니요. 현재 지구의 온도가 6도라는 사실은 신선한 충격이네요. 저는 3.4도 정도 될 줄 알았는데, 그 보다는 훨씬 더 심각하네요"
"주변에 사막밖에 안보이는 이유도 이 때문이고, 바이러스의 침입도 어쩌면 온난화로 인해 빙하가 녹아 인류가 알지 못했던 것으로부터 감염된 것일 수도 있지… 시간이 흘러가면 갈수록 기후변화는 더 심각한 상황으로 가겠지! 결국 인류를 멸종하게 될 거야."
"아. 좀 더 살고 싶은데… 아직 결혼도, 더 하고 싶은 것도 많은데…"
"이 전에 막았어야… 수십년 전 코로나19는 이 위기를 간접적으로 알려줬거든. 바이러스의 확산은 우연한 결과가 아닌 기후변화에 의해 생긴 필연적인 결과야! 그것을 알면서도 방관했던 인류는 그 대가를 혹독히 치르고 있지. 태양풍도 그 결과이고! 난 이제 더 이상 말할 기운도 없어. 빛나야!"
"네, 아빠 더 이상 말하지 말아요. 이제 더 이상 희망도, 꿈도… 다음 생애에서 더 좋은 모습으로 봐요!"

붉은 지구, 탈출

 2079년 현재 더 이상 인류가 지구에 정착할 곳은 없었다. 인간의 힘으로 건설한 천상의 세상'아미고'는 태양열 방사선 투과로 인해 보호막이 점점 사라지기 시작했다. 태양과 연결된 자기장과 함께 우주 공간으로 방출된 태양풍은 지구에 대륙과 해안에 거대한 돌풍과 전파 교란이 일으켰다. 기후변화로 인해 남북극의 위치가 없어지고, 대기가 정체된 체로 태양풍을 맞아 살아있는 개체수가 점점 더 줄어들기 시작했다. 얼마나 더 죽어야 이 재앙이 끝날 수 있을까?
 이 재앙을 감안하여 인류는 오래전부터 화성 이주계획을 목적으로 인간을 연구하기 시작했다. 인간은 무엇으로 구성되어 있는지, 어떻게 하면 산소 없이 생존할 수 있을지 등에 대한 실험을 지속적으로 진행했다. 왜냐하면 화성에는 산소가 없기 때문에 지구와 동일한 환경을 만들기 위해 '테라포밍'이 필요했기 때문이다. 이 연구도 몇 십년전부터 진행되어 지금은 거의 완성단계에 이르렀다. 화성의 환경을 지구처럼 만들기 위해 평균 기온이 영하 63도인 화성의 추위를 얇은 대기층에 온실가스 공장을 지어 해결하기로 했다. 미국 나사와 협업한 민간기업 아폴로X는 2032년 일부 이주인력을 탑승한 화성이주선을 발사했었다. 또한 2042년 미국, 유럽, 아시아 일부국가에서는 지구연합체를 생성하여 이주를 위한 탐사선과 화성기지를 짓기 위해 보냈다. 하지만 지구의 38% 수준에 불과한 화성의 중력만큼은 해결하지 못해 화성에서는 임의로 중력발생 장치를 차고 있어야 했다. 지구보다 중력이 작은 화성에서 오래 머물기 위해서는 뼈의 밀도 감소 및 근육 손실 등의 문제를 해결해야만 했다. 이에 따라 인공지능을 활용한 의료시스템 도입과 거주지를 일정 속도로 회전하게 만들어 지구와 동일한 중력을 느끼고자 했다.

화성 이주를 위한 인류의 목표는 생명이 탄생할 수 있는 지구와 같은 환경을 만드는 것이었다. 목표를 실현하기 위해 기후변화를 대응하기 위해 고효율 친환경에너지와 탄소를 포집하고 저장, 자원화로 온난화 속도를 늦추는 것과 인공 강우를 통해 태풍의 진로를 변경하는 등의 기상을 통제하는 기술과 기상 예측의 정확도를 높이는 모델을 개발하는 것이 필요했다. 화성이 지구와 동일한 환경으로 구성될 수 있는지가 중요했다.

하지만 이 이주계획은 임의의 선택사항이 아닌 지구에서 살 수 없게 된 환경에서 인류가 생존하기 위한 처절한 희망이었다. 왜냐하면 지구는 이제 온통 사막으로 변했고, 모든 것이 붉게 타고 있었기 때문이다. 저 멀리 사막 한 가운데 서 있는 누군가가 있었는데 주변은 황폐화되어 사람이 살수 없을 것 같았다. '아미고'가 아니면 어떤 누구도 지금은 생존할 수 없었는데… 어떻게 생존했는지, 흰 백발에 길게 수놓은 두루마기를 입은 한 노인은 멀리 하늘만 보고 있었다. 얼마나 많은 고난이 있었는지, 나이가 어느 정도인지 가늠할 수 없는 그는 아무 말없이 저 멀리 검은 구름을 보며 하염없이 한숨만 쉬며 중얼중얼 그랬다.

옆에 노인을 부축하던 백발의 부인은 옆에서 흐느낀다. 모든 것이 한순간의 꿈처럼 사라졌기 때문이다. 무엇인지는 모르지만 세상에 대한 미련과 원망 그리고 복수심이 가득 차 있는 듯하다. 그 시절 내 나이 39살, 60년 전부터 일어난 일들이 눈 앞에 아른거렸다. 내년이면 100세, 노화(좀비) 유전자에 대한 제거에 의해 인류의 수명은 휠

씬 더 오래 살 수 있었지만 화성이주를 위한 탑승권이 없어 가고 싶어도 갈 수 없었다.

"빛나야! 2년 전에 우리가 인류를 구한 것 기억하니?"
"네, 아빠! 기억나요. 과거 오래전의 백신이 변이되어 괴질이 발생하는 등 부작용이 많아서 많은 사람이 고통받고 있었던 거는 알죠! 그리고 고통받는 인류를 위해 치료제를 만들어 보급했던 기억도 있어요."
"그래. 맞아. 치료제를 만드는 조건으로 난 너희들을 화성으로 이주하는 것으로 협상했지! 기억날지 모르겠지만 그 약속이 깨지지 않았으면 하는데… 선배는 작년에 돌연사로 멀리 떠나고, 그 사실을 증명할 수 있는 사람이 없어졌어."
"그럼 우리는 어떻게 되는 거예요?"
"어떻게 될 지 모르겠지만 잘 될 거야. 너무 걱정하지 말고 기다려보자"
"으흐흐, 가족없이 저 혼자는 가기 싫어요"

  사실 오래전부터 국가라는 개념은 의미가 없어졌다. 전 세계가 기후위기로 인해 많은 대륙이 소실되고, 사막화가 진행되었기 때문에 살아남은 자들이 조그마한 집단을 이루며 살아갔다. 부와 권력은 특정 집단으로 분류되어 '아미고'와 같은 제국을 건설했지만 그 마저도 파괴되어 이제는 갈 곳이 없었다. 다만 그들은 지하벙커와 같은 공간에서 비축된 식량과 물을 가지고 생존할 수 있었다. 곧 있을 예정인 화성 이주계획 명단에 선발되었는지 알 수 없었다. 하지만 그들은 막대한 비용을 화성이주 계획에 기부했기 때문에 암암리에 뒷자리에 예약되었을 것으로 보인다. 까다롭게 선발된 화성이주 인원들은 어떤 바이러스에도 항체를 가지고 슈퍼 면역체계를 가진 사람들이었다. 또한 선발인원들은 생존하는데 있어 꼭 필요한 직업 위주로 선발했다. 빛나와 상열은 이 직업군으로 포함되길 간절히 기도했다. 사막화가 진행되고 있는 저편 사막언덕 사이로 검붉은 노을이 지고 있었다.

"여보, 내가 너무 오래 살고 있나! 이제 놔줄 때가 된 것 같아. 세상아........."

"그래! 이제 편히 보내줄 때가 된 것 같아. 다음 세상에는 바이러스가 없는 곳이 되기를.... 이 지구는 이제 새 인류를 맞이할 준비를 하고 있는 것 같아. 우리 스스로가 선택한 길이라 더 이상 후회 없기를 바랄 뿐이지!"

"한 평생 고생했어! 자손들에게 좋은 환경을 남겨줘야 했는데......이제 몇 일 안 남은 것 같네, 그만하고 인사해"

"우리 애들, 손자들은 몇일 후 화성으로 이주하는 것 맞지? 생존하길...."

 지구 위기대응센터에서는 전 세계인들을 대상으로 인류 종말에 대해 공지했다. 그리고 인류 종말전에 '세상을 구원하기 위한 마지막 기회'라는 제목으로 광고영상을 반영했다. 그 광고영상은 가상세계에 접속한 사람들은 누구나 접촉하고 지원할 수 있게끔 했다. 이처럼 현실세계에서 불가능한 일들이 가상세계에서 활발히 일어나고 있었다. 이 메타환경에서 빛나, 상열은 인공배양으로 태어난 아이들과 함께 화성이주 계획에 대한 선발신청서를 작성했다. 증강현실을 통해 자기소개서와 DNA유전자에 대한 검증 내역을 추가하여 그 이력을 제출했다.

"누나! 부모님은 화성이주에 대해 신청 안 했지?"

"어. 그런 것 같아. 여기 남는데!"

"만약에 나도 가지 못하면 누나라도 아이들과 같이 가서… 꼭 생존하길 빌어"

"에이. 무슨 그런 말을… 같이 가자!"

"나도 가고 싶은데 내가 꼭 필요한 사람인지, 그리고 자격이 되는지 모르겠어. 인공지능을 통해 과거 흔적을 보면 인류의 생존은 유연이 아니야. 그게 반복되어 왔던 거지. 인류는 멸망하고, 그 흔적을 다시 남기고… 다시 새로운 종으로 태어나고… 이렇게 반복되어 왔거든. 나도 그 흔적의 조작 중 하나이지 않을까 생각돼"

"상열아! 그 흔적이 없어진다고 해도 그 본질은 변하지 않아. 지구가 지금은 이렇게 변했지만 다시 오랜 시간이 흐르면 그 흔적은 사라지고… 또 다른 생명이 꾸물꾸물 태어나 새로운 빛을 보지 않을까! 그러니 지구와 함께 이 곳에 남겨진다고 끝나는 것은 아니야"

"누나! 그렇지만 그 기억의 잔상들이 영원이 남아있을 수 있을까? 인류가 화성으로 이주한다고 하더라도 지구에 있는 것과 뭐가 다를까? 그 곳에서 생존한다고 하더라도 결국은 다시 여기로 회귀하게 될 거야"

"맞아. 너 말이… 하지만 지금 당장은 살아야 하니까… 저 멀리 하늘 보이니? 대기권에 구멍이 나 모든 태열열은 여과없이 지구에 내려오거든. 저 빛에 의해 생명이 탄생한 것처럼 반대로 또 저 빛에 의해 모든 생명은 파멸에 이를 거야. 시간이 얼마 남지 않았지. 잠시 지구를 벗어나는 거야. 영원히 그 곳에서 사는 것이 아닌…"

"그래. 나도 가고 싶어. 하지만 가야 하는 사람이 정해져 있다면… 그리고 만약 그 속에 포함되지 못한다면… 내 몫까지 살아줬으면 해서… 미안"

"음… 음… 으앙. 그래…"

 일년 전 선배가 죽기 전에 한 말이 떠올랐다. 인류가 스스로 그들의 탄생배경을 아는 순간 재앙이 올 거라고 말했다. 그 순간 바이러스, 백신에 의한 죽음 그리고 생명 연장 등에 대한 기억들이 뇌리에 스쳐 지나갔다. 한평생 그 연구를 위해 살아온 그 때의 그 말이 머리 속에 계속 맴돌았다. 그리고 내가 겪어온 삶의 무게만큼 세상에 대한 미련이나 후회는 없었다. 다만 아직 그 꿈을 펼쳐보지 못한 자의 서러움이라고 해야 할까? 그 간절함이 내 마음속에 살아 있었나 보다. 그 꿈은 지금까지 내가 여기에 서 있는 이유이고, 생존하는 이유이기 때문이다. 시간이 많지 않음을 뼈 속까지 느끼며, 지친 몸을 이끌어 가족이 있는 곳으로 향했다.

"대통령님, 이제 국가 통치권자로써 해야 할 마지막 권한을 행사해야 할 때가 된 것 같습니다."

"비서실장님, 그게 무엇이길래 새벽부터 찾아왔나요?"

"국가의 개념이 없어진 오래되어 모든 국민들이 국가를 버리고 자신의 살 길을 찾아가고 이제는 아무도 남지 않았습니다. 다만, 대통령님을 믿고 의지하고 있는 남은 국민들에게 이제 진실을 말할 때가 된 것 같습니다."

"음… 과거의 일어났던 일인데… 지금 와서 이야기하고 용서를 구한다고 하더라도 의미가 있을지 모르겠군요"

"아! 이 조국의 마지막 대통령이기 때문입니다. 아무도 이제는 그렇게 할 수 있는 사람이 없으니까요. 물론 그 당시 결정이 올바르지 않았다 하더라도… 이제는 국민들도 알아야 합니다. 전기, 전파시설이 다 파손되어 널리 알릴 수는 없더라도 지금 여기에 있는 집단에게는 분명 그 때의 일들을 알려야 합니다. 그래야 다음에 그런 실수를 하지 않을 겁니다. 이제는 다 끝났지만… 낼 모레면 화성 이주를 위한 화성이주선이 한반도에 정차할 것입니다. 탑승권이 없어 그 곳에 갈 수는 없지만 분명 대한민국이라는 조국을 잊지 않는 사람이 하나라도 있다면 그 죄를 용서받을 수 있을 것입니다."

"알았어요. 비서실장, 이제 그만! 오늘 발표할 테니 걱정하지 말고, 비서실장부터 가족과 함께 여기를 떠나요… 비록 잘 챙겨주지는 못했지만 항상 고맙게 생각합니다."

"네, 대통령님. 사실 저희 가족도 탑승권이 없습니다. 화성으로 이주하기 위해서는 꼭 필요한 인원이어야 합니다. 저도 사실…"

"그래요! 그럼 꼭 생존하시길…"

화성은 이미 대기조성의 완료되었으며, 자연적 물 공급 실험에도 성공하였다. 그리고 기온은 온실효과로 인해 밤에 극도로 떨어지는 기온을 일부 높일 수 있었다. 또한 물과 기온이 유지는 지역을 대상으로 수많은 식물을 재배함으로써 지구와 유사한 환경으로 변해갔다. 순차적으로 이주계획은 실행되어 왔지만 마지막 우주왕복선이 지구를 떠나려 하던 순간이었다. 이 모든 것을 미국의 민간사업가의 주도하에 막대한 자본과 기술을 통해 실행할 수 있었다. 과거 2022년 당시, 그가 새로운 이동 플랫폼인 전기자동차를 만들어 보급했을 때에는 기업가의 한 사람이었지만 약 55년이 지난 지금 그는 지구로부터 인류를 구한 신적 존재로써 인정받았다. 물론 구권력과 기득권층들은 이 상황에 대한 불만을 가지고 있었지만, 지구의 멸망 그리고 인류의 생존 앞에서 그들은 수긍할 수밖에 없었다. 그 때문에 전세계의 절대적 부를 축적한 상위 3%는 그를 찾아가 이주를 위한 탑승권을 요청하기도 했다. 그 중 인류를 바이러스와 백신에 의해 위험에 빠드린 몇몇도 보였다.

"머스크 회장님, 바이오 기술의 발달로 인해 인류는 150세까지 생존할 수 있어요. 이 신약을 한 번 사용해 보시죠?"
"네, 게이츠 회장님… 아직까지 정정하신 모습을 보면 바이오 기술이 얼마나 발전했는지 알 수 있을 것 같네요."
"회장님께 특별히 주는 선물입니다. 이 신약은 과거 전 인류를 대상으로 한 결과물이기 때문에 부작용은 없을 것이며, 효과와 효능은 사실 기대 이상일 것입니다. 회장님 연세도 이제 110세 이시네요? 아마 4.50년은 거뜬히 더 살수 있으니 걱정하지 마세요."
"아이고. 고맙습니다. 그런데, 이 약은 실체에 대해 알 수 있을까요? 갑자기 이 신약을 개발하셨다고 해서 놀랐습니다. 언제부터 노화연장 프로젝트는 진행된 거죠?"
"이 신약은 사실 오래전부터 투자한 글로벌 제약사로부터 X파일 프로젝트로 비밀리에 진행해 왔던 사항입니다. 그래서 전 세계 많은 사람들의 희생이 있었지요. 근데, 모든 일의 성공에는 실패와 희생이 따르듯이 그것이 없었다면 아마 바이오 산업의 발달도 없었을 겁니다. 그 때는 아마도 59년전이죠. 그 때 코로나19 바이러스가 '팬데믹' 상황으로 백신이 빠르게 개발되어야 하는 상황이었죠. 하지만 그 당시 바이러스의 전파는 임의적으로 노출된 것이고, 백신도 그 전부터 개발하고 있었습니다. 그래야 아무도 의심없이 백신을 접종할 수 있으니까요. 그 당시 세계보건기구, 각국가의 보건복지부는 이 백신을 승인할 수밖에 없는 상황이었어요. 인류의 생존과 관련된 문제이니까… 만약 이것이 경제적 문제였다면 아마도 접종하지 않았을 수도… 하지만 매일 죽어가는 사람들을 보며 공포에 질린 사람들은 백신 접종을 해야만 했습니다. 그것이 화근이었죠!"

"그렇군요. 그럼 그 백신에 의해 괴질이 발생했고, 많은 사람들이 죽었지만 노화에 대한 방지와 연장에 대한 실험은 성공했다는 거죠? 그게 사실인가요? 음… 쉽지 않은 일을 너무 죄책감 없이 쉽게 했군요."

"죄송합니다. 그 때는 그게 최선이었어요. 저는 글로벌 제약사의 투자자로써 수익을 발생시켜야 투자금을 회수할 수 있었기 때문이죠. 그리고 대안으로 백신이라는 것을 개발하여 전 세계인들을 대상으로 접종하게 만들었고, 더 많은 부를 축적할 수 있었습니다. 이 바이오 산업의 투자가 없었다면 아마도 오늘날의 바이오 기술도 없었을 겁니다."

"하지만 그 때문에 희생된 수많은 사람들은 무엇인가요? 회장님께 생명이란 가치로운 것인지, 실험대상인지요? 한 번 더 생각해 보세요. 모든 인류가 다 죽고, 회장님이 생존한다면 그게 행복한 인생일까요?"

"아… 그런 의도로 진행된 것은 아닙니다. 저도 그렇게 극단적으로 생각하며 이에 대한 투자를 하지 않았습니다. 단지, 인류의 생명과 수명을 연장하기 위한 방편으로 이를 이용한 거죠! 방법과 수단이 잘못된 것은 인정합니다. 하지만 제가 인류를 파멸로 이끌고 간 것은 아님을 말씀드리고 싶네요."

"만약 그 때 백신 접종을 하지 않았다면, 많은 사람들이 괴질에 걸리지 않았을 것이며 지금까지도 생존하고 있을지도 모릅니다. 물론 괴질에 대한 슈퍼항체 보유자의 DNA를 기증하여 이 문제도 해결되었지만… 꼭 이렇게까지 해야만 했는지 그게… 참 의문입니다."

"네, 모든 책임은 저에게 있습니다. 요즘 살아가는 하루하루가 지옥이라… 그 죄책감으로 많은 사람들을 볼 면목도 없습니다. 다만, 죄책감으로 살아가는 이유도 모르겠고… 인류를 위한 기여를 하고 싶어서 이렇게 찾아왔습니다. 화성이주권을 제가 부여해 주신다면 인류의 번영과 생존을 위해 노력하도록 하겠습니다."

"그 말이 진심인지, 아닌지 어떻게 알 수 있나요? 과정이 어떻게 되었든 간에 결과가 지금 이렇게 되었으니… 전 재산을 생존한 사람들에게 분배할 수 있나요? 그리고 인류를 생존과 번영을 위해 어떤 활동을 할 예정인지요?"

"네. 당연 제가 가진 전 자산을 생존한 사람들에게 분배하겠습니다. 그리고 바이오 기술에 대해 공유하고, 생명의 연장 그리고 질병에 대한 예방 DNA를 무료로 배포하겠습니다."

"네. 잘 알겠습니다. 회장님, 말을 한 번 믿어보죠! 그럼, 화성이주권을 부여해 드릴 테니, 한번 더 인류를 위해 기여해 주시기를 당부 드립니다."

"감사합니다. 꼭! 더 나은 인류를 위해 노력하도록 하겠습니다."

　화상으로 진행된 영상은 뇌파로 흘러 저장장치가 기록되었다. 그리고 그 기억은 메타버스 환경에서 또 하나의 아바타에게 저장되기 시작했다. 모든 일들은 오래전부터 가상환경에서 진행할 수 있었다. 그렇게 때문에 실제 지구가 멸망한다고 하더라도 또 다른 지구가 다중 가상현실세계에서 존재할 수 있었다. 평화롭고 행복했던 지구, 그리고 하늘 위 천상의 공간 '아미고' 등은 가상현실 세계에서 언제든지 들어갈 수 있었으며, 가상 클라우드가 파괴되지 않는 이상 유지할 수 있었다. 물론 물리적으로 실존하는 가상 클라우드 서버, 컨텐츠 등은 게이츠 회장 등 일부 기업가들로 인해 구현되었지만 결국 이들도 지구 환경위기에 있어 생존이 자유롭지 않다는 것을 인지해야만 했다.

"아버지! 저번에 신청한 화성이주에 대해 연락이 왔어요"

"후. 에치! 왜 이렇게 춥지! 밖은 붉게 타고 있는데 말이야. 상열아! 어떻게 되었는데? 궁금하네… 이주신청이 확정되었으면 좋겠는데."

"그게… 사실인가요? 누나만 된 것 같아요."

"그래… 뭔가 잘 못된 것 같은데, 저번에 정부관계자와 약속한 것과 다르네. 내가 한번 더 말해 볼 테니 걱정하지 말고, 기다려봐. 근데 그 사람이 살아있을지는 몰겠다!"

"네, 아버지! 근데, 엄마도 안 가죠?"

"어… 저번에 말한 것처럼 우리는 나이도 있고, 지구에 남기로 했다!"

"그럼 저도 그냥 남아서 부모님 옆에 있을까요?"

"엥! 그래도 되겠나? 여기 있으면 다 죽어. … 화성으로 가?"

"아! 한번 더 고민해 볼 테니까… 시간을 주세요. 제가 신청한다고 갈 수 있는 문제도 아니니까…"

"그래. 알았다!"

 하늘 위로 가득이 태영품이 반사되어 오로라가 비추고 있었다. 대기권이 얼마나 버틸지는 모르지만 온난화의 영향은 세상을 모두 붉게 만들기 시작했다. 꼭 피로 물든 것처럼… 20억년전에도 지구에 온난화가 찾아왔을 때에도 생명을 가진 모든 종들이 멸종했다. 하지만 뜨거워진 대륙과 바다아래 깊이 서식했던 생물들은 그 때에도 생존했다. 대표적으로 땅 속에 서식했던 두더지, 수달 그리고 개미 등은 아직 생존했지만 공룡은 멸종했다. 아마도 큰 몸짓과 땅위에서 서식했던 것으로 추정되기 때문에 생존이 어려웠을 것으로 판단된다. 그 당시에도 뜨거워진 땅 위에서 서식했던 생명체는 생존할 수 없었다.

 과거에 발생했던 결과들을 기반으로 미래에 일어날 일들을 예측해 볼 때 인류는 생존할 가능성이 거의 없었다. 땅 속에서 적어도 1.5만년을 생존할 수 있어야 이 환경이 정상화될 수 있을 것으로 판단된다. 그렇게 때문에 지구가 언제 온난화에 벗어나 되돌아올지 생각해보면 암담하고, 암울했다. 세상을 바이러스와 자연재앙으로부터 구하고자 했던 계획들이 어느 순간 사라지고, 미약한 존재가 되었다는 것에 대한 미안함과 죄책감까지 들었다.

 몇 일 후면 지구를 떠나는 이들을 위해 축배를 들 것이다. 그들이 좋은 환경에서 새로운 인류가 되길 간절히 바라며… 잠시 잊고 있었던 아들의 화성이주에 대해 걱정되기 시작했다. 내가 아들(상열)에게 해줄 수 있는 마지막 선물은 화성이주권을 확정해 주는 것뿐이었다. 잠시 후 정부기관에서 간헐적으로 끊기는 무전기를 통해 연락이 왔다.

"안녕하세요. 대한민국 정부기관입니다. 이게 아마도 마지막 연락일 것 같습니다. 오늘부터 국가도 이제 존재하지 않습니다. 저번에 문의 주신 이주권에 대해 대통령님과 논의하여 좌석을 마련했습니다."

"감사합니다. 사실 그 자리는 저희 아들이 갈 예정인데…"

"그럼 아들좌석 1석만 있으면 되는 건가요? 사모님과 선생님 2석을 확보했는데 그럼 1석은 어떻게 할까요?"

"그건 첫째 딸 빛나에게 주었으면 하는데… 괜찮을까요?"

"네, 괜찮습니다. 2석 모두 국가에서 자신을 희생했거나 기여한 자를 선발하여 이주권을 주는 겁니다. 이 모두는 선생님께서 기부하신 금액으로 이주권을 부여하는 것이니, 만약 사모님과 같이 가지 않으신 다면 자식들에게 남은 2석을 넘기도록 하도록 하겠습니다."

"감사합니다. 저희 아들이 이제 이주권에 대한 걱정을 하지 않아도 되겠네요. 다시 한번 이해해 주셔서 감사합니다."

이 기쁜 소식을 아들에게 바로 알렸다. 너무 좋아하는 아들의 모습이 나를 편안하게 만들었다. 몇 일 후 자식들이 모두 떠나고 난 후의 지구는 어떻게 변할까? 자식들의 뒷모습을 보며, 아내와 나의 기억이 영원히 그들과 함께 있었으면… 언제나 같이 있었던 기억들을 떠올리며… 조금씩 사라져 가는 붉은 지구의 모습을 바라보다 쓸쓸히 긴 잠에 들었다.

최초의 바이러스는 변이를
통해 스스로 진화한다

에필로그

인간은 고독한 동물이다. 누군가 내 존재를 인식해 줄 것이라는 믿음으로 하루를 보낸다. 그러다 삶이 지치고 힘들면 질문을 던진다. 나는 어디에서 왔으며 누구인지를… 하지만 태초의 인류가 언제, 어떻게 시작되었는지 알 수 없다. 창조론과 진화론 등을 주장하는 위대한 학자들이 등장했지만 어떤 것이 맞든 아니든 진실을 밝히기는 어렵다. 인간은 오랫동안 포식자로써 이동의 역사를 만들어 왔다. 생존에 대한 욕구 때문에 자신에 대한 믿음과 열망, 신뢰 그리고 무지함을 보완하기 위해 스스로 강해져야만 했다.

지구가 탄생한 이후 인류의 생존여부는 알 수 없지만 생명이 지속되기를 원했다. 영원한 삶은 존재하지 않지만 이전부터 영생과 번영을 위해 세상을 바꿀 준비를 하고 있었다. 중국 우한에서 발생한 코로나 19 바이러스는 인류 생존을 위협했다. 이 바이러스는 어떤 형태로 번식하여 변이가 일어났는지 알 수 없지만 돌연변이를 통해 또 다른 변이를 만들고 인간의 유전자 정보를 습득하여 인류를 파멸시킬 수도 있었다,

이 소설은 인류의 본능에 의해 생존하고자 하는 의지를 한 인간의

심리를 통해 사실적으로 묘사하고자 했다. 또한 누구나 경험할 수 있는 과거를 바탕으로 현재와 미래를 재구성하고자 했다. 인간은 무엇을 위해 살아가는가? 생명욕구, 행복추구, 이상실현 등의 이유는 있지만 본연의 존재이유를 잊고 살아왔다. 인간의 부분별한 탐욕으로 인해 지구온난화 현상은 코로나 19 바이러스의 확산과 기후변화를 일으켰다. 이는 인류에게 또 다른 대재앙이 되어 다시 돌아왔으며, 그리 쉽게 극복하기는 어려웠다.

인간이 미약한 존재이기 때문에 생존의지를 통해 스스로 변화시켜 나가야 한다. 인류가 진화하듯 바이러스도 끝없이 진화하여 새로운 변이를 만들고 있다. 그들도 인간과 동일하기에 생존의지가 강하다. 인간이라는 숙주를 이용한 바이러스는 자신의 모습을 감추고 생존했다. 그들과의 처절한 전쟁의 끝은 어디일까? 더 강력해진 변이 바이러스를 추적하고 이를 예방하기 위한 백신을 개발하고자 많은 실험과 연구를 진행해 왔지만 그 끝은 변이의 소멸이 아닌 인류의 종말이 될 확률이 더 크다. 왜냐하면 인간은 사회적 동물이기에 다수가 원하는 방향으로 결정되기 때문이다. 그 가설이 거짓일지도… 다수의 의결권에 의해 그렇게 할 수밖에 없는 사회와 정치구조를 만들어 스스로 파멸의 길로 가고 있기에 힘없고 권력에 소외된 소수집단은 언제나 그 속에서 힘든 나날들을 보내고 있지만 아무도 그들을 받아드리거나 인정하려 하지 않는다.

사회와 정부의 권력자들은 코로나 19 변이 바이러스에 민감하게 반응했다. 이에 평범한 국민은 백신접종에 따른 결정을 따를 수밖에 없었기에 생존권의 위협을 받았다. 3D 프린터는 4 차 산업혁명 중 하나로 10 년전부터 교육기반을 마련하여 이를 장려하기 위한 정책이었다. 이처럼 3D 프린터 도입, 교육에 이것을 활용했지만 알 수 없는 희귀병에 걸리거나 암에 걸려 죽는 사람이 발생했다. 3D 프린터 속의 알 수 없는 유해 성분으로 인해 관련 종사자들이 신체의 치명적인 부작용이 발생했다. 이 사람들은 왜, 무엇으로 인해 죽음을 맞이해야만 했는가? 많은 사람들은 정책당국자의 3D 프린터 장려

정책을 따른 죄 밖에 없지만 그 결과는 아픔과 죽음으로 귀결되었다. 이와 같이 인류를 위한 보편적인 정책방향이 인류생존에 위험을 주고 있었고, 이는 1.4 차 산업혁명, 기후변화, 바이러스에 따른 정책 결정 중 작은 일부분이었다.

전 세계인을 대상으로 코로나 19 바이러스에 대한 백신개발과 보급은 이미 배포되었다. 시행초기 백신이 인류에게 해를 끼친다는 것을 알았더라면 이 정책을 장려할 수 있었을까? 아마도 그렇게 하지는 못했을 것이다. 만약 실행을 하더라도 제약사항을 두고 꼭 필요영역에서 진행하도록 해야만 했다. 보통 백신개발은 임상 1 상 그리고 2, 3 상 실험과 검증만으로 몇 년은 걸리는 걸로 알고 있지만 이 단계를 무시하고 충분한 실험을 거치지 않은 백신을 우리 모두는 접종했다. 몇 년 후에 우리는 어떻게 될까?

짧은 기간동안 임상실험 결과 백신 효과와 효능은 확인되었지만 백신접종을 통해 부작용이나 거부반응이 나타난 사람들은 주위에 많이 볼 수 있다. 이처럼 검증되지 않은 백신접종은 더 이상 의무가 되어서는 안되지만 거의 대한민국의 대부분, 85%이상의 국민이 백신을 접종했다. 미래는 어떻게 변할까? 나는 긍정주의도 아니고 그렇다고 비관주의자는 더더욱 아니다. 하지만 미래를 낙관하고 싶지만 그렇게 밝은 전망이 보이지 않기 때문에 머리속의 상상력을 통해 미래를 그려보고자 한다.

생존의지를 통해 생명연장을 바랬지만 장기적으로 큰 재앙이 발생할 수밖에 없었다. 인간의 피부는 모두 검게 변하고 알 수 없는 괴질에 감염되어 수많은 사람들이 죽음을 맞이했다. 이는 백신 접종자에게 발생하는 희귀병으로써 또 다른 돌연변이가 되어 인류를 멸종으로 이끌고 있었다. 치명적인 바이러스와 백신으로 인한 변이는 새로운 돌연변이를 낳고 인류는 점점 더 파멸의 늪으로 빠지게 됨에 따라 극소수의 인류만이 생존할 수 있었다.

생존한 사람들은 백신의 폐해로 더 이상 지구에서 살 수 없음을 인식하고, 인류 그리고 동식물 모두가 기후변화라는 대 전환점에서 생존을 위해 지구를 떠났다. 저 멀리 보이는 푸른 지구는 붉게 타고, 진화된 바이러스가 지구전역에 퍼졌다. 아무도 살수 없는 환경에 초기 인류가 살았던 그 때로 회귀할 수밖에 없었다. 다른 행성을 향해 급히 떠나지만 앞으로 어떻게 살아야 할지, 새로운 역사를 다시 만들 수 있을지 의문이다.

지구에서 생명이 탄생했듯이, 과학이라는 문명의 꽃을 피운 인류는 화성 이주계획을 통해 생존하고자 했다. 하지만 자기장과 대기층이 없고 온 세상이 사막화가 진행된 곳, 화성은 물과 산소가 없어진 지 오래되었다. 그 때문에 이 환경에서 살아 갈 수 있는 세균과 일부 단세포 생물만이 생존할 수 있을지도 모른다.

반면 지구에서는 비약한 환경에 적응할 수 있는 또 다른 생명체가 탄생하기 시작했다. 그 생명체는 바로 또 다른 신인류이다. 그들은 번영했던 인류를 기억하고 있지만 더 이상 과거로 회귀할 수는 없다. 새로운 환경에 적응하기 위해 과거 인류가 생존했던 것처럼 처음부터 다시 반복하기 시작했다. 푸른 생명의 지구, 그리고 끝없이 펼쳐진 대자연으로 다시 찾아온 지구에 찬란한 빛이 비쳤다. 붉은 태양아래 검푸른 바다사이로 햇살이 비치는 그 때의 행복한 기억속으로…

2022년 6월 어느 날

「이 책은 백신의 잘못된 사용이 인류에게 어떤 영향을 끼칠 수 있는지 허구적 요소를 바탕으로 구성한 것입니다. 특정 인물, 바이러스, 백신, 지명, 국가 등은 실제와 차이가 있음을 알려드립니다.」